La septième mesa

Mary Summer Rain

La septième mesa

Roman

Traduction Inès Farny

Sum le Hameau

La Septième Mesa
Mary Summer Rain
Traduit de l'américain par Inès Farny

Titre original
The Seventh Mesa

Traduction française :

23 rue Jean-Jacques Rousseau
75001 Paris
éditions.sum@wanadoo.fr

ISBN : 2-88448-097-8

Couverture Marie Drach

Aux lecteurs qui sauront percevoir, sous le voile de la fiction, le doux battement de cœur de la Vérité

CANADA
OCEAN PACIFIQUE
MONTAGNES ROCHEUSES
SIERRA NEVADA
Parc de Yellowstone
Salt Lake Cy
San Francisco
Boulder
Denver
R. Colorado
Albuquerque
Holbrook
Oklahoma
Dallas
Houston
Golfe de Californie
MEXIQUE

Espace brûlant.
Espace hurlant.

Chaleur blanche aveuglant une plaine torride. Rouges flamboyants. Reflets vermillon. Éclats orangés de braises. Air corrosif, insupportable aux poumons desséchés des mortels. Fissures, crevasses striant le sol aride. Mesas de pierre rouge surgissant du paysage fracturé. Lieu primordial où chante un chant funèbre. Lieu que nul n'habite.

Fusion. Eblouissement. Menace.

Sache qu'il existe un Au-dessus Brûlant, Hurlant.

Lieu sacré.
Lieu de silence.

Plafonds de pierre voûtés. Sombre immobilité. Vivante palpitation du souffle des Anciens. Sinueuses chambres obscures. Labyrinthe primitif. Dédale de Magie. Fraîches catacombes où repose la Vérité dans son sommeil intemporel. Ultime Sépulcre. Retraite sacrée. Profond sanctuaire intérieur où la Sagesse assoupie demeure intouchée. Tabernacle où chante un chant de vie. Lieu où réside le Ka... L'Esprit Protecteur.

Fraîcheur. Obscurité. Attente.

Sache qu'il existe un En-dessous Silencieux et Sacré.

AVERTISSEMENT DU KA

Je n'ai point de nom, même si j'en ai eu beaucoup. Je n'ai point de corps, même si je possède une forme. Je suis intouchable, bien que substantiel. Je vois et j'entends car je perçois. Rien ne peut me blesser malgré ma formidable puissance. Je vis.

Je suis le regard des monolithes de pierre rouge dressés sur la fournaise des sables. Mon ouïe chevauche l'haleine brûlante des vents infernaux. Vive est ma perception de votre approche furtive. Bien que changeant, je suis de tout temps resté immuable. Je suis.

Dans votre folie, vous avez maintes fois pénétré l'Espace Brûlant du-Dessus. Dans votre ignorance, vous vous êtes trop approchés. Poussés par la curiosité, vous avez violé un territoire interdit. C'est pourquoi je suis.

Croyiez-vous avoir la permission d'approcher ? Etre autorisés à entrer ? Croyiez-vous que l'accès allait être facile, que vous pourriez tout voir ? N'aviez-vous pas envisagé les conséquences funestes qu'entraînerait l'enlèvement des objets sacrés que les Anciens ont déposés en ce lieu ? Seriez-vous assez naïfs pour croire qu'aucune protection inviolable n'a été mise en place ? C'est pourquoi je suis.

Certains m'ont nommé Malédiction des Pharaons. D'autres m'appellent la Chose qui Hante. L'Ombre. L'Abominable. Le Spectre de la Mort. Mais tous ces noms émanent de la bouche des mortels effrayés. Je ne suis rien de tout cela.

Je suis la Vigie. Le Vivant Protecteur. Le Gardien du Sceau. L'Esprit qui Veille. Au service des Anciens. Je suis le Ka de la Septième Mesa. Je suis.

Depuis des temps infinis, j'existe ici, dans les profondeurs obscures et froides, sous l'Espace Brûlant du-Dessus. Depuis des temps infinis j'existe, à seule fin de surveiller et de protéger le trésor sacré entreposé en ce lieu, ce Tabernacle ancien de la terre.

Mes oreilles ont entendu. Mes yeux ont vu. Mon cœur a senti. Au cours des Ages vos pas bruyants ont été maladroits, vos vues, simplistes, et vos actes, intéressés. Pourtant j'attends avec patience que la lumière de la spiritualité vraie se lève à l'horizon du monde.

Tant que les mortels n'auront pas posé leurs armes et reconnu la Fraternité de l'Humanité tout entière… Je suis. Tant que des petits enfants ont faim, tant que pleurent leurs tendres mères… Je suis. Tant que les mortels ne cesseront pas de désacraliser notre Grand-Mère, la Terre, tant qu'ils n'auront pas repris le chemin de la Voie… Je suis. Jusqu'au jour où vos yeux, vos oreilles et vos cœurs s'ouvriront enfin… Je suis.

Vos guerres, votre immaturité, votre arrogance me fournissent l'énergie nécessaire pour accomplir ma tâche. J'existe, et la puissance m'est accordée, pour que, primitifs comme vous l'êtes, vous ne puissiez pas mésuser des Secrets que je protège. Car en vérité, vous êtes semblables à des enfants irrespectueux et ignorants.

Je suis Sagesse. Amour. Spiritualité pure. Tant que vous n'aurez pas acquis une ample mesure de ces choses, vous ne serez pas dignes de parcourir les Couloirs sacrés du Dessous. Je ne vous barre pas le chemin par méchanceté, j'attends simplement que vous soyez éveillés, que vous ayez compris et que vos esprits soient éclairés par la spiritualité et cet amour inconditionnel inhérent au cœur des enfants de la terre.

Jusque-là… Je suis, car je suis la Vigie. Le Vivant Protecteur. Le Gardien du Sceau. L'Esprit qui Veille. Au service sacré des Anciens. Je suis le Ka de la Septième Mesa.

Parce que vous n'êtes pas… Je suis.

Première partie

L'APPEL

Sentiers sinueux. Déviations inattendues. Bas-côtés tentateurs.

Les forces qui déterminent le chemin ultime de l'homme à travers la vie ne sont pas directement subordonnées à l'impulsion de ses désirs ou décisions personnelles, elles obéissent plutôt aux sollicitations vagues et lumineuses de l'Esprit en lui, cette sagesse toujours pleinement consciente de son objectif.

Inconsciemment, nous sommes sensibles aux messages que nous murmure l'Esprit… Nous nous agitons vainement jusqu'au jour où nous acceptons de nous laisser guider par les directives pressantes qu'il nous suggère. Alors nous évoluons au rythme de notre propre mélodie intérieure. Portés sans effort par le courant ondoyant de notre esprit nous entrons dans l'Acceptation, nous empruntons les sentiers sinueux, les déviations inattendues, les bas-côtés tentateurs.

MICHAEL

Obscurité vivante. Le vide respire. Un silence assourdissant.

L'homme écoute.

Tendu, il fait un tel effort pour capter le moindre indice que ses oreilles lui font mal. Aucun son perceptible n'émane des noires profondeurs plongées dans un silence irréel. Compactes, les ténèbres qui l'entourent semblent retenir les sons, comme un trou noir dans l'espace. Le vide absolu refuse toute sensation, excepté le froid intense des parois rocheuses auxquelles s'agrippent les doigts tremblants de l'homme. Unique réalité tangible au sein de ce néant, la roche est son seul rempart solide entre raison et folie.

Collé contre la froide paroi, il progresse centimètre par centimètre avec une lenteur désespérante. Son esprit voudrait convaincre son corps d'aller plus vite, plus loin, assez loin pour trouver une issue et sortir de cette obscurité glaciale et muette, mais il n'en a même plus la force.

Il cesse d'avancer. Il doit absolument reprendre ses esprits, réfléchir.

Mentalement, il sonde l'obscurité.

Et si, au prochain pas, son pied ne rencontrait que le vide ? S'il était soudain précipité dans un abîme sans fond ? Cette éventualité le fait frissonner. Il voit déjà son corps déséquilibré tomber en chute libre, ses membres battant l'air comme des fléaux, s'enfoncer en tournoyant dans l'obscurité dévorante avant de s'écraser au sol, brisé, sans vie, comme une poupée désarticulée, rejetée, oubliée.

Il imagine très bien avec quelle voracité ce lieu désolé va se repaître de son cadavre disloqué, ne laissant subsister que la blancheur de ses os fracturés.

Il envisage douloureusement tous les scénarios possibles. L'impact de son corps va-t-il réveiller des échos sonores dans le silence ? Tombera-t-il sur un sol dur ou dans de l'eau ? Y a-t-il quelque part, plus loin, plus bas, un Styx dont le cours nauséabond attend de l'engloutir ?

La terreur affole l'esprit agité de l'homme. Des gouttes de sueur perlent à chacun de ses pores, chacune de ses cellules. La transpiration baigne son corps, inonde ses vêtements collés à lui comme une seconde peau.

Toujours agrippé à la paroi, il avance un pied, avec précaution. Seigneur, se dit-il, ce serait trop bête de mourir par imprudence. J'ai encore beaucoup de choses à vivre, des découvertes importantes à faire, des contributions décisives pour la science, susceptibles de modifier l'Histoire – si toutefois j'arrive à sortir de ce gouffre sans fond.

Son pied tâtonne le sol, raclant le sable grossier, et ce bruit âpre résonne, amplifié, multiplié à l'infini, dans le silence oppressant.

L'homme s'immobilise à nouveau, tendant l'oreille.

Son esprit passe rapidement en revue tout ce qu'il sait des grottes souterraines. Un tel silence est impossible. Il devrait y avoir des bruits.

Il s'efforce de percevoir l'écho régulier de gouttes tombant, chargées de minéraux, de la pointe des stalactites. Il cherche à entendre le souffle lointain de l'air grondant ou sifflant entre les formations rocheuses. Il voudrait au moins surprendre le froissement d'ailes de quelque chauve-souris dérangée dans son sommeil. Il devrait forcément entendre quelque chose.

Mais non. Rien. Rien d'autre que l'écho de ses propres mouvements et de sa respiration laborieuse.

Une angoisse mortelle le saisit. Ses cheveux se dressent sur sa tête. Des larmes lui piquent les yeux.

Il est seul.

Tellement seul.

Ses doigts tremblent en explorant la roche froide. Ils remplacent maintenant ses yeux et ses oreilles.

Il se concentre.

Son pied avance encore d'un demi pas dans l'obscurité.

Il bute contre un obstacle.

Un rocher ? Il ose alors détacher une de ses mains de la paroi rassurante, la lève devant son visage et la tend lentement en avant, vers l'inconnu.

Ses doigts rencontrent immédiatement une autre paroi, juste devant lui. Vite, il y pose l'autre main. Est-ce une impasse ? La fin du voyage ? Est-il arrivé au terme décevant de son existence ?

Comme s'il avait des yeux au bout des doigts, l'homme palpe la surface de cet obstacle qui lui barre le chemin. Et sa perplexité ne fait que croître à mesure qu'il explore de haut en bas l'angle formé par les deux parois. Ce que découvrent ses doigts n'est pas un message compréhensible. Cet angle ne ressemble à aucun des autres qu'il a rencontrés. Il est parfaitement droit. L'excitation remplaçant la peur, l'homme parcourt d'un geste expert l'ajustement rectiligne, précis des deux parois. Il n'est pas dû au hasard. Ce n'est pas une configuration naturelle. La seconde paroi a été taillée, polie. L'angle a été construit !

Cette découverte défie toute logique. L'homme est soudain en proie à une émotion violente. Qu'est-ce que cela veut dire ? Comment est-ce possible ?

Il est très loin de l'entrée, il a parcouru un bon kilomètre dans l'obscurité de la caverne. Et pourtant, quelqu'un a taillé ce mur vertical et lisse, réalisé cet angle parfaitement droit !

Comment ?

Qui ?

Quoi ?

Des myriades d'hypothèses agitent l'esprit enfiévré de l'homme, des suppositions tellement incroyables que sa respiration oppressée s'accélère encore.

Le cœur battant d'excitation, il promène ses doigts fébriles à la surface de ce mur mystérieux, lisse et frais comme du marbre. Du marbre ?

Soudain sa main se fige, ses doigts viennent de s'enfoncer dans un creux. Alors, de plus en plus excité, il reprend son exploration, ses doigts courent à toute vitesse, découvrant l'un après l'autre une multitude de motifs gravés. Lorsque ses bras sont tendus à l'extrême, il s'arrête.

Du haut en bas et de droite à gauche, le mur est entièrement recouvert d'inscriptions ciselées dans la pierre.

« Du calme, souffle-t-il entre ses dents. Il faut vraiment que je me calme. »

Faisant un effort conscient pour ralentir le rythme de sa respiration, il reprend peu à peu ses esprits.

Il maudit l'obscurité. Que ne donnerait-il pas, en cet instant, pour avoir une lampe torche ! Comment a-t-il pu être assez stupide pour ne pas remplacer les batteries de la sienne, comme il le fait d'habitude avant de s'aventurer dans une grotte ? Il pense à l'objet inutile qu'il a abandonné depuis un moment déjà. Combien de temps au juste ? Des heures ? Il subit maintenant les conséquences de cette surprenante négligence. Il jure intérieurement en pensant à ce qu'une lampe lui permettrait de découvrir sur ce mur, si proche.

Et puis il se concentre, les yeux plissés par l'effort, pour choisir le motif gravé sur lequel il va maintenant porter toute son attention. Ses doigts expérimentés en suivent les contours, afin de transmettre à son cerveau une image identifiable.

Patiemment ils passent et repassent sur les reliefs du motif ancien.

Le cerveau de l'homme se refuse à admettre ce que lui suggère son exploration. Des hypothèses absurdes prennent forme dans son esprit. Est-ce possible ?

Ses doigts palpent à nouveau le relief, plus en détail. C'est bien ça. Aussi incroyable que cela puisse paraître, son expérience ne peut que confirmer ses soupçons. Il se refuse pourtant à le croire.

Non. Non ce n'est tout simplement pas possible !

Une nouvelle fois, son index suit méticuleusement le tracé du symbole gravé dans la pierre lisse. Il secoue la tête, incrédule.

« Qu'est-ce qu'un cartouche égyptien peut bien faire dans une grotte située en plein désert américain ? »

Troublé, il inspecte maintenant le dessin situé juste en-Dessous du nom du Pharaon. Sa consternation ne fait que croître.

« Oh merde ! Qu'est-ce que c'est que ça ? » Grogne-t-il sourdement.

Ses doigts se promènent anxieusement sur un réseau de lignes plus complexes que celui qu'il vient de déchiffrer. Son esprit enregistre à mesure ce que découvrent ses mains. Et soudain, le choc fait voler en éclats toutes les connaissances, les idées, les conclusions que des années de travail ont permis à l'homme d'accumuler. Ce qu'il vient de toucher ne peut tout simplement pas être vrai ! Personne n'a jamais entendu parler d'une chose pareille. Non ! Parfaitement impossible ! Et pourtant… là, dans la pierre gravée, c'est bien un énorme oiseau-tonnerre – un oiseau-tonnerre indien – qui jouxte des hiéroglyphes égyptiens !

Où est-il ? Quel est cet endroit ?

Comment classifier une découverte comme celle-là ? Nulle part au monde il n'existe d'exemple où l'on ait trouvé côte à côte des symboles égyptiens et des pétroglyphes amérindiens !

Oubliant complètement la peur que lui inspirait l'endroit, l'homme n'est plus préoccupé que par ce mur, par l'énigme déconcertante de ces deux inscriptions, et il concentre toute son attention sur un troisième motif gravé. Comme un aveugle déchiffrant un texte en Braille, il promène ses doigts sensibles sur les reliefs, tandis que son esprit tente désespérément d'en dégager une interprétation compréhensible.

Il cherche.

Il cherche.

Finalement, sur l'écran de son cerveau, la conclusion s'affiche en deux mots.

Origine inconnue..

Déçu, l'homme essuie son front inondé de sueur et, du geste d'un perceur de coffres-forts agacé, frotte ses paumes humides sur le tissu de son pantalon avant de revenir à l'inscription.

Inlassablement, ses doigts parcourent en tous sens le motif mystérieux. Inlassablement son esprit cherche à en décoder le sens. Il compare mentalement l'inscription avec tout ce qu'il connaît pour avoir étudié de vieux papyrus élimés, des tablettes d'argile, des runes et l'écriture cunéiforme des anciens Babyloniens. Mais en vain.

Origine inconnue..

Cette évidence implique des conclusions étrangères à ce que l'esprit humain est capable de concevoir.

L'homme qui s'en fait la réflexion a longuement étudié toutes les grandes civilisations de l'Histoire. Il sait reconnaître, même s'il ne les comprend pas, les symboles utilisés dans toutes les langues écrites. Mais ce qu'il vient de découvrir ne ressemble à rien de ce qu'il a déjà vu. De quelle race inconnue proviennent ces caractères gravés ? Que signifient-ils ? Et que font-ils ici, à côté de symboles égyptiens et amérindiens ?

Ses mains à nouveau effleurent le mur. Il tend les bras, se hausse sur la pointe des pieds, cherchant à déterminer jusqu'où vont les inscriptions. Il n'atteint pas le haut du mur, mais aussi loin qu'il puisse aller ses doigts rencontrent des reliefs gravés. Renonçant à se faire une idée d'ensemble, l'homme reporte son attention sur une portion délimitée du monolithe. Ses doigts se remettent à parcourir les différents motifs qui s'y trouvent.

Son excitation grandit à mesure qu'il identifie chaque dessin.

Égyptien... égyptien...égyptien... inconnu... amérindien...inconnu... amérindien... égyptien... inconnu...

« Merde ! s'écrie-t-il. Sur quoi suis-je tombé ? »

Nulle part au monde des cultures aussi différentes n'ont mêlé leurs langues. Nulle part on n'a découvert de tels témoignages gravés dans la pierre ! Nulle part, absolument nulle part on n'a trouvé le moindre indice permettant de penser qu'un tel mélange soit possible.

Les doigts de l'homme explorent un nouveau signe INCONNU. Il se concentre intensément.

C'est alors qu'arrive un son.

Ou qu'il en prend conscience.

Car s'il n'avait pas été aussi absorbé, le jeune savant l'aurait entendu depuis longtemps déjà – depuis le moment où ses doigts se sont posés sur la paroi sculptée. Mais maintenant le son est suffisamment présent pour attirer son attention. Ce n'est pourtant qu'une sorte de bruit de fond vague et assourdi mais qui s'amplifie régulièrement et dont la cadence, curieusement, s'accorde à celle du cœur de l'homme. Une pulsation rythmée martèle de plus en plus nettement les ténèbres accumulées derrière lui.

L'homme retient son souffle pour mieux entendre.

Il tourne la tête pour écouter.

Terrorisé, il lance un appel dans le vide palpitant. Seul l'écho de sa voix anxieuse lui revient aux oreilles, démultiplié par le dédale des couloirs. Et quand la dernière réverbération s'éteint, le battement cadencé, inquiétant, reprend. Fort. Plus fort, même. Une présence s'approche, c'est évident. De plus en plus près. L'air en est agité. L'homme perçoit un souffle sur sa joue humide, et un frisson glacé convulse tout son corps.

Le rythme et la puissance du battement s'amplifient encore, envoyant des échos ricocher dans l'obscurité, et l'homme distingue soudain le son feutré d'une respiration qui semble sortir des poumons invisibles de la Chose. Des poumons énormes.

Tous ces bruits retentissent dans la tête de l'homme comme des coups de tonnerre, et il a peur que leurs vibrations ne fassent exploser son crâne.

Une puissante haleine souffle maintenant dans les couloirs de la caverne, et l'homme plaque ses mains contre ses oreilles pour en atténuer le grondement menaçant.

Et puis… le silence.

Plus rien.

Plus rien que l'apparition soudaine d'une paire d'yeux. Des yeux bleus, luisants, grands ouverts, flottent dans l'obscurité de la caverne.

Suspendus, ils le fixent, sans ciller. Brillants.

Et très lentement, très très lentement, ils s'approchent.

Michael Greystone hurle.

Il hurle sans pouvoir s'arrêter.

La gorge douloureuse, le jeune homme reprit lentement conscience. Ses visions s'estompèrent. Clignant des yeux, il comprit qu'il se trouvait sur le sol de sa chambre, entortillé dans un amas confus de draps et de couvertures humides. Son corps était trempé de sueur. Son pyjama chiffonné adhérait à sa peau moite. Il tremblait, secoué par des frissons convulsifs, et claquait des dents.

« Encore, balbutia-t-il d'une voix brisée, encore ce rêve. Oh Seigneur ! »

Michael soupira en s'extirpant du cocon de couvertures qu'il avait rassemblé autour de lui, comme dans un effort désespéré pour se réfugier dans la chaleur du sein maternel.

Respirant plus librement, il se mit à examiner le décor familier de sa chambre. Par les portes-fenêtres, quelques rayons du soleil commençaient à filtrer.

Dorés. Chauds.

Des oiseaux gazouillaient bruyamment dans les branches de l'érable centenaire dont les rameaux tordus griffaient le mur de la vieille demeure. C'était un de ces jolis matins clairs typiques de la Nouvelle-Angleterre. Sa gaîté envahit la petite pièce. Et l'esprit de Michael.

La réalité reprenait ses droits.

La forme encore repliée en position fœtale émit un grognement en allongeant de longs membres douloureux. Ses muscles encore noués s'étiraient avec effort, ses articulations craquaient.

Combien de temps ce cauchemar avait-il duré cette fois ?

Combien de temps était-il resté roulé en boule comme un hérisson effrayé ?

Combien de temps ? Une éternité sans doute.

Michael ferma les yeux et se laissa bercer par le chant des oiseaux. Il pouvait enfin se détendre sans crainte d'être repris par une terreur sans nom. L'esprit plus clair, il demeura étendu sur le sol pour réfléchir à ce qui lui arrivait.

Jamais, même enfant, il n'avait passé de nuits à ce point terrifiantes. Il n'en avait en tout cas aucun souvenir. S'il avait fait des rêves aussi affreux que ses derniers cauchemars, il se les rappellerait sûrement. Á moins que, bouleversé par tant d'horreurs, il se soit protégé en les oubliant. Non, impossible. Sa mère aurait insisté pour qu'il lui raconte ses frayeurs nocturnes. Et puis, il n'était pas du genre à croire que de vilains croque-mitaines ou des monstres gluants attendaient, cachés sous son lit que la lumière soit éteinte pour se jeter sur lui. Non, il n'avait jamais eu peur de fantômes dissimulés dans les placards. Non, il ne s'était jamais enfoui sous les couvertures pour échapper au regard fixe de ses jouets luisant dans le noir. Jamais. Pas une seule fois.

Même au temps de son adolescence, quand il était fasciné par les mystères de l'Egypte ancienne, les malédictions, les bandelettes moisies des momies et les figures étranges des divinités représentées dans les pyramides, jamais aucun cauchemar n'avait tourmenté ses nuits. Oui, il avait toujours su préserver son esprit de ces mythes et de ces images troublantes. Jamais il ne les avait confondues avec la réalité.

Poursuivant sa réflexion, il évoqua l'époque où, assistant conservateur des Antiquités au Musée de Boston, il passait ses journées au milieu des artefacts les plus effrayants que l'homme ait jamais produits. Pas une seule fois ces monstruosités n'avaient hanté son sommeil. Alors, se demanda-t-il, pourquoi maintenant ? Pourquoi était-il poursuivi par ce rêve terrifiant ? Pourquoi ce lieu de ténèbres et cet impossible mélange de cultures hétérogènes ? Pourquoi cette absence de sons, ce cœur battant, la respiration de cette chose ? Et comment ce gouffre creusé par les convulsions de la planète en formation pouvait-il recéler des témoignages humains aussi élaborés ?

Michael soupira et se rappela son rêve. Il paraissait si réel, si absolument réel. Quelle stupeur quand il avait découvert le mur et les symboles gravés ! Mais le plus frappant, c'étaient ces signes qu'il n'avait pu reconnaître. Origine inconnue. Il visualisait clairement leurs contours. Il se demanda s'il reverrait un jour quelque chose de comparable. Du début à la fin, le scénario de ce rêve n'était qu'une énigme déroutante, un amas de contradictions.

Le jeune homme poussa un nouveau soupir en contemplant distraitement le ballet erratique des grains de poussière dans le rayon de soleil qui barrait le tapis. Il leva les yeux vers les divers masques et objets qui décoraient les moindres recoins de sa chambre. C'était sa collection personnelle. Des souvenirs de ses années de travail sur le terrain, exposés là pour lui rappeler ses recherches et ses expéditions au cœur de contrées exotiques. Il les considéra l'un après l'autre, pensivement.

Visage d'ébène des cultes vaudou.

Masques toltèques multicolores.

Parure masaï en herbe tressée.

Photographie d'un homme-médecine haïtien aux yeux fous.

Amulettes égyptiennes rares.

Scarabée de turquoise monté sur une plaque de velours noir.

Leurs orbites vides semblaient converger vers l'homme allongé à terre. Les masques paraissaient unis dans leur réprobation contre celui qui les avait extraits du sol sacré où ils reposaient.

Sur une tablette en verre, une statuette en obsidienne, oreilles en alerte, museau étroit tendu vers l'avant comme pour humer l'air, étirait ses yeux de topaze pour le dévisager. Anubis le surveillait.

Sur son bureau encombré de papiers divers et de magazines, une poupée kachina habilement sculptée frémissait de toutes ses plumes.

L'homme se redressa lentement en position assise.

Comme hypnotisé, son regard passa alternativement d'un objet à l'autre.

La pièce semblait électrisée, vivante.

Toute sa chair frémit. Une puissance invisible envahissait peu à peu sa chambre. Il sentit son esprit vaciller lorsque cette force se mit à tournoyer.

Il était comme hypnotisé par la carapace irisée du scarabée sacré dont les yeux luisants paraissaient vivants.

Puis son attention fut attirée vers le masque vaudou. Ses orbites vides lui rendirent son regard.

Un léger mouvement lui fit tourner la tête vers la poupée kachina. Ses plumes frémissaient à nouveau dans l'air immobile.

Pétrifié, Michael sentit qu'il se passait quelque chose.

Lentement, il dévisagea tous les masques avant de revenir vers le masque vaudou.

« Vous savez quelque chose, hein ? »

Puis, fixant les orbites vides du guerrier masaï, il ajouta : « Á propos de ces rêves… »

Revenant à la photo de l'homme médecine en transe, il contempla ses yeux exorbités.

« Toi, tu sais ce que tout cela veut dire. Et tu essayes de me dire quelque chose d'important, n'est-ce pas ? » Michael se pencha en avant, les yeux rivés à ceux du vieux sage. « Mais quoi ? Qu'est-ce que j'ai besoin de savoir ? Il y a dans ces rêves quelque chose d'essentiel qui m'attire irrésistiblement. » Il baissa la tête et une larme glissa sur sa joue.

« Oui, murmura-t-il, oui, je sais ce que tu voudrais me dire, l'Ancien. Tu penses que je comprendrais la signification de tout cela si j'étais en contact avec mon héritage ancestral. »

Alors, Michael Greystone, anthropologue intelligent et expérimenté secoua la tête comme pour se débarrasser de ces pensées irrationnelles. Nerveusement, il passa une main tremblante sur son visage et dans ses cheveux emmêlés. Avait-il finalement, atteint le point de rupture ? Perdu ses repères ? Après avoir si longtemps étudié des mythes terrifiants, des histoires de revenants et de malédiction, était-il devenu leur victime ? Etait-il poursuivi par le Mauvais Œil et toutes ces fables ? Non, certainement pas. Pas lui.

En grommelant, il ramassa le paquet de draps et de couvertures pour le jeter sur son lit. Dans sa petite salle de bains, il se planta devant le miroir et examina son reflet. Il s'attendait vaguement à découvrir le visage d'un fou. Mais non, Michael ne vit que Michael. Comme tous les jours. Un homme mince et grand au teint coloré. Des yeux si noirs qu'ils ressemblaient à du charbon. Des pommettes hautes, des cheveux d'un noir bleuté. Ce n'était pas le visage d'un fou. Interrompant ses réflexions morbides, il se pencha et tourna rageusement le robinet de la douche. Il était urgent qu'il s'éclaircisse les idées. Cinglé par le jet revigorant de l'eau chaude, il reprit peu à peu ses esprits. Il pouvait maintenant réfléchir calmement, analyser la situation comme on lui avait appris à le faire.

Les muscles de sa nuque se détendaient progressivement sous la vigoureuse caresse de l'eau. Immobile, enveloppé par un nuage de vapeur Michael pensa soudain à ce collègue qui, trois ans plus tôt, avait perdu contact avec la réalité et basculé dans la folie. Il soupira.

Clifton Westlake était un jeune anthropologue extrêmement brillant. Son avenir était plus que prometteur. Chercheur audacieux, il allait de toute évidence devenir le savant le plus respecté de son domaine.

En collaboration avec un archéologue de renom, Clifton avait réussi à déchiffrer le code complexe de pétroglyphes figurant sur des tablettes exhumées dans un site maya. Avant cela, il avait méticuleusement rassemblé les fragments de symboles presque incompréhensibles dessinés sur une peau de buffle découverte dans un sanctuaire indien creusé sous la plaine du Colorado.

Juste avant sa mort, Clifton lui avait téléphoné. Il paraissait surexcité par une découverte mystérieuse qu'il situait quelque part dans le sud-ouest des Etats-Unis. Il n'avait pas voulu en dire plus et quand Michael l'avait interrogé sur la nature de ses travaux, il avait éludé la question, refusant de donner le moindre indice, précisant seulement qu'il allait bientôt présenter au monde la plus importante découverte de tous les temps. Ce serait pour l'humanité un choc considérable.

Et puis, plusieurs mois avaient passé. Michael n'avait plus eu de ses nouvelles jusqu'au jour où le nom de son ami avait fait la une des journaux - Clifton Westlake s'était suicidé. Au cours de l'enquête qui suivit, la police avait trouvé dans son appartement toutes sortes de croix et d'amulettes protectrices. Elle avait cherché des indices, un journal intime qui l'aurait renseignée sur les activités du jeune chercheur, sur ce qui avait provoqué sa peur, sa panique et son suicide. Mais elle n'avait rien trouvé.

Michael Greystone réfléchissait maintenant à cette énigme. Qu'est-ce qui avait bien pu pousser son ami à se laisser entraîner dans la démence ? Sur quel mystérieux projet portait son étude ? Avait-il des collaborateurs ou travaillait-il seul ? S'il avait des collaborateurs, s'étaient -ils suicidés eux aussi ou avaient-ils trop peur pour sortir de l'ombre ? Depuis trois ans, personne ne s'était fait connaître.

Michael se versa du shampooing sur la tête et le fit mousser abondamment, sans penser à ce qu'il faisait. Les idées se succédaient dans son esprit avec l'impétuosité d'un torrent de montagne.

Clifton avait-il fait des rêves atroces qui terrorisaient ses nuits et le laissaient pantelant, glacé de sueur au matin ? S'était-il lui aussi réveillé en hurlant ? Ces cauchemars annonçaient-ils le commencement de la fin ?

Furieux du tour négatif que prenaient ses pensées, il sortit de la douche et attrapa une serviette, Les anthropologues se devaient de garder la tête froide. Ils ne pouvaient pas se laisser entraîner dans les aspects mystiques d'anciennes cultures au point de perdre toute notion du réel. Ils devaient tenir en bride leur imagination, l'empêcher de s'emballer. Et la pensée rationnelle, ne devait jamais dérailler au point de faire apparaître des spectres dans une chambre.

Michael s'habilla rapidement, fourra ses documents dans sa serviette en cuir fatigué et resta un moment figé devant son bureau, observant la vieille poupée kachina. Il la toucha d'un geste attendri.

« Tu ne sais rien du tout, n'est-ce pas ? Tu n'es qu'un morceau de bois. »

Puis il se tourna vers les masques suspendus aux murs.

« Vous n'êtes que de la pierre, du bois, de l'herbe et des plumes. Des objets inanimés, rien d'autre. » Étouffant un petit rire, il secoua la tête et se dirigea vers la porte.

Chestnut Drive. Une longue rue bordée d'arbres. Michael ouvrit la portière de sa Coccinelle Volkswagen, s'y engouffra et mit le moteur en marche. Á travers son pare-brise il voyait les feuilles des chênes et des érable ms palpiter dans la brise matinale. Tout le long de la rue, les branches s'incurvaient gracieusement pour former un vibrant tunnel végétal. La beauté fraîche, la solidité du monde réel le rasséréna.

Puis il regarda la grande maison de style colonial, propriété d'un veuf qui lui avait aimablement loué une chambre. Il avait eu de la chance. Ce n'était pas facile de trouver à se loger pour un prix raisonnable si près du centre de Boston.

Il actionna le levier de vitesse, et la petite voiture bondit sous les vertes frondaisons, tandis que Michael se demandait si, dans sa chambre vide, les plumes s'agitaient encore.

Pour se rendre au Musée, il traversait tous les jours les quartiers cossus où vivaient les plus vieilles familles du pays, les descendants des Pères fondateurs. De vastes demeures en pierre, au fond de jardins luxuriants, entourées d'arbres magnifiques et de pelouses impeccablement tondues, proclamaient des fortunes ancestrales. Pour le jeune professeur, qui jamais n'accèderait à ce degré de richesse, c'était un plaisir de voir défiler ces symboles d'opulence, témoins d'un mode de vie depuis longtemps révolu. Les riches préféraient maintenant s'établir dans les Caraïbes ou acheter des îles privées.

La Coccinelle, pétaradant dans les rues calmes, approchait du centre culturel de la vieille cité. Devant le Musée, elle se faufila habilement dans le parking et son moteur s'arrêta dans un soupir. C'était une vieille carcasse un peu cabossée mais qui n'avait jamais trahi son propriétaire. Ensemble, ils s'étaient aventurés sur des pistes défoncées, au cœur de déserts poussiéreux, au sommet de montagnes abruptes. Toussant et crachotant parfois, la vaillante Coccinelle avait toujours bravement, loyalement fait son devoir.

Michael pénétra dans l'imposant building. Devant lui s'ouvraient de vastes couloirs encore vides. D'immenses fenêtres absorbaient la lumière du soleil et la plaquaient sur le sol en damier du corridor central. Les pas de Michael, dont l'écho était réverbéré par les murs en marbre, le conduisirent devant une modeste porte en chêne qui donnait accès au Département des Acquisitions.

Dans un puits sans fenêtre, trois volées de marches métalliques permettaient d'accéder à son domaine privé, situé au sous-sol. Là, plus de larges baies vitrées, plus de soleil, mais l'atmosphère confinée du labeur obscur et patient.

Bientôt, le rez-de-chaussée résonnerait d'une bruyante animation ; des guides réciteraient leur texte à des visiteurs captivés, des hordes d'enfants dissipés s'égailleraient dans les expositions, les caisses enregistreuses cliquetteraient à chaque vente de la boutique du musée. Mais le silence continuerait à régner dans les profondeurs souterraines, dans ce réseau de couloirs mal éclairés qui reliait les bureaux des différents chefs de département et de leurs secrétaires respectives avec les pièces obscures, mystérieuses où s'entassaient des Antiquités attendant d'être répertoriées, classées, étiquetées.

Encore quelques pas sonores dans l'étroit corridor, et Michael s'arrêta. Sur la partie vitrée de la porte une inscription signalait que le petit bureau était le domaine exclusif de Michael Greystone, anthropologue, assistant du responsable des acquisitions du Département des antiquités du musée de Boston.

L'homme entra et jeta sa serviette sur son bureau avant d'appuyer sur le bouton du système de ventilation sans lequel l'air devenait vite irrespirable.

Dans le bureau voisin, encore plus petit que le sien, sa secrétaire travaillait avec conscience et efficacité.

Michael appuya sur l'interphone.

« Quelque chose de particulier ce matin, Ashley ? »

Après quelques crachotements dus à l'électricité statique, la réponse lui parvint.

« Bonjour, docteur Greystone. Effectivement. Le docteur Neusome veut vous voir immédiatement. Il demande que vous alliez dans son bureau dès votre arrivée. »

Michael n'avait aucune envie d'affronter son patron de si bonne heure. Aujourd'hui moins que jamais. Le vieux bonhomme avait le chic pour deviner instantanément si Michael avait à nouveau fait son cauchemar récurrent.

« Je vais l'appeler. »

La voix de la jeune femme marqua une hésitation. « Euh, je ne crois pas que ce soit une bonne idée, docteur Greystone. Il a bien précisé qu'il voulait vous voir dans son bureau tout de suite. »

Michael soupira. « Il a dit pourquoi ? »

« Non, mais il avait l'air tout joyeux ce matin. »

« Ashley, Neusome n'est jamais joyeux. Rien d'autre ? »

« Oh, juste les habituelles demandes de renseignements du public. Je suis en train de m'en occuper. » Ashley se tut assez longtemps pour éveiller la curiosité de Michael.

« Rien d'autre ? » insista-t-il.

« Eh bien, il y a eu un appel pour vous. Le téléphone sonnait au moment où je suis arrivée. C'était un certain docteur Théodore Weatherbee. Il est professeur dans une université, quelque part dans l'Ouest. Voyons… j'ai dû noter ça. Ah voilà ! Il appelait de Boulder, au Colorado. Il voulait vous parler et j'ai eu l'impression que c'était très urgent. »

« Boulder, au Colorado, vous en êtes sûre ? »

« Absolument. J'ai le papier sous les yeux. »

Michael fronça les sourcils. « Je ne connais personne là-bas. Que voulait-il ? »

« Je n'en sais rien, en fait. Quand il a su que vous n'étiez pas là, il a grommelé quelque chose à propos de vos horaires de travail et il a voulu parler au docteur Neusome. J'ai donc passé la communication, et ils ont discuté un bon moment. Ensuite, Neusome a laissé ce message pour vous. »

Michael savait que sa secrétaire n'avait pas tout dit. « Ashley ? »

« Oui, docteur Greystone. »

« Euh, auriez-vous par hasard entendu quelque chose que j'aurais besoin de savoir ? »

« Docteur Greystone ! tes-vous en train d'insinuer que j'écoute les conversations du patron ? »

Silence.

« Docteur Greystone ? »

Silence.

Un gros soupir se fit entendre dans l'interphone. « Eh bien, reconnut finalement la secrétaire, il s'agit peut-être d'une sorte de transfert provisoire au Colorado. »

Michael stupéfait souffla : « Pour moi ? »

« Oui. Au Colorado. »

« Pour quoi faire ? »

« Euh, je ne sais pas si… »

Michael commençait à perdre patience. « Ashley ! »

« Pour enseigner, docteur Greystone. »

« Pour enseigner ! »

« Quelque chose comme ça. Mais seulement pour une courte durée. »

« Merci Ashley. Et, à propos, laissez un peu tomber vos 'docteur Greystone'. C'est toujours le signe que vous me cachez quelque chose. »

Il coupa la communication et se demanda ce que son patron lui voulait. Boulder, au Colorado ? Pourquoi diable devrait-il s'exiler là-bas ? Ne faisait-il pas correctement son travail au musée ? Il se dit qu'il n'en saurait pas plus tant qu'il n'aurait pas vu Neusome. Bon sang, comme s'il n'avait pas assez de soucis comme ça, il fallait qu'on lui complique encore la vie.

Michael frappa doucement à la porte de son patron.

« Entrez ! Entrez » aboya une voix.

Il n'a pas l'air tellement joyeux pensa le jeune homme en ouvrant la porte et en regardant autour de lui.

« Ah ! Michael ! je voulais justement vous voir. Asseyez-vous mon garçon, asseyez-vous. »

Le jeune homme obtempéra en jetant des regards suspicieux au vieux savant assis derrière son bureau encombré. Il n'eut pas à attendre longtemps. Le fixant par-dessus ses lunettes, son patron entra dans le vif du sujet.

« Alors, demanda-t-il en se penchant vers lui, que savez-vous déjà ? »

« Eh bien je sais par Ashley que vous vouliez me voir immédiatement. »

Une expression déçue et incrédule se peignit sur les traits du vieil homme.

« Allons, allons. Vous me prenez vraiment pour un âne ? Je sais très bien qu'elle écoute les conversations téléphoniques… cela dure depuis des années. »

« Qui ? » interrogea Michael.

« Vous le savez bien, nom d'une pipe ! Alors, elle a craché le morceau ? Que vous a-t-elle dit ? »

Michael sourit. Il ignorait jusque-là cette habitude de sa secrétaire.

« Elle a parlé d'un transfert provisoire au Colorado. »

Le docteur Neusome demanda d'un ton bourru : « Elle a précisé pour quoi faire ? »

« Pour enseigner, » répondit Michael.

« Cette fouineuse s'est trompée de vocation. Et de patrons. C'est pour la CIA qu'elle devrait travailler ! »

Michael rougit. Avait-il fait du tort à sa secrétaire ? Avait-il simplement permis à Neusome de confirmer ses soupçons ?

« Bien, bien, conclut le vieil homme avec indifférence. Je suppose que c'est un trait inhérent à la condition féminine, cette tendance irrépressible à l'indiscrétion. Dans le cas présent, c'est sans conséquence, Dieu merci. » Il se carra confortablement dans son grand fauteuil et plongea son regard dans celui du jeune homme.

« La personne qui a appelé ce matin était Théodore Weatherbee. Je le connais depuis toujours. Il voulait vous parler directement, bien sûr, mais comme vous n'étiez pas là, il a souhaité avoir mon opinion, discuter de ça avec moi.

« De ça ? » répéta Michael.

« Un peu de patience, mon garçon. J'y viens. Accordez à un vieil homme le temps de rassembler ses idées. »

Michael réprima un sourire tandis que son patron s'éclaircissait la gorge avant de reprendre.

« Le docteur Weatherbee est responsable du département d'anthropologie à l'université de Boulder, Colorado, depuis dix-sept ans et il ne plaisante pas avec la discipline. Ses confrères le tiennent en haute estime et d'après ce que j'ai entendu dire, ses étudiants l'adorent. Ils le considèrent comme une espèce de gourou infaillible ou quelque chose comme ça.

« Bref, ce brave confrère se trouve actuellement dans une situation délicate. Il lui manque un professeur d'anthropologie. Le titulaire du poste a eu un stupide accident de voiture et il est dans le coma. » Le docteur Neusome secoua tristement la tête. « Déplorable. Vraiment déplorable, » murmura-t-il pour lui-même avant de poursuivre. « Et pour le moment, personne ne sait s'il en sortira. C'est possible, mais en attendant, Weatherbee n'a personne pour le remplacer. »

Michael fronça les sourcils. « Je ne comprends pas. Il pourrait faire les cours lui-même, non ? »

« Il a trop de travail, beaucoup trop de travail avec toutes les tâches que lui impose le département. Responsabilités administratives, budgétaires etc. En plus, ses étudiants réussissent toujours à l'entraîner sur leur terrain de prédilection, le mysticisme, les esprits maléfiques et tout ça. Ce qui ne les mène pas à grand chose. Ils ont vraiment besoin d'un prof, d'un remplaçant. »

« Et vous voulez que ce soit moi ? » dit Michael sans enthousiasme

« Non, moi non. Je préférerais vous garder ici. Dieu sait que vous m'êtes indispensable. Vous êtes un très bon assistant. C'est Weatherbee qui vous réclame. »

« Il y a des années que je n'enseigne plus, » dit Michael.

« Aucune importance. Nous savons tous les deux avec quelle facilité vous vous exprimez, et avec quelle fougue, quand le sujet vous intéresse. »

« Mais, docteur Neusome, comment le docteur Weatherbee peut-il me réclamer, puisqu'il ne me connaît pas ? »

Le vieil homme rougit un peu et baissa la tête. Quand il la releva, un petit sourire malicieux faisait briller son regard.

« J'ai peut-être un peu trop vanté les qualités de mon nouvel assistant, la première fois que je lui ai parlé de vous. Théodore s'en est souvenu. »

« Que lui avez-vous dit ? » interrogea Michael.

« Euh… ne nous égarons pas, voulez-vous ? Revenons plutôt au sujet qui nous intéresse. »

Michael voyait bien que sa question l'avait embarrassé et il n'insista pas.

« Bon. Comment se présente la situation ? Dois-je sauter dans ma voiture et partir tout de suite ou m'accordez-vous le luxe de prendre moi-même la décision ?

« Mais bien sûr, mon garçon. Vous avez toutes les informations nécessaires, à vous décider. Qu'en pensez-vous ? »

« Je n'ai pas vraiment eu le temps d'y réfléchir. Je ne suis jamais allé au Colorado. J'ai passé toute ma vie en Nouvelle-Angleterre. Je ne sais même pas à quoi ça ressemble. »

Le vieux professeur secoua la tête.

« C'est très beau, Michael. Honnêtement, c'est un pays magnifique, magnifique. Air pur, couchers de soleil somptueux, hautes montagnes, ciel bleu turquoise, population accueillante, atmosphère détendue… »

« Vous parlez comme un agent de voyages en mal de clientèle, » interrompit Michael.

« D'accord, soupira le docteur Neusome. Mais sachez également que la fac de Boulder est un vrai repère de libres-penseurs, » ajouta-t-il malicieusement.

Les yeux de son assistant s'illuminèrent. « Des radicaux dans mon genre ? »

Le docteur Neusome haussa les épaules. « Ce n'est pas exactement ce que je voulais dire. Mais l'atmosphère de Boston n'est-elle pas un peu étouffante pour un jeune homme comme vous, plein de grandes idées ? Un petit séjour parmi des intellectuels un peu plus ouverts ne vous ferait sans doute pas de mal. Rappelez-vous qu'il ne s'agit que d'un remplacement temporaire, le temps que Weatherbee y voie un peu plus clair et prenne des dispositions. Il n'y a pas tellement de travail ici, en ce moment. Rien d'urgent. Un petit changement de décor vous serait sans doute profitable. »

« En fait, c'est une occasion à ne pas laisser passer ? » Interrogea Michael d'un ton narquois.

« Absolument. Cela pourrait déboucher sur de nouvelles possibilités pour vous. Quelles possibilités, vous le savez aussi bien que moi. »

Neusome changea de position, faisant grincer le cuir de son fauteuil.

« Je ne voudrais pas vous ennuyer en évoquant les souvenirs nostalgiques d'un vieillard, mais il y a bien des années, j'ai bêtement laissé passer certaines chances qui m'étaient offertes et que j'aurais dû saisir. J'étais trop obsédé par mes travaux du moment pour voir que c'était l'occasion d'élargir mes horizons, d'agrandir mon champ de vision, pour ainsi dire. Maintenant, je suis trop ancré dans mes habitudes, trop faible et trop usé pour profiter des occasions qui pourraient se présenter. » Il s'interrompit, fixa son assistant droit dans les yeux et murmura d'un ton pénétré « Il y a des choses qui doivent être faites. »

Michael Greystone réfléchissait en regardant autour de lui. Diplômes encadrés et accrochés aux murs, récompenses diverses témoignaient des contributions rendues par le vieux professeur à leur domaine de recherche commun, au cours des nombreuses années qu'il avait consacrées à son travail.

Cette petite pièce encombrée, dans le sous-sol obscur du musée, était donc l'ultime récompense de sa carrière de chercheur ? S'y trouverait-il relégué s'il avait saisi les opportunités auxquelles il venait de faire allusion ? S'il avait pris le risque de se lancer dans l'inconnu, son nom figurerait-il seulement au nombre des directeurs du musée ou serait-il mondialement reconnu et inscrit dans l'Histoire ? Michael se demanda ensuite si son propre avenir était lui aussi dans ce sous-sol, et si un changement de décor lui permettrait d'échapper aux cauchemars qui torturaient ses nuits.

« Alors, Michael ? » demanda le docteur Neusome.

Seul un soupir lui répondit.

« Je suis désolé d'insister, mais le docteur Weatherbee a besoin d'une réponse immédiate. Si vous refusez, il faudra qu'il cherche quelqu'un d'autre. Mais c'est vous qu'il aimerait avoir. »

Les cauchemars disparaîtraient-ils ? Son errance dans le labyrinthe obscur, l'impasse à laquelle il aboutissait, nuit après nuit, symbolisaient-ils son avenir, un avenir bouché ? Un cul-de-sac ? L'image de sommets enneigés, de torrents bondissants s'imposa soudain à son esprit. Michael sourit.

« Puisque c'est temporaire, je vais y aller, à condition que vous me gardiez ma place ici, au musée. »

Le visage du docteur Neusome s'éclaira.

« Là, je vous reconnais, mon garçon ! N'ayez crainte, vous retrouverez votre place en revenant. Mais vous avez fait le bon choix. Vous allez adorer le Colorado, j'en suis sûr. »

Sans relever cette dernière remarque, Michael demanda :

« A partir de quand le professeur Weatherbee a-t-il besoin de moi ? »

« D'avant-hier, mon garçon, d'avant-hier. »

Lorsque le docteur Greystone eut quitté son bureau, le vieil homme fit pivoter son fauteuil pour se trouver face à la photographie d'un chamane amérindien qu'il avait bien connu. Oui, Michael avait encore fait ce rêve. Michael était un élu. Il ne pourrait résister à l'appel, il reviendrait vers son héritage ancestral car il y trouverait plus que lui-même. Oui, il y trouverait sa véritable destinée.

Pendant les deux jours qui suivirent, Michael se dépêcha de régler toutes les questions posées par son départ. Son propriétaire, comprenant la situation, avait promis de lui garder sa chambre. Non, il ne toucherait à rien de ce qui était pendu au mur, ni à aucun des objets de sa singulière collection ; tout resterait en place jusqu'au retour du docteur.

Á vrai dire, s'il respectait ces objets grotesques qui témoignaient de la profession inhabituelle de son locataire, le vieux gentleman n'avait aucun désir de les voir ni d'y toucher. Oh non. Et quand le jeune homme serait parti, il éviterait même sa chambre comme la peste. Les horribles masques qui ornaient ses murs lui faisaient une peur mortelle, même s'il ne l'avait jamais avoué. En regardant démarrer la Coccinelle, il fit une prière pour que les cauchemars du jeune homme cessent enfin. Car il sentait obscurément qu'ils émanaient d'une force invisible. Michael aurait-il la force d'accueillir cette puissance qui venait de prendre le contrôle de son avenir ? Il l'espérait.

EMMY

Le ciel sans nuages était couleur de lapis-lazuli. Les bras flamboyants de Râ enserraient d'or le petit village en adobe. Malgré l'heure matinale, les vieilles bâtisses s'imprégnaient lentement de sa chaleur pénétrante.

En cette fin d'été, la température restait exceptionnellement douce. L'automne serait chaud. La femme assise sur le minuscule porche ombragé le savait, moins à cause de la chaleur du jour que des signes présents partout dans la nature. Oui, la saison serait chaude.

Ramona Winter avait cinquante-huit ans mais paraîssait plus que son âge. Les difficultés, les souffrances de la vie l'avaient prématurément vieillie. De larges pattes d'oie s'étaient peu à peu creusées au coin de ses yeux sombres. Des rides profondes sillonnaient son front autrefois lisse. La peau de ses joues, si fine sous les pommettes hautes, paraissait froissée, et ses longs cheveux noirs, s'entremêlaient de mèches argentées.

Malgré ces signes de vieillissement évidents, Ramona Winter avait encore beaucoup d'allure. Son dos, aussi droit qu'une flèche, lui donnait cet air de fierté et de dignité contre lequel l'âge ne peut rien. Sa chevelure, toujours impeccablement peignée, tombait en une lourde tresse jusqu'à ses reins. Ses jupes de couleurs vives, propres et gaies, étaient retenues à la taille par une large ceinture d'argent. Sa blouse brodée d'un entrelacs de fleurs recouvrait modestement sa vaste poitrine. De fines boucles ornées de turquoise faisaient ressortir la délicatesse de ses oreilles et illuminaient son teint de miel. Mais ce qui séduisait surtout chez elle, c'étaient ses yeux dansants et son clair sourire. Ces deux caractéristiques restaient gravées dans la mémoire de tous ceux qui la rencontraient.

Ce matin-là, assise sur les marches de sa demeure elle attendait... elle guettait... elle jetait des coups d'œil rapides à sa montre... elle guettait le facteur.

L'air était brûlant. Elle essuya les gouttes de sueur qui perlaient entre ses seins. Rien, aucun inconfort n'aurait pu l'empêcher de rester là, tendue, impatiente. Elle attendait une lettre très importante. Elle l'attendait depuis des semaines – il fallait que cette lettre arrive très vite. Plus le temps passait, plus elle s'angoissait. Elle l'aurait d'un jour à l'autre, maintenant, Ramona en était sûre.

Des voisins qui passaient s'arrêtèrent pour bavarder avec elle. Discrètement Ramona continuait à surveiller la rue étroite. Elle voulait voir le facteur arriver de loin. Les autres comprenaient son anxiété. Ils savaient ce qu'elle attendait, et chacun exprimait son espoir que la lettre annoncerait une bonne nouvelle. D'ailleurs, comment osait-on la faire attendre aussi longtemps pour lui communiquer cette décision ?

De nouveau seule, Ramona laissa vagabonder ses pensées. Sa vie, sans être extraordinaire, n'avait pas non plus été malheureuse. Un léger sourire se dessina sur ses lèvres pleines quand elle évoqua son enfance.

Une enfance heureuse, passée au sein d'une famille unie. Á l'époque, ils n'avaient pas grand chose, mais le peu qu'ils avaient était précieux et partagé entre tous, équitablement.

Elle se rappela certains soirs où toute la famille était réunie autour de la vieille table en bois et où la nourriture distribuée ne couvrait même pas le fond des bols, sans que les sourires disparaissent des visages, sans que la bonne humeur soit entamée. Cet optimisme partagé avait allégé le fardeau des jours difficiles et entretenu la chaleur et l'amour dans le groupe familial.

Á présent, elle était mère, elle élevait encore ses enfants, et le quotidien était toujours illuminé par cet optimisme, état d'esprit qui permettait de supporter l'adversité sans verser dans le fatalisme.

Le cœur de Ramona se mit à battre plus fort, car elle venait d'apercevoir le facteur. Je vous en prie, Seigneur, faites qu'il apporte cette lettre aujourd'hui, pensa-t-elle avec ferveur. Elle se leva et redressa son dos.

Le facteur allait mettre un temps fou à arriver. Il avait l'habitude de s'arrêter en route pour papoter avec les uns et les autres. Ces derniers temps, Ramona aurait préféré qu'il ne se montre pas aussi amical avec ceux qu'il rencontrait en chemin ; cela ne faisait que prolonger son supplice.

Elle se tordait les mains, debout sur son porche, avec l'impression d'être la dernière d'une longue file attendant le Jugement Dernier.

Son cœur battait la chamade lorsque le facteur s'approcha d'elle.

« Bonjour, Ramona. Voilà le courrier d'aujourd'hui. » Son sourire masquait la compassion qu'il éprouvait pour elle. Il savait que la lettre tant attendue n'était pas dans la pile.

« Bonjour Christopher, » répondit-elle en prenant son courrier d'un geste nerveux. Et elle attendit pour l'examiner que l'homme ait atteint la maison voisine.

Publicités, factures, prospectus, elle passa rapidement d'une enveloppe à l'autre et poussa un profond soupir.

Refoulant ses larmes, elle se détourna si vivement que ses jupes tournoyèrent.

« Madame Winter ? » appela une voix inconnue.

Ramona fit volte-face. « Oui, c'est moi. »

Un jeune homme en uniforme descendit de son minuscule véhicule et s'approcha.

« Vous êtes madame Ramona Winter ? »

Elle acquiesça d'un signe de tête.

« Alors voilà pour vous, » dit-il avec un sourire en tendant le pli qu'il venait délivrer. « J'ai besoin d'une signature. »

Ramona fronçait les sourcils en prenant la lettre, mais son visage s'éclaira lorsqu'elle lut l'adresse de l'expéditeur. Elle griffonna son nom d'une main tremblante.

« Bonne journée, madame, » dit le jeune homme en touchant sa casquette, avant de remonter dans son véhicule.

Ramona contemplait la lourde et belle enveloppe. Avant de l'ouvrir, elle la serra contre sa poitrine, leva les yeux vers le ciel clair et pria pour qu'elle contienne de bonnes nouvelles.

Emmy Winter avait un rire mélodieux, cadencé, extrêmement communicatif. La boutique de fleuriste de la rue Arroyo était pleine de clients, ce jour-là. Certains passaient des commandes, d'autres choisissaient des bouquets car la date d'une grande fête approchait. Mais le brouhaha et l'agitation qui régnaient dans la boutique n'empêchaient pas le rire de la jeune fille de faire sourire tout le monde.

Dans l'arrière-boutique six femmes travaillaient, composant de leurs mains expertes bouquets et décorations florales. Elles bavardaient, elles blaguaient, elles riaient, et leurs éclats de voix mettaient une atmosphère joyeuse dans tout le magasin.

Emmy avait été engagée comme apprentie bouquetière trois ans auparavant. Elle ne connaissait rien à ce métier mais adorait s'occuper de tout ce qui pousse. Le fleuriste n'en demandait pas plus car il savait reconnaître un talent inné à des kilomètres. Depuis, Emmy, qui apprenait vite, avait été promue responsable des compositions florales. Elle avait même gagné des prix pour l'originalité des milieux de table qu'elle avait réalisés lors de certains banquets et quand le Président avait été invité à la résidence du gouverneur. Á l'approche de la Fête des Lumières, elle supervisait le travail des autres femmes, ajoutait une touche finale ici ou là, tout en bavardant avec ses collègues.

Agée de vingt-cinq ans, Emmy Winter était d'une beauté remarquable. Sa peau naturellement soyeuse et bronzée se teintait de nuances plus vives au niveau de ses pommettes, hautes et bien dessinées. Ses lèvres étaient sensuelles. Ses grands yeux légèrement en amande s'ouvraient sur des pupilles d'un bleu profond, et son regard avait gardé la simplicité, l'innocence de l'enfance. Ses cheveux, noirs et lustrés comme l'aile du corbeau, tombaient librement jusqu'à sa taille mince. Comme sa mère, elle portait des blouses paysannes richement brodées. Contrairement à sa mère, elle préférait les jeans qui mettaient en valeur ses longues jambes fuselées. Des pendentifs en argent en forme de plumes ornaient ses oreilles, et un collier en perles de verre, qu'elle avait fait elle-même, enserrait son cou.

Son patron aurait préféré qu'elle ne reste pas cantonnée dans l'arrière boutique. Il se disait qu'une aussi séduisante personne, fleur parmi les fleurs, lui attirerait une clientèle supplémentaire – dont il n'avait d'ailleurs pas besoin. Il lui avait suggéré de venir travailler avec les autres vendeuses. Mais la jeune femme n'en avait aucune envie. Contente de son emploi, dont elle avait besoin pour aider financièrement sa famille, elle ne désirait qu'une chose, pouvoir se consacrer à ces créations qui la rendaient heureuse.

Elle venait de faire une suggestion à l'une de ses collègues quand une autre lui tapa sur l'épaule.

« Emmy, une visite pour toi, » dit-elle en inclinant la tête vers la porte.

Emmy se retourna. Sa mère était là, un large sourire aux lèvres, les yeux brillants de larmes. La jeune femme comprit immédiatement ce qui l'avait poussée à venir jusqu'à la boutique. Elle comprit qu'enfin – enfin ses rêves se réalisaient.

« La bourse ? Elle m'est accordée ? » s'écria-telle pleine d'espoir.

Ramona acquiesça en lui tendant l'enveloppe. Mère et fille s'étreignirent, laissant couler leurs larmes. Les autres bouquetières poussaient des cris de joie car elles savaient que personne ne méritait plus qu'Emmy Winter cet argent qui lui permettrait de poursuivre ses études. Certes, elles regretteraient leur amie si chaleureuse, et il faudrait lui trouver une remplaçante, mais elles se réjouissaient pour elle et se précipitèrent pour féliciter les deux femmes.

Lorsque son excitation fut un peu calmée, Emmy ouvrit la lettre pour en prendre connaissance. Le montant de la bourse était plus important que ce qu'elles avaient demandé et, en lisant pourquoi, la jeune femme se remit à pleurer.

Outre la demande de bourse, l'université avait reçu des lettres émanant des amis, voisins, parents et collègues de travail d'Emmy qui vantaient ses mérites et insistaient sur les difficultés de la famille Winter. Au montant de la bourse s'ajoutait un chèque, envoyé par un donateur anonyme, destiné à lui permettre d'acheter la voiture indispensable à la poursuite de ses travaux d'anthropologie sur le terrain.

L'une après l'autre, toutes les collègues d'Emmy prirent connaissance de la lettre en hochant la tête, ravies de la bonne fortune de leur amie. Elles spéculèrent en riant sur l'identité du mystérieux bienfaiteur – Ah ! comme elles aimeraient, elles aussi, qu'un inconnu leur envoie des chèques comme ça ! – taquinèrent gentiment la jeune femme et ce fut comme si un vent de folie soufflait sur le petit groupe.

« Emmy a un protecteur ! Emmy a un protecteur ! Allez, dis-nous qui c'est ! »

« Emmy a un admirateur secret ! »

« C'est peut-être le gouverneur ! »

« Non, c'est ce bel homme qu'on voit passer en limousine ! »

Cette curiosité joyeuse, ces exclamations se prolongèrent jusqu'au moment où les femmes s'aperçurent qu'elles suscitaient chez leur amie une gêne croissante. Ramona appréciait visiblement chacune de leurs remarques, mais sa fille paraissait en souffrir.

L'une des femmes intervint : « Silence tout le monde ! Regardez dans quel état vous mettez notre pauvre Emmy. Arrêtez de caqueter comme des poules. Le mystère est déjà bien assez troublant comme ça ! »

Ainsi ramenées au calme, les bouquetières félicitèrent une fois de plus leur collègue et sa mère avant de se remettre au travail.

Leur patron arriva et, après avoir embrassé les deux femmes, proposa à Emmy de la libérer pour la fin de la journée. Mais celle-ci ne voulut rien entendre. Il y avait encore des commandes à honorer et elle se sentait obligée d'assumer ses responsabilités. Elle resterait même plus tard, si c'était nécessaire.

Ramona rentra chez elle pour préparer un diner de fête.

Et dans la boutique du fleuriste, les activités reprirent leur cours normal.

Plus tard, ce soir-là, une fois la fête terminée chez les Winter, les invités partis et la maison remise en ordre, Emmy prit sa mère dans ses bras et l'embrassa.

« Merci pour tout ce que tu as fait aujourd'hui, » dit-elle.

« J'aurais invité toute la ville si nous avions eu assez de place, mon cœur. Tout le monde est tellement content pour toi. »

Longtemps, elles restèrent enlacées, puis Emmy murmura à l'oreille de sa mère : « Il faut que je sorte. »

Leurs regards se croisèrent. Ramona interrogea les yeux bleus de sa fille, qui répondirent. Cette couleur inhabituelle prouvait qu'Emmy était l'élue qui, toutes les trois générations, naissait dans leur clan avec un peu de ciel dans le regard. Elle savait que la destinée de la jeune femme était guidée par une force extérieure à elle, une force provenant de leurs lointains ancêtres, nés dans les étoiles… la Tribu des Stellaires.

Alors, sans rien dire, elle inclina la tête, car elle savait que sa fille avait besoin d'être seule, d'entrer en communication avec le Silence qui Parle.

Après avoir délicatement repoussé une mèche des cheveux de sa fille, Ramona déposa un baiser sur son front. Aucune parole ne fut prononcée. Aucune n'était nécessaire, car elles communiquaient dans un langage silencieux et très ancien.

Dehors, surprise par la fraîcheur de la nuit, Emmy resserra son châle autour de ses épaules et agrippa plus fortement les bretelles de son sac à dos.

Lors de ses promenades nocturnes habituelles, quand elle passait devant les boutiques encore éclairées de la rue, elle s'arrêtait devant les vitrines et prenait même le temps de bavarder avec les boutiquiers. Mais ce soir-là, elle n'allait pas flâner dans la grande rue ou se promener en ville. C'était une nuit spéciale, une de ces nuits où elle partait directement vers la vaste plaine aride pour aller se recueillir dans son lieu de prière. Une de ces nuits sacrées dont elle ne parlait à personne – jamais.

Elle avait maintenant dépassé les limites de la ville. L'éclairage urbain n'était plus qu'un halo jaune qui pâlissait à chacun de ses pas. Si elle continuait tout droit, les lumières de la ville ne disparaîtraient jamais complètement, mais elle allait bientôt s'écarter de la route et contourner l'un de ces lointains monolithes derrière lequel la couleur de la nuit serait intacte, absolue.

Elle s'enfonça plus avant dans l'obscurité profonde comme un océan.

Une légère brise jouait dans ses cheveux.

Des senteurs nouvelles faisaient frémir ses narines. Le doux parfum de la sauge imprégnait l'air léger. Elle inspira longuement pour faire pénétrer l'essence de la terre bien-aimée dans son corps, dans son esprit accueillant.

Bientôt se profilèrent les hautes silhouettes des sentinelles, ces monolithes qu'elle admirait tant. La nuit, ils étaient particulièrement impressionnants. L'obscurité les faisait paraître plus hauts, plus grands. Ou peut-être profitaient-ils de la nuit pour grandir et se hausser jusqu'aux étoiles. Elle avait vu des choses plus étranges – des choses qu'elle avait accepté, dès l'enfance, de considérer comme naturelles.

Ralentissant son allure, elle contourna prudemment la base de l'une des sentinelles. Ces lieux lui étaient si familiers qu'elle aurait retrouvé son chemin, même en dormant, mais le paysage changeait souvent et elle devait faire attention à ne pas buter sur quelque quartier de roche récemment tombé à terre.

Lorsqu'elle atteignit l'autre côté, elle se trouva plongée dans une obscurité complète. Impénétrable.

Elle était arrivée.

Elle attendit que le silence se fasse en elle, que la grande Paix Intérieure emplisse tout son être. Lorsqu'elle se sentit prête, elle enleva son châle et prit son sac pour en sortir les objets sacrés qu'il contenait.

Dépliant respectueusement le poncho de laine, elle l'éleva vers les étoiles et murmura une vieille prière traditionnelle avant de le laisser retomber sur ses épaules. Ainsi couverte, elle sortit du sac le bois de cèdre et l'herbe douce, s'agenouilla, alluma un petit feu. Elle y ajouta du genévrier et du prosopis. Bientôt des braises rougoyèrent autour du cèdre. Un filet de fumée sinueuse pointa vers le ciel. Fermant les yeux, Emmy s'accroupit sur ses talons en psalmodiant un chant très doux, le chant de son cœur.

Le bois de cèdre brûlerait. Aussi longtemps qu'il le faudrait.

Le chant continuerait. Aussi longtemps qu'il le faudrait – pour qu'elle atteigne l'état désiré.

Elle n'eut pas longtemps à attendre. La sensation se manifesta dans le bas de son dos. Des picotements légers, très doux. Lentement, très lentement ils se propagèrent le long de sa colonne vertébrale, jusqu'à son cou, jusqu'à son crâne.

L'odeur familière de la fumée l'enveloppait, mais il s'y mêlait quelque chose de différent, cette fois. Un parfum nouveau, délicat dont elle ne parvenait pas à identifier l'origine. Elle devinait toutefois qu'il s'agissait d'une manifestation volontaire, délibérée.

Elle garda les yeux fermés pour permettre à son esprit de mieux voir.

Le panache de fumée changeait.

Evoluait.

Se transformait.

Puis il s'éleva lentement avant de retomber vers le sol, fit trois fois le tour de la femme accroupie avant de remonter vers le ciel.

Quelque chose s'était joint à elle. Elle n'était plus seule. Elle parla sans remuer les lèvres.

« Qui est venu sur mon aire sacrée ? »

Le vent murmurait doucement autour du monolithe.

Il caressa les cheveux d'Emmy.

« Quel est l'esprit qui se présente à moi ce soir ? » Silence.

Ses narines humèrent la senteur nouvelle, parfumée.

« Je connais cette essence. J'aimerais la connaître mieux car elle me plaît beaucoup. »

L'odeur couvrait maintenant celle du cèdre et de l'herbe douce.

Derrière l'écran de ses paupières, la femme aperçut un minuscule point lumineux. Fascinée, elle vit des milliers de rayons aveuglants fleurir autour de ce point, s'étirer lentement, puis changer de couleur et se mettre à onduler comme s'ils provenaient d'une source puissante. Le point central devint plus brillant, puis sa lumière tournoya, prenant des formes changeantes.

Le souffle coupé, la femme entra dans la Vision.

Un aigle déploya ses ailes, puis les agita, comme au ralenti, en silence.

Un chien, les oreilles dressées, tendit le museau pour flairer son odeur.

Une poupée kachina la salua, faisant frétiller ses plumes.

Un buffle magnifique releva sa noble tête pour la regarder.

Les formes, parfaites, s'enchaînaient avec fluidité devant ses yeux ébahis.

Elle osa parler, en silence.

« Es-tu Celui qui change les Formes ? » interrogea-t-elle avec respect.

Soudain, la dernière image se résorba dans le point de lumière central qui se mit à battre comme un cœur.

Et le son entra dans la vision.

Un battement de cœur, d'abord étouffé, prit progressivement de l'ampleur, vibrant et résonnant tel un roulement de tambour assourdissant. La force de ces vibrations pénétra en elle, toucha dans son âme une corde sensible, effaçant tout autre désir que celui de se fondre dans ce flux sonore, se laisser porter par son rythme, sa chaleur, jusqu'à l'infini.

Une larme jaillie de ses paupières closes glissa le long de sa joue. Emmy aspirait de tout son être à se fondre dans l'intense beauté qu'il lui était donné de contempler. Corps, esprit et âme enfin confondus.

Rien ne se passa.

Seul le point de lumière continuait à briller, comme un pulsar. Il irradiait l'amour, la sagesse et une profonde compassion.

Et le cœur battait. Il battait si fort que ses échos allaient rebondir à la surface des monolithes les plus lointains.

La jeune femme voyait et entendait avec les yeux de l'esprit.

Renonçant à son désir de fusion, elle laissa simplement son être baigner dans l'éclatante magnificence de la lumière et du son. Alors elle eut la sensation de se rapprocher de l'essence, et elle découvrit que cette essence avait une forme — que la mémoire de son âme reconnut — celle d'un être de grande taille, tout blanc.

Elle s'abandonna à sa chaleur réconfortante, à sa vérité.

Et ils furent réunis.

La jeune femme accroupie tressaillit. Elle tressaillit encore. Un frisson réveilla Emmy Winter.

Autour d'elle régnait l'obscurité. Son feu n'était plus que cendres. Elle avait froid. Combien de temps avait-elle dormi ? Elle s'assit, les genoux remontés sous le menton et appuya son dos contre la base rugueuse du monolithe.

Une multitude d'étoiles scintillaient au-dessus d'elle. Le disque de la lune, sombre contre le ciel noir, était cerné d'une faible aura lumineuse émanant de sa face cachée. C'était la nouvelle lune. Et l'obscurité de la voûte céleste semblait danser autour de ce point obscur, de toute sa splendeur étoilée.

Minuscules points de lumière. Bleus. Verts et rouges. Dorés. Blancs.

Un immense dais piqueté de joyaux scintillants s'étendait au-dessus de la terre aride et froide.

Pas un souffle d'air n'agitait les buissons d'armoise, les broussailles rabougries du désert. Pas le moindre soupir murmurant sur la vaste plaine. C'était ce moment de la nuit, ce moment de silence, où l'Esprit du Vent retient son haleine pour qu'une quiétude absolue enveloppe Grand-mère la Terre. C'était cette heure sacrée, infiniment sacrée, où rien ne bouge. Où, révérencieusement, toute la nature s'incline, se met à genoux. C'était le Silence Sacré de l'heure où Grand-mère la Terre prie.

Une étoile filante décrivit une courbe rapide avant de s'éteindre à tout jamais.

La femme se redressa, croisa les jambes et s'enveloppa plus chaudement dans son lourd poncho de laine. Ses frissons se calmèrent peu à peu. Elle devait maintenant se concentrer sur des choses plus importantes.

La profonde vénération de ce moment solennel l'avait imprégnée de son silence sacré. La prière de Grand-mère la Terre était si puissante qu'elle l'envahissait tout entière. Chaque fibre, chaque cellule de son être consentant vibrait de l'énergie qu'elle percevait alentour.

Le corps parcouru de fourmillements dûs à cette force mystique, la jeune femme se pencha en avant, étendit ses bras contre le sol froid pour s'unir plus complètement avec l'éternel Esprit de la Terre.

Des battements de cœur, réguliers et doux, palpitaient au même rythme que les siens. Et les deux entités se fondirent en une sous le regard du firmament étoilé qui voyant que cela était bon, sourit.

Une douce brise caressa la joue d'Emmy, mettant fin à son état de profonde méditation. Le temps de la prière allait s'achever.

Elle releva la tête, puis lentement, se mit debout.

Alors, levant les bras vers la voûte céleste, elle entonna un chant profond. Cette ultime bénédiction, mélodieuse et douce, surgie de son cœur, fut acceptée par le Grand Esprit lorsque l'offrande lui arriva, sur les ailes de l'Esprit du Vent.

Le silence envahit à nouveau la plaine.

Emmy venait de vivre une expérience exceptionnelle. Dès l'enfance, on lui avait montré certaines cérémonies, enseigné des rites sacrés. Elle avait été initiée aux aspects mystiques des réalités naturelles les plus subtiles et, depuis qu'elle avait commencé à s'isoler pour faire ses propres prières, elle avait souvent contemplé des visions sublimes offertes par les esprits. Mais ce qui lui avait été donné cette nuit était différent. Et avait des implications différentes – d'une importance considérable. Tout en étant naturel. La Tradition disait que tout individu au cœur pur, pouvait bénéficier du don de vision lorsque sa Fumée de Prière s'élevait en offrande. Cela n'avait rien de mystérieux ou de surnaturel –

c'était simplement une expression de la nature, telle que l'avait vécue le Peuple au cours des siècles passés.

La tradition ancestrale gardait précieusement son secret… celui d'un lien filial avec les étoiles. Le Peuple, depuis toujours, considérait son origine comme une chose sacrée.

Alors que la jeune femme s'éloignait du monolithe et marchait vers d'énormes cactus, elle sentit des picotements dans son dos et son esprit sensible perçut comme une menace.

Elle tourna la tête vers la haute sentinelle au pied de laquelle se trouvaient les restes de sa Fumée de Prière.

Il n'y avait rien. Rien que ce monolithe que l'on appelait la Pierre Debout.

Tous ses sens en alerte, elle reprit sa marche dans les broussailles en réfléchissant à la vision qu'elle avait eue et à sa signification. Jamais encore elle n'avait vu de symboles aussi émouvants. Ce point vibrant de lumière lui était entré dans l'âme. L'avait appelée. Mais pourquoi avait-il pris toutes ces formes ?

Elle avait toujours cette question en tête lorsqu'elle sentit une légère pression contre son dos. C'était comme si quelqu'un l'avait touchée d'une main légère, et en même temps comme si on la tirait en arrière.

Elle se retourna. Plissant les yeux, elle s'efforça de percer les ténèbres.

Rien. Rien que la Pierre Debout.

Mais elle n'avait plus envie de continuer son chemin. Un seul signe pouvait être fortuit – une simple erreur de perception - , mais deux signes étaient forcément intentionnels.

Son regard perçant étudia le contour du vieux monolithe. Il semblait légèrement différent. Comme vivant. Animé d'une respiration.

La jeune femme ne pouvait en détacher son regard.

Au loin, deux yeux secs observaient le désert autour d'eux. Une mince silhouette solitaire les regardait. L'imposante masse de pierre reconnut la femme, poussa un énorme soupir, rassembla toute son énergie et augmenta sa taille.

Le vent s'était levé. La jeune femme écarta les cheveux qui lui couvraient le visage et se remit à observer, fascinée, ce qui se passait au loin. Le monolithe semblait s'être étendu, élargi en une vaste mesa. Mais ce n'était pas possible. Non c'était impossible. Elle devait être fatiguée après cette nuit exténuante. Voilà, c'était ça. La fatigue lui brouillait la vue. Pourtant…

Troublée par la simplicité de cette explication, elle reprit le chemin de son aire de prière sans quitter des yeux la silhouette inexplicablement modifiée du monolithe. Plus elle avançait, plus elle se sentait attirée vers lui. Quand elle arriva tout près, elle tendit lentement son bras et posa une main tremblante sur la roche.

Elle était tiède, presque chaude.

Elle aurait dû être froide, et pourtant… Elle était comme électrisée. Une sorte de vibration courait dans la pierre.

La jeune femme leva la tête vers le sommet du monolithe.

« Qui es-tu ? » murmura-t-elle.

Et une voix puissante mais douce que seule son âme pouvait entendre lui répondit.

« Je suis le Gardien. Le Protecteur du Dépôt Sacré des Anciens. »

La jeune femme frissonna.

Sous sa main, la pierre palpitait comme le sang dans une veine vivante. Malgré l'étrangeté de la sensation, la jeune femme éprouvait une certaine familiarité avec elle.

« Pourquoi es-tu ici ? » murmura-t-elle.

La voix s'amplifia. « Tant que l'avidité demeure dans le cœur des hommes, je vis. Tant que l'ignorance domine l'esprit des mortels, je vis. Tant que leurs yeux restent aveugles, je vis. Jusqu'à ce que le Temps prescrit s'aligne avec les Maisons, je vis. Car c'est à cause de tout cela que je suis. »

« Pourquoi es-tu ici maintenant ? Pourquoi me dis-tu ces choses ? »

« Ecoute et regarde. Regarde et écoute. Tu le sauras dans ton cœur, car tu as été désignée par tes ancêtres des étoiles. Tu es appelée. Nécessaire. »

La pulsation ralentit. Et cessa.

La pierre perdit toute chaleur. Redevint froide. Un bref coup de tonnerre retentit.

Et quand Emmy leva la tête, elle ne vit pas un seul nuage au ciel, dans la grisaille précédant l'aurore.

Ramona s'affairait dans la cuisine lorsqu'elle entendit sa fille rentrer. Tout en continuant à préparer le petit déjeuner familial elle ne manqua pas de remarquer l'air étrange, comme hypnotisé, de la jeune femme qui traversa la pièce, entra dans sa chambre et referma sa porte, sans adresser le moindre salut à personne.

Connaissant les aspects complexes de La Voie, Ramona trouvait cette réaction tout à fait normale de la part d'un être qui venait de passer la nuit à effectuer le rituel de la Fumée de Prière. Le retour aux aspects quotidiens de la réalité nécessitait toujours certains ajustements. Mais quelque chose, dans l'aspect d'Emmy inquiéta Ramona.

Elle distribua à chacun une assiette pleine, et ses plus jeunes enfants, encore somnolents, se mirent à manger. Le regard de Ramona chercha celui de l'homme qui était assis face à elle. Elle savait qu'il avait, lui aussi, remarqué le comportement inhabituel de leur fille.

« Qu'en penses-tu, Hawk ? » murmura-t-elle.

Il haussa les épaules.

« Tu as vu son expression comme moi, j'en suis sûre. Á ton avis, qu'est-ce qui a bien pu se passer cette nuit ? »

« Oui, j'ai remarqué ses yeux quand elle est entrée. »

« Et alors ? »

Depuis le retour de sa fille, le père d'Emmy était plongé dans ses réflexions. Dans son cœur se mêlaient de la crainte et une certaine exaltation. Il n'avait pas envie d'en parler.

« Hawk ? » insista Ramona.

D'une voix pensive l'homme répondit : « J'ai déjà vu ce regard-là. »

« Quand ? Qu'est-ce qu'il signifie ? »

« C'était il y a longtemps, quand Redbird est redescendu de la mesa après sa quête de la vision. »

La femme attendit une explication qui ne vint pas.

« Et alors ? Explique ! »

Sans répondre, l'homme haussa ses larges épaules.

« Hawk ! » insista Ramona sans élever la voix pour ne pas déranger Emmy. « Tu le sais et tu vas me le dire. Que signifie ce regard qu'elle avait ? »

« Peut-être différentes choses, selon la personne. Je ne sais pas. Je n'étais pas là hier soir, alors je ne sais pas exactement ce qu'il signifie pour notre fille. »

« Et pour Redbird ? »

Silence.

« Hawk ? »

« Ça l'a rendu fou, » dit-il froidement. « Redbird est redescendu de la mesa avec le même regard qu'Emmy, et après, il s'est mis à divaguer. Il se baladait partout en racontant qu'une *chose* habitait là-bas, sous la pierre. Il… »

« Quelle pierre ? » interrompit la femme.

« Cette mesa. La septième mesa. Et il nous a juré sur son gri-gri de sorcier qu'un esprit effrayant, horrible l'avait poursuivi à travers d'interminables tunnels sous cette mesa. » Hawk Winter secoua tristement la tête. « Pauvre vieux, il n'arrêtait pas de répéter qu'il s'y trouvait des trésors fabuleux ; de l'or, des pierres précieuses géantes, de la taille d'un panier de femme, un mur noir recouvert d'inscriptions étranges et toutes sortes d'autres choses. Des choses invraisemblables. »

« Par exemple ? »

« Oh, il disait qu'il avait vu l'intérieur d'une grande pyramide au fond du ventre de Grand-mère la Terre, sous cette mesa. Il jurait qu'il y avait même une sorte de cimetière avec une tombe. Une tombe gardée par un esprit maléfique. Il disait aussi que dans ce souterrain il y avait de la lumière et qu'elle provenait d'un énorme cristal. » Hawk hocha dubitativement la tête. « Il avait complètement perdu la tête, le pauvre vieux. Et jamais il n'a voulu démordre de son histoire. Il en parlait sans arrêt, jusqu'à sa mort. »

« Comment est-il mort ? »

L'homme haussa les épaules.

« Hawk ! Comment est mort Redbird ? »

« Il s'est suicidé. Il avait toujours peur que l'esprit mauvais avec ses yeux bizarres finisse par le rattraper. Alors il a dû penser qu'il valait mieux se tuer au lieu de vivre dans la peur de cette chose qui le poursuivait. »

« S'il insistait tellement, c'est peut-être que son histoire était vraie… » Les yeux écarquillés, Ramona réfléchissait tout haut.

L'homme qui lui faisait face sirotait son café brûlant.

Il tourna la tête vers la fenêtre éclairée par les premiers rayons du soleil.

« C'est ce qu'on raconte, Ramona. Certaines légendes parlent d'un endroit comme celui-là, mais ce n'est pas un endroit pour les hommes. On dit que c'est un espace brûlant que l'on entend hurler. » Il regarda sa femme comme s'il ne la voyait pas.

« Mais, notre Emmy ne peut pas avoir eu la même vision, » dit doucement Ramona en posant ses mains sur celles de l'homme. « Elle n'est pas allée au même endroit que Redbird. Elle n'est pas allée à la septième mesa. »

Ses mots ne rassurèrent pas Hawk dont l'expression restait lointaine.

« Tu sais ce qu'on raconte, Ramona. »

« Á propos de ces monolithes ? Les Pierres Debout, là-bas ? »

Il acquieça d'un signe de tête.

« Mais ce sont des légendes, Hawk. »

« Des légendes ? Vraiment ? » Demanda-t-il en levant un sourcil. « Les voies anciennes ne changent jamais, Ramona. Les Voies restent les mêmes, de tout temps. Elles restent, comme la pierre… aussi solides que ces Pierres Debout, là-bas dans le désert. »

La femme regarda l'homme droit dans les yeux. « Et toi, Hawk, est-ce que tu as entendu les pierres parler ? Dis-le moi. »

L'homme poussa un profond soupir. « Certaines fois, » commença-t-il, « quand je sortais tard le soir pour faire mes prières, comme Emmy hier. Quand la nuit était particulièrement noire, il m'a semblé entendre les Pierres se parler très doucement l'une à l'autre. Leurs propos allaient et venaient. Mais quand le vent souffle, il est parfois difficile d'en être sûr. Pourtant, oui, certaines fois, je crois bien les avoir entendu respirer. Et je sentais comme un cœur qui battait. La légende n'est pas une légende, Ramona. Je crois qu'elle est vraie. Les monolithes et les mesas parlent ensemble, certaines nuits. Certaines nuits spéciales. »

« Mais de quoi parlent-ils ? Et qu'est-ce que ça signifie ? »

« Je n'en sais rien. Je n'ai jamais entendu de mots. C'est peut-être réservé à quelques élus… Les seuls qui soient capables de dire ce que ça signifie … parce qu'ils ont entendu les mots. »

« Crois-tu qu'Emmy les a entendus cette nuit ? »

Silence.

« Hawk, crois-tu que notre petite fille les a entendus ? »

« Je ne sais pas. Je ne sais vraiment pas. Peut-être, puisqu'elle est l'élue de notre clan. Cela expliquerait son allure étrange quand elle est rentrée. Et si elle a entendu dialoguer les Pierres, ce n'est pas sans raison. Si les Pierres Debout lui ont parlé et qu'elle a entendu, il y a forcément une raison. Quelque chose l'attend. Les esprits de nos ancêtres l'appellent. Ils guideront ses pas. »

Ramona réfléchit longtemps à ce qu'elle venait d'entendre. Puis elle posa une nouvelle question.

« Quand tu parlais de Redbird et de cet esprit qui l'avait poursuivi, tu as dit quelque chose à propos de ses yeux bizarres. Est-ce que Redbird a précisé en quoi ils étaient bizarres ? »

Hawk tourna la tête vers la fenêtre. Il aurait préféré qu'elle ne revienne pas là-dessus.

« Hawk ? Tu m'entends ? »

« Je t'entends. »

« Eh bien ? »

« Redbird a dit que les yeux avaient une couleur étrange. Redbird a dit qu'ils étaient bleus… comme ceux d'Emmy. »

Une semaine plus tard, Emmy touchait le chèque de l'inconnu et achetait une jeep d'occasion. Puis elle partit, non pas en direction de l'Université du Nouveau Mexique comme prévu, mais vers Boulder, au Colorado, d'où lui était adressée la lettre d'acceptation.

THÉODORE

Á grandes enjambées, le corpulent professeur allait et venait devant son bureau tout en parlant. De temps à autre, il levait la tête et plissait les yeux pour interroger du regard les visages fascinés de son auditoire. L'amphithéâtre était bondé. Certains étudiants, n'ayant pas trouvé de place, se pressaient, debout, au-delà du dernier rang. Beaucoup d'entre eux n'étaient pas inscrits en Anthropologie III ; soit ils avaient du temps libre, soit ils séchaient leur dernier cours de la journée pour assister à celui de Théodore Weatherbee. Il était rare, en effet, que le directeur du département assure lui-même l'enseignement.

Chaque fois qu'il le faisait, c'était la même bousculade. La plupart de ses élèves espéraient d'ailleurs qu'il ne trouverait pas de remplaçant à leur professeur absent, car ils aimaient profondément le vieux savant. Il avait une façon presque magique de captiver son auditoire.

Á travers les hautes fenêtres de l'amphithéâtre, la lumière dorée de l'après-midi soulignait les cheveux gris et rares du professeur, jouait sur les lunettes cerclées de métal qu'il portait au bout de son nez aquilin. Ses yeux tout ronds, couleur chocolat, clignotaient d'excitation à mesure qu'il parlait. Et si son costume démodé était légèrement débraillé, la chaîne en or de sa montre à gousset était toujours bien visible. Cette montre faisait sa joie et son orgueil car c'était un cadeau des directeurs de l'université, en récompense des travaux remarquables qu'il avait effectués au cours des années, dans sa spécialité.

Cette classe d'anthropologie III était celle qu'il appréciait et qu'il redoutait le plus. Il l'appréciait parce qu'elle était composée d'étudiants particulièrement curieux et passionnés. L'intérêt qu'ils manifestaient pour leur sujet d'études ranimait la flamme de son propre enthousiasme. Et c'est pour la même raison qu'il les redoutait — leur intarissable curiosité, leurs perpétuelles questions l'entraînaient dans toutes les directions, et il avait le plus grand mal à respecter le plan de son cours. Cette classe le faisait systématiquement sortir du sujet. Elle se déchaînait, parfois. Mais quel plaisir de voir ces jeunes esprits s'échauffer !

Une main se leva et s'agita frénétiquement, réclamant son attention.

« Oui ? »

« Professeur Weatherbee, et les Amérindiens ? Est-ce qu'ils ne coexistaient pas avec les… »

« Jeune fille, » l'interrompit-il, « je suis peut-être vieux, mais j'arrive encore à suivre le fil de ma pensée. Il me semble que nous parlions des Aztèques. »

« Je le sais bien, monsieur, mais n'a-t-on pas récemment mis en évidence des croyances indiennes très proches de la culture des Aztèques ? Et cela ne permettrait-il pas d'accréditer la thèse d'une période de coexistence allant à l'encontre de la théorie actuellement en vigueur, celle de la migration ? »

Le bon professeur s'arrêta et soupira. Par cette remarque pertinente, la jeune fille venait de faire adroitement dériver le cours dans une nouvelle direction. Mais il avait pour principe de ne jamais laisser une question sans réponse.

« On n'a encore découvert aucun artefact susceptible d'étayer la théorie de la coexistence. »

Sans se démonter, la jeune fille sourit au professeur et répondit : « Si un arbre tombe au plus profond de la forêt et si personne ne le voit ou ne l'entend, cela veut-il dire qu'il n'est pas tombé ? »

Une onde de petits rires nerveux parcourut l'assistance.

Le professeur Weatherbee pencha la tête pour regarder son élève par-dessus ses lunettes.

« Vous moquez-vous de moi, mademoiselle ? »

« Oh non, professeur, pas du tout. Je voulais simplement souligner le fait que si… »

« Mais oui, mais oui. Ne me prenez pas pour un simple d'esprit. J'ai parfaitement compris ce que vous vouliez dire. Le fait que les archéologues n'aient pas découvert d'artefacts amérindiens datant de l'époque de la civilisation aztèque ne prouve pas nécessairement qu'il n'y ait pas eu d'Amérindiens à ce moment-là. Il prouve simplement que ces preuves restent à découvrir. »

« Voilà, s'exclama joyeusement l'étudiante. C'est exactement ce que je voulais dire. Il me semble que si deux cultures partagent des croyances communes, cela mérite de s'y intéresser et de creuser la question. Voyez-vous, poursuivit-elle d'un ton plus calme, il me semble que les Indiens étaient là depuis plus longtemps que ne le croient les historiens et les anthropologues, plus longtemps que ne l'affirme la science. »

Le vieil homme se frotta pensivement le menton.

L'élève s'assit.

Le professeur Weatherbee fit un geste de la main. « Debout, debout, mademoiselle. Nous n'en avons pas encore terminé avec votre question. Nous n'avons pas poussé la réflexion assez loin pour l'abandonner. »

La jeune fille se leva et attendit la suite.

Le professeur resta quelques secondes plongé dans ses pensées avant de reporter son attention sur son élève. « Pourquoi ? » lui demanda-t-il simplement.

La jeune fille fronça les sourcils, perplexe : « Pourquoi quoi, monsieur ? »

Il y eut des ricanements dans la classe.

Sans y prêter attention, le vieux professeur précisa : « Pourquoi croyez-vous que les Indiens ont vécu ici plus longtemps que ne l'atteste la science ? »

Visiblement embarrassée, l'élève haussa les épaules. « C'est juste un sentiment… »

« Un *sentiment* ! Une sensation peut-être ! Et vous voudriez que nous écrivions des livres à partir de nos *sentiments* ? Comment pourrions-nous faire une chose pareille ? » Le professeur enfonça ses poings dans ses poches et se redressa pour fixer son élève. « Que faites-vous de la vérification scientifique ? Où sont les artefacts datés au carbone 14 pour étayer votre théorie ? Où sont les années de recherches laborieuses ? La méticuleuse accumulation de données archéologiques. Les fouilles ? Présenteriez-vous une découverte fondamentale, décisive, en vous fondant sur une simple idée ? Une impression intellectuelle ? Ou sensible ? Un *sentiment* ? »

La classe s'amusait énormément. La jeune fille rougit de honte.

Et des rires fusèrent, de plus en plus nombreux.

Soudain, un fracas assourdissant fit sursauter l'ensemble des étudiants. Toutes les têtes se tournèrent vers l'origine du bruit. Le professeur avait laissé tomber une grosse pile de livres sur le parquet.

« Bien. Maintenant que j'ai votre attention pleine et entière, dit-il d'une voix douce, je crois que vous devez à cette jeune personne des excuses pour vous être moqué de sa sincérité. En outre, vous serez sans doute heureux d'apprendre que les idées, qu'elle a si courageusement exprimées, sont effectivement partagées par quelques-uns de nos plus grands penseurs actuels ! »

Le silence s'alourdit, la classe retenait son souffle.

Quelques regards se tournèrent vers la jeune fille qui se rasseyait lentement à sa place. Quelques étudiants, honteux, baissèrent la tête. Puis, l'orateur se remit à parler, captant à nouveau l'attention de tous.

« Le fait que je conteste la théorie personnelle d'un élève ne signifie pas forcément que je sois en désaccord avec cette théorie. J'essaie peut-être de vous obliger à réfléchir plus profondément, à dénouer l'écheveau dans lequel s'entortillent vos idées. »

Il frappa du poing sur le bureau.

« Mais oui ! Parfaitement ! s'exclama-t-il avant de baisser le ton. Bien que la chose ne soit pas encore officielle, des études récentes semblent orienter la réflexion dans cette direction ! Des petits éléments apparaissent ça et là, de plus en plus nombreux. Les pièces du puzzle ne sont plus aussi nettement dessinées ou figées qu'auparavant. Elles refusent de s'insérer dans le tableau que nous avons mis en place. On a beau les tourner et les retourner dans tous les sens, *elles ne s'ajustent plus !*

« Jeunes gens, soupira le professeur, sachez que ce *sentiment* est partagé par des chercheurs de renom, des archéologues et des anthropologues compétents. Tous ces savants commencent à refaire leurs calculs, à réviser leurs hypothèses pour intégrer les nouvelles pièces du puzzle. Et ça marche! Pourquoi ? Parce que l'Histoire a été repensée. Et dans le tableau qui se dessine peu à peu, les pièces trouvent tout naturellement leur place. »

Silence.

Puis des mains surgirent au-dessus des têtes.

« Professeur ! »

« Professeur Weatherbee ! »

« Professeur ! »

Ce regain d'énergie, cette vibrante curiosité réjouit le bon professeur. Quel bonheur lui procurait le contact avec ces jeunes esprits et combien il appréciait ce changement, après une longue interruption dans sa carrière d'enseignant !

En souriant, il désigna un jeune homme aux cheveux longs attachés sur la nuque.

« Vous, là-bas, avec la queue-de-cheval. »

Celui-ci se leva respectueusement. « Quel est votre sentiment à ce sujet, professeur ? Avez-vous le sentiment que la pensée historique est en partie erronée et qu'elle a besoin d'être révisée ? »

« C'est évident, jeune homme. Nous découvrons sans cesse des éléments nouveaux. Nous progressons en permanence. Et avec les avancées technologiques dont bénéficie actuellement la recherche, qui peut dire ce que l'avenir nous réserve encore ?

« Prenez la méthode de la datation au carbone 14, par exemple. Rappelez-vous tout ce que cette seule technique nous a permis d'apprendre. Ses applications ont donné des résultats inestimables. Or, on vient de mettre au point une méthode de datation encore plus perfectionnée.

Mais la technologie, comme le reste, ne cesse de faire des progrès. Quel nouvel outil va-t-elle mettre à notre disposition ? Nous nous servons déjà de lasers pour sonder visuellement les couches rocheuses et la pierre des pyramides, peut-être un nouvel engin encore plus puissant et polyvalent nous permettra-t-il bientôt de pénétrer les strates géologiques comme du beurre et de révéler des merveilles qui, sans lui, seraient restées ignorées – à jamais. Peut-être cette *preuve* de la coexistence de civilisations dont nous parlions tout à l'heure sera-t-elle mise en évidence grâce à cette technique et non à la suite de fouilles laborieuses. Peut-être l'ultime vérification sera-t-elle découverte dans un lieu improbable auquel nous n'avions jamais pensé, ni même rêvé. Quoi qu'il en soit, certains experts étudient actuellement un grand nombre de données qui confirmeront sans doute la théorie selon laquelle les Amérindiens seraient une civilisation *établie* dans ce pays *plusieurs siècles* avant nos estimations antérieures. Cela répond-il à votre question, jeune homme ? »

Craignant de paraître irrespectueux, l'étudiant hésita. « Euh, pas exactement. Ce qui m'intéresse c'est *votre* opinion sur la valeur du sentiment en tant que moyen d'investigation scientifique. »

Le professeur lui répondit du tac au tac.

« Vous coupez les cheveux en quatre, mon garçon. Méfiez-vous de la tendance à jeter le bébé avec l'eau du bain, » ajouta-t-il en mimant le geste. Puis, il reporta ses regards sur son élève.

Celui-ci s'empressa de dire : « Excusez-moi, professeur, mais je ne vous suis pas. Prétendez-vous que le *sentiment* est un instrument valable de la méthode scientifique ? »

« Non ! Le sentiment est une *condition préalable* à la méthode scientifique ! L'intuition est le facteur indispensable à la création d'une idée ou d'un ensemble d'idées encore informelles, nébuleuses — la théorie ! C'est à partir de ce premier *sentiment* que l'action peut être entreprise — et la méthode scientifique n'intervient qu'après, pour corroborer la validité de l'intuition par des faits concrets. Vous me suivez ? Le sentiment précède parfois la formulation de l'idée ou de la théorie, et il arrive que l'idée vienne la première et le sentiment ensuite, mais ils sont indissociables l'un de l'autre. Ils forment un couple. »

Le professeur se remit à arpenter le parquet.

« Donc, cette jeune personne, là-haut, croit que les Aztèques et les nations amérindiennes ont vécu simultanément sur l'ancien continent que nous appelons aujourd'hui l'Amérique du Nord. Elle admet cependant qu'elle n'a pas de preuves tangibles à l'appui de cette idée. Elle n'a pas d'artefacts à nous montrer pour étayer sa thèse, mais elle y croit sans réserve car elle a l'intuition qu'elle est juste. La question que je pose maintenant à cette auguste assemblée est la suivante : A-t-elle tort ? »

Des voix se mirent à chuchoter. Chacun dans les gradins consultait ses voisins et les délibérations allaient bon train.

Finalement, un étudiant se leva.

Le professeur Weatherbee hocha gravement la tête. « Ah, il semble que nous ayons un porte-parole officiel. Alors ? Quel est le verdict de l'assemblée ? »

Jetant un regard autour de lui, le jeune homme se redressa, et dit avec assurance : « Elle n'aurait pas tort de formuler une nouvelle théorie en se fondant uniquement sur un sentiment, une intuition. »

Le professeur prit un air étonné. « Ah bon, pourquoi ? »

L'élève s'éclaircit la voix avant de se lancer : « Parce que le *sentiment* fonctionne comme une impulsion, l'envie de pousser plus loin la recherche pour aboutir à une éventuelle découverte ou à une expérience susceptible de valider la théorie ou de l'invalider. »

« Exactement ! Et je crois que vous devez tous des excuses à cette demoiselle pour vos moqueries et votre scepticisme. »

Toute la classe sourit et balbutia des excuses.

La jeune fille rougit de confusion.

« Très bien, maintenant que la chose est réglée, revenons à cette question du sentiment, car elle mérite d'être creusée. D'où provient une intuition en complète contradiction avec la théorie admise et démontrée ? Qu'est-ce qui pousse quelqu'un à remettre en question ce qui a été vérifié et universellement reconnu comme un fait ? »

Silence.

Sourcils froncés, muets, les étudiants regardaient le professeur.

« Allons, allons, vous n'êtes plus en première année ! Réfléchissez un peu, que diable ! »

Au bout d'un moment, une petite main se leva timidement. Le professeur Weatherbee se tourna vers une femme d'un certain âge qui avait toujours du mal à prendre la parole.

« Oui ? Allez-y, ma chère, parlez. »

« Eh bien, dit-elle en se levant de son banc, il y a apparemment des gens qui savent certaines choses. Vous voyez ? Quand quelque chose ne sonne pas juste, cela provoque en eux une forte sensation. »

Après avoir écouté la réponse de la dame timide, toute la classe riait sous cape. Pas à cause de sa façon de s'exprimer mais de ce qu'elle avait dit.

La femme sourit, toute rougissante. « Oui, c'est comme ça. Il y a des gens qui savent reconnaître le vrai du faux et ils se comportent en fonction de ce qu'ils ressentent. Ça leur est égal que leur sentiment corresponde ou non aux idées admises parce qu'ils croient à leur sentiment profond. Et puis ils font ce qu'il faut pour prouver qu'ils ont vu juste. Voilà. En tout cas, c'est ce que je pense, » ajouta-t-elle en se rasseyant.

Toute la classe acquiesça.

« Très bien. Donc, vous êtes tous d'accord sur ce point ? Interrogea le professeur.

Des murmures d'approbation lui répondirent.

« Bon ! Voilà un début prometteur. Mais, ajouta-t-il en levant un doigt péremptoire, d'où proviennent ces sensations intérieures ? Hein ? Quelle est leur source première ? »

Une sonnerie retentit. Le professeur fit un signe de la main.

« Désolé. Mesdames, messieurs, le cours est terminé. »

Un chœur de protestations s'éleva dans les gradins. Déçus, les élèves poussaient des grognements et des jurons étouffés tandis que des mains s'agitaient pour tenter de retenir le professeur quelques minutes de plus et de prolonger leur passionnante discussion.

Le petit homme, debout devant son bureau, souriait de plaisir, les mains levées pour indiquer que le cours était vraiment terminé. Puis il sortit de l'amphithéâtre.

Dans la relative tranquillité de son bureau privé, Théodore Weatherbee soupira. L'enthousiasme de ses élèves était certes revigorant mais fatigant pour un homme de soixante-dix ans. Il aurait adoré poursuivre cet échange toute la soirée, comme il le faisait autrefois, mais il n'en avait plus la force. Il se demanda combien de temps il pourrait supporter ce rythme de travail contraignant.

Tout autour de lui, la paperasse s'accumulait : piles de lettres auxquelles il aurait dû répondre, rapports à terminer, articles récemment publiés par ses collègues et circulaires internes au département qu'il n'avait pas eu le temps de lire. Quelle pagaille ! Quelle fichue pagaille !

Irrité, il décrocha le téléphone et appela Boston.

« Le docteur Neusome, s'il-vous-plaît. De la part de Weatherbee. »

La personne qui lui répondit n'avait pas besoin de cette précision. Depuis quelques jours, elle entendait assez souvent sa voix bourrue pour le reconnaître. Réprimant son envie de raccrocher, elle passa la communication à son patron.

« Théo ! Alors, quel temps fait-il dans tes bonnes vieilles montagnes ?' dit celui-ci d'un ton jovial.

« Fais-moi grâce de tes boniments, Conrad, veux-tu. Je viens de donner deux heures de cours éreintantes et je me demande combien de temps encore je vais pouvoir laisser mon travail en plan. La paperasse s'accumule et la pile sera bientôt si haute que je ne pourrai plus voir l'horloge accrochée au mur. »

Petit rire de Neusome. ' Qu'est-ce qui t'arrive ? Tu deviens trop vieux et trop grincheux pour jouer le rôle de gourou ?

« Bon dieu, Neusome, où est Greystone ? Il fait du tourisme ou quoi ? »

« Calme-toi, Théo, sinon tu risques la rupture d'anévrisme. Il est parti depuis deux jours, laisse-lui le temps d'arriver, bon sang. Ne lui demande pas de faire quatre mille kilomètres d'une seule traite, si tu ne veux pas te retrouver avec deux professeurs dans le coma au lieu d'un. »

Weatherbee soupira. « Je sais, je sais. C'est juste que j'ai tellement de boulot en retard. J'essaie toujours de faire dix choses à la fois et en ce moment je sature … »

« Et les élèves, Théo, comment sont-ils ? »

« Formidables, mon vieux, formidables. Ils débordent d'énergie et de curiosité. J'avais presque oublié le plaisir d'enseigner. Si seulement je n'avais pas l'âge de mes artères... »

« Eh oui, le coupa Neusome. Je sais de quoi tu parles. Regarde-moi. Je suis séquestré au fond d'un souterrain, assis sur mon derrière toute la sainte journée, le nez plongé dans des rapports, des formulaires, des demandes d'acquisition. Et quand par hasard j'arrive à m'extraire de mon bureau, c'est pour aller au bout du couloir, dans la réserve, où je passe des heures à examiner des momies et autres vieilleries.

« Tu sais, Théo, j'ai parfois l'impression d'être moi-même une relique. L'enseignement me manque, l'excitation que procure la fréquentation de jeunes esprits. » Il se tut un moment avant de reprendre. « Ce qui nous ramène à notre sujet. Sache que le docteur Greystone a les idées plutôt larges, euh, des façons de voir assez originales. Non que ce soit un extrémiste ! Ni un activiste radical ! Mais attends-toi à des surprises. Dans son esprit, rien n'est impossible. La mystique n'a plus de secrets pour lui. Il en a fait le tour, et plusieurs fois même, si tu vois ce que je veux dire. »

Á l'autre bout du fil, Weatherbee gloussa de rire. « Ça me rappelle le bon vieux temps... toi et moi, au début. N'est-ce pas cela qui a suscité notre enthousiasme ? Toutes ces histoires de magie ? »

« Oui, Théo, je m'en souviens. Aujourd'hui il ne nous reste plus que des souvenirs. Mais à l'époque, nous formions une sacrée équipe, pas vrai ? »

L'évocation d'un passé riche et constructif n'étant pas toujours une bonne idée quand on vieillit, Neusome préféra changer de sujet.

« Théo, n'oublie pas non plus que Michael a cessé d'enseigner depuis un bon moment. Il fait de la recherche maintenant, il travaille seul. Il n'a plus l'habitude des salles de cours. »

« Quelle importance ? Je serais prêt à engager n'importe qui en ce moment ! Même un appariteur. »

« Bien, bien. Je comprends ton point de vue, mais il te faudra de la patience avec Greystone. Laisse-lui le temps de s'adapter à la situation, et aussi à l'altitude. Je suis sûr qu'après, il se plaira beaucoup chez toi. En fait, j'ai même peur de devoir le supplier pour qu'il revienne ici. Intelligent et énergique comme il l'est, notre forteresse risque de lui sembler beaucoup moins attirante quand il aura pris goût aux grands espaces. »

« Tu t'inquiètes, mon vieux Conrad ? Il me semble détecter une nuance d'appréhension dans ta voix. »

« Je m'interroge, voilà tout. Il se peut que Michael change d'idée quant à son avenir professionnel, et ce n'est certainement pas moi qui vais l'en empêcher. Mais s'il décide de ne pas revenir, il va fichtrement me manquer. C'est de loin le meilleur assistant que j'aie jamais eu ou que je puisse espérer avoir. »

« J'ai l'impression que tu mets la charrue avant les bœufs, Conrad. Il n'est même pas encore ici. »

« C'est vrai, mais j'aime bien envisager les probabilités, me préparer au pire. »

« Comme toujours, mon vieux, comme toujours. »

Après avoir raccroché le téléphone, Théodore Weatherbee se cala confortablement dans son fauteuil. L'éventualité envisagée par son collègue n'était pas pour lui déplaire. Si Greystone décidait de rester, cela résoudrait une grande partie de ses problèmes. Rasséréné par cette idée, le vieux professeur se leva de son fauteuil en étouffant un grognement, traversa la pièce et éteignit la lumière.

« Bonsoir, professeur Weatherbee. Vous êtes encore là ? Vous feriez mieux de rentrer chez vous et de faire un bon repas. »

Le professeur sourit à la femme de ménage qui passait une lourde serpillière sur le dallage du hall.

« Doris, dit-il sur le ton de la réprimande, j'ai déjeuné très tard. Je vais simplement me faire une tasse de thé bien chaude en rentrant chez moi. » Puis, inspectant l'état du sol, il ne put s'empêcher de remarquer : « Ces dalles sont tellement propres qu'on pourrait manger dessus. Vous ne croyez pas que ça suffit ? »

« Oh non, Docteur Weatherbee ! Quand Doris fait le ménage, il faut que ce soit aussi impeccablement stérile qu'une salle d'opération à l'hôpital. Hum, encore un petit coup et ça ira. »

« Je me demande ce que nous ferions sans vous, Doris, » dit le vieil homme en lui tapotant l'épaule. « Ne vous attardez pas trop et saluez vos charmants enfants de ma part. »

« Je n'en ai plus pour très longtemps, maintenant ; et soyez sûr que je leur transmettrai les salutations du professeur Weatherbee. »

Il lui fit un clin d'œil avant de s'éloigner à grandes enjambées dans le long corridor. Le bâtiment était vide et paraissait d'autant plus sinistre que, toute la journée, il avait résonné des échos d'une activité débordante.

Passant devant la porte de l'amphithéâtre d'anthropologie, il ne résista pas à l'envie d'entrer et de revivre par le souvenir l'exaltation de ce dernier cours. Comme il aurait aimé prolonger toute la nuit cet échange de questions et de réponses. Et être à nouveau jeune, vibrant d'énergie comme autrefois - il en rêvait. Réellement ? Son rêve le plus cher, n'était-ce pas d'avoir accompli quelque chose de vraiment personnel, d'avoir fait une découverte importante ? Bien sûr. C'était cela qui lui manquait le plus.

Soudain mal à l'aise, il quitta l'amphithéâtre pour se diriger vers le parking de l'université.

Sa voiture, une Lincoln Continental argentée, était neuve. Douze ans auparavant, il s'était laissé convaincre par un ami de passer un contrat de leasing avec un garage et, depuis, il avait toujours une voiture en parfait état. C'était un des seuls luxes purement frivoles qu'il s'accordait.

Quittant le campus, il prit une petite route en direction de la montagne. Après avoir roulé un moment, il tourna pour s'engager sur le chemin menant à la demeure qu'il occupait depuis des années et qui avait toujours appartenu à sa famille.

Les pneus de sa voiture firent crisser le gravier quand il s'arrêta devant la maison.

Blottie à l'abri d'une épaisse forêt d'épineux, pins, épicéas bleus et sapins, elle offrait un spectacle étrange. Construite en gros rondins, elle ressemblait à un fortin dessiné par un architecte fou. Certaines parties rappelaient le style Bavarois traditionnel surchargé, tandis que d'autres étaient plus austères — simples et fonctionnelles. Les baies vitrées contrastaient nettement avec des fenêtres à petits carreaux colorés. Les larges balcons tranchaient sur la découpe triangulaire d'une façade massive. Le toit, en métal bleuté, était conçu pour résister au poids de la neige et pour s'en délester rapidement. Malgré toutes ces bizarreries, l'ensemble restait assez séduisant et donnait une impression de sécurité. Non seulement cette bâtisse paraissait indestructible, mais elle l'était. Construite depuis plus de cent ans, elle avait subi les assauts du vent, du froid, des tempêtes de neige — et elle continuerait vraisemblablement à le faire bien longtemps après le départ de son dernier occupant.

Weatherbee coupa le moteur de sa Lincoln, sortit dans l'air froid du soir et gravit les marches en pierre du perron. La lourde porte en chêne sculpté, pivotant sur ses gonds en fer forgé, s'ouvrit silencieusement. Lorsqu'elle se referma, le loquet s'enclencha avec un bruit mat.

Le professeur resta un moment dans l'obscurité de l'entrée. Cette maison est toujours tellement sombre, se dit-il. Á cause de la forêt, bien sûr. Il alluma, et les ombres se retirèrent instantanément dans les recoins et les fissures. Une douce lumière orangée illuminait maintenant tout le rez-de-chaussée.

Au-dessus de lui, des tissages d'inspiration Inca étaient suspendus aux grosses traverses. Des couvertures navajos ornaient les murs. De magnifiques ponchos mexicains recouvraient les sièges. Toute la pièce était rehaussée de couleurs chatoyantes.

Weatherbee traversa l'épais tapis persan de la pièce principale, passa sans s'arrêter dans la salle à manger qu'il n'utilisait presque jamais pour aboutir dans l'immense cuisine campagnarde. Il fit bouillir de l'eau, la versa sur le thé et s'assit avec sa tasse à la longue table en bois de pin.

Il régnait dans la maison un profond silence. Pas le moindre craquement. Les gros rondins étaient ajustés à la perfection. L'isolation phonique et thermique avait été doublée, triplée par endroits. Aucun son provenant de la forêt ne traversait les murs de cette forteresse.

Immobile, l'homme contemplait le liquide ambré dans sa tasse en songeant à la conversation qu'il venait d'avoir avec son collègue de toujours. Il se demandait si le jeune Greystone aurait envie de rester à Boulder. La question n'était pas de savoir s'il serait séduit par la beauté des montagnes ou la flamboyance des érables à l'automne. Non, ce qui l'inquiétait c'était la réaction possible de ses étudiants face à un jeune professeur qui risquait de les séduire, de gagner leur admiration. Ce Greystone allait-il les détourner de lui ? Saurait-il susciter leur enthousiasme comme il le faisait lui-même ? Les étudiants se précipiteraient-ils pour assister à ses cours ?

« Ça suffit ! » s'exclama-t-il en se levant, la tasse à la main, pour retraverser la maison silencieuse. Il passa une porte en chêne conduisant à l'aile Est où se trouvaient la bibliothèque et le cabinet de travail. « Bon sang, je me mets à raisonner comme un vieux grigou, » grommela-t-il.

Avec leur abat-jour vert, les trois lampes éclairaient la bibliothèque d'une douce lumière. Des rayonnages surchargés entouraient la pièce, sauf sur un côté où une grande cheminée s'appuyait contre le mur de pierres grossièrement équarries.

Le professeur s'assit dans l'un des grands fauteuils rouges à oreillettes dont le cuir gémit sous son poids. Il laissa errer son regard sur les étagères remplies de livres du sol au plafond. Des générations d'ancêtres avaient contribué à amasser cette impressionnante collection. Certains ouvrages avaient pris de la valeur, et l'ensemble représentait à présent une petite fortune.

Mais il était toujours hanté par sa conversation avec Neusome, et certaines phrases lui revenaient sans cesse en mémoire. Avec un soupir de lassitude, il ôta ses lunettes et se frotta les yeux. Sa carrière de chercheur était-elle terminée ? Cette solitude était-elle l'apothéose de ses longues années d'étude ?

Certes, il n'avait pas fait de grandes découvertes. Et les seuls travaux qu'il pouvait revendiquer comme son œuvre personnelle n'avaient rien de remarquable. Son vieil ami avait-il raison de dire qu'ils étaient sur la mauvaise pente, condamnés à végéter dans un bureau minable au fond d'un sous-sol humide ? Sans autre perspective que de signer des papiers et de feuilleter des revues ? Sans aucun espoir de faire encore parler d'eux ? Sans avenir ? Finis ?

Ces idées déprimantes lui firent l'effet de pilules amères, et il n'avait pas envie d'en avaler davantage. Sa prime jeunesse était passée, mais cela le rangeait-il définitivement dans la catégorie des vieilles barbes ? N'avait-il pas conservé toute sa vivacité d'esprit et une certaine agilité physique ? Bon sang ! Il n'allait pas se laisser dépérir au fond d'un bureau poussiéreux avant d'avoir eu son heure de gloire !

Le professeur Théodore Weatherbee sentit soudain un flot d'adrénaline inonder son corps. Et il décida qu'il allait découvrir quelque chose de vraiment nouveau dans son domaine — quelque chose de si énorme, de si retentissant que son nom ne pourrait plus jamais être associé à la notion de médiocrité. Il se jura sur le champ d'entrer dans l'Histoire, d'être reconnu comme le plus brillant, le meilleur anthropologue de tous les temps.

Il ne savait pas d'où viendrait cette formidable découverte et peu lui importait. Il savait simplement que personne ne pourrait jamais prétendre que le docteur Weatherbee était un rien du tout. Soudain ragaillardi par l'élan nouveau qu'il venait d'impulser à sa vie, il sentit quelque chose de vague affleurer à sa conscience. Il tenta d'en préciser les contours, mais en vain. L'impression restait indéfinissable. Agacé, il se leva et se mit à déambuler dans la pièce, nerveusement.

Quelque chose. Quelque chose essayait désespérément de lui revenir en mémoire. Une chose qu'il avait lue et qui lui paraissait maintenant bien plus importante que sur le moment.

« Bon sang ! Mais qu'est-ce que c'était ? » Dit-il à haute voix. Sans cesser de marcher il poursuivit son soliloque.

« C'était un article, quelques lignes d'un article publié dans... un rapport scientifique ? Non. Réfléchissons. Dans le *Mensuel d'Anthropologie* peut-être ? Non, encore non. Dans un bulletin d'information sur la recherche ? Mais non. Ah ça y est ! C'était dans le journal, tout simplement, dans ce foutu quotidien ! »

Sans perdre un instant, le professeur attrapa ses lunettes et se précipita dans la salle de travail adjacente. Comme un possédé, il se rua sur une épaisse pile de journaux qu'il mit rapidement sens dessus dessous.

Si le sujet de l'article restait vague dans son souvenir, il savait que, d'une manière ou d'une autre, il était en rapport avec son désir de reconnaissance.

Il feuilletait fiévreusement les journaux, parcourant chaque page d'un regard rapide, avant de les jeter derrière lui l'un après l'autre. Un observateur aurait immédiatement conclu, en regardant cette scène, que le vieux fou était bon à enfermer.

Soudain, le silence se fit. L'homme s'était mis à lire.

« Voilà, voilà ! J'en étais sûr ! » s'exclama-t-il triomphalement. « Je savais bien que je le retrouverais ! »

Après avoir grossièrement découpé l'article, il quitta la pièce avec l'agilité d'un lutin malicieux.

En gloussant de plaisir, il actionna deux interrupteurs. Le rez-de-chaussée fut plongé dans l'obscurité tandis que les lumières du premier étage illuminaient la cage de l'escalier central.

Le professeur agrippa la rampe en bois verni et gravit les marches en serrant contre lui le morceau de papier comme s'il s'agissait d'un objet précieux.

En arrivant sur le palier du premier étage, il tourna à gauche où l'attendaient ses appartements privés. Les lumières seraient allumées. Il était très fier du va-et-vient qu'il avait fait installer et qui lui permettait d'éclairer chaque niveau sans avoir à se déplacer pour allumer ici et là.

Une fois arrivé chez lui, il pourrait éteindre tout le reste de l'étage, et c'est ce qu'il fit.

Sa chambre, une très grande pièce, baignait dans la douce lumière d'une lampe de chevet rose. Le grand lit à l'aspect accueillant était recouvert d'un patchwork aux couleurs vives que sa petite sœur avait fait pour lui

Il se déshabilla rapidement, se glissa sous les draps et alluma sa couverture chauffante. Malgré son âge, il n'était pas assez rétrograde pour se refuser le confort que procure ce genre de luxe.

Blotti contre ses oreillers, il attendit qu'une douce chaleur pénètre sa carcasse fatiguée avant de chausser ses lunettes et de relire son article.

Ces quelques lignes posaient plus de questions qu'elles n'en résolvaient. Il allait devoir manœuvrer finement pour obtenir les réponses qu'il souhaitait, mais il n'était pas inquiet : il avait encore suffisamment de relations pour arriver à ses fins. Parmi ces relations, beaucoup de gens étaient ses obligés. Il faudrait peut-être le leur rappeler, se dit-il en faisant mentalement la liste des personnes à qui il avait rendu des services.

Puis il réfléchit à ce qu'il venait de lire. Le suicide du jeune chercheur était certainement en rapport avec le projet sur lequel il travaillait à l'époque. L'article n'en parlait pas et ce serait le premier point à éclaircir. Quelle était la nature de ses recherches et qu'avait-il découvert - ou qu'était-il sur le point de découvrir ? Ce Clifton Westlake n'était pas un amateur. Il devait s'intéresser à quelque chose d'important, mais quoi ? Théodore Weatherbee le saurait.

Le professeur ôta ses lunettes et poussa un profond soupir. Quelle folie a pu prendre un chercheur expérimenté comme lui, se demanda-t-il. Dans quel enfer s'est-il fourré pour en arriver à se brûler la cervelle ? Perplexe, il secoua la tête.

« Les jeunes ne sont tout simplement pas à la hauteur, » dit-il tout haut. « Il n'y a que les vieux routiers comme nous pour aller jusqu'au bout. »

Réconforté par cette idée, il posa ses lunettes et l'article sur sa table de nuit puis éteignit la lumière.

Dehors, l'obscurité était complète sous le ciel sans étoiles. Soudain, le vent forcit et s'engouffra à travers les pins. La nuit étendit ses bras noirs pour enserrer la maison et la prendre en son sein.

Des mots murmurés s'envolèrent sur le souffle du vent, un étrange frisson secoua les ténèbres, glissa de longs tentacules glacés autour du bâtiment de bois. Son étreinte était ferme, puissante ... comme celle de la mort.

L'homme dormait d'un sommeil agité. Il se tournait et se retournait sous ses couvertures. Soudain, il poussa un grognement et s'assit dans son lit.

Parfaitement réveillé, les yeux grands ouverts, il scruta l'ombre épaisse de sa chambre. Puis il tendit le bras et alluma sa lampe de chevet.

L'ampoule jeta un vif éclair... et mourut.

Avalé par l'obscurité, l'homme sentit ses cheveux se dresser sur sa tête.

« Qui est là ? » cria-t-il.

Silence.

« Nom de Dieu ! J'ai demandé qui est là ! » Il jetait partout des regards inquiets. L'obscurité lui portait sur les nerfs. Il savait que quelque chose l'avait réveillé. Il n'était plus seul dans sa chambre.

« Écoutez, si c'est de l'argent que vous cherchez, mon portefeuille est sur le bureau. C'est tout ce que j'ai dans la maison. Prenez-le et laissez-moi tranquille. Je ne suis qu'un vieux bonhomme. »

Aucun son, aucun mouvement ne lui répondit. Rien.

« Je sais que vous êtes là, » murmura le professeur. « Je sens votre présence. Parfaitement, je sens votre présence. Alors dites-moi ce que vous voulez ! »

Figé dans son lit comme une statue, il retenait sa respiration, à l'affût du moindre son, des pas sur la moquette peut-être.

Silence.

Il essuya la sueur froide qui perlait à son front. « Bon sang de bonsoir ! jura-t-il, je panique pour un rien. Je dois devenir sénile. »

Il éteignit la couverture chauffante, la rejeta sur le côté et s'allongea rageusement. « Mon foutu cerveau commence à me jouer des tours, » grommela-t-il avant de replonger dans le sommeil.

Le matin se leva, un joli matin d'automne clair et frais dont la lumière illuminait la chambre à travers les fenêtres sans rideaux.

Encore ensommeillé, le professeur se releva sur un coude, grogna un peu et se tourna lentement vers les baies vitrées. Il allait faire beau, comme souvent à cette époque, dans les Rocheuses. Et son cœur se réjouit à l'idée de tous les projets passionnants qui l'attendaient.

Cette perspective donnait un sens nouveau à sa vie, et il en tremblait presque d'excitation... jusqu'au moment où ses yeux se posèrent sur sa table de nuit.

L'article était tout chiffonné. Roulé en boule. Une petite boule bien serrée. Quand il la prit pour la déplier, il découvrit qu'elle était parsemée de petites taches roussâtres qui ressemblaient énormément à du sang séché... du très vieux sang séché.

« Ahhh ! »

L'homme fit une grimace de dégoût, et ses doigts soudain raidis laissèrent échapper la boulette de papier.

Glacé d'horreur, il ne put rien faire d'autre que la regarder tomber et rouler sur le parquet.

KAREN

La décapotable rouge vif s'engagea sur l'autoroute en direction de l'est et prit de la vitesse.

La conductrice, dont la chevelure rousse virevoltait dans le vent, poussa le volume de l'autoradio à fond pour se sentir moins seule. Elle avait entrepris de faire un tour dans le Colorado pour rendre visite à des amis qu'elle n'avait pas vus depuis longtemps. Elle hésitait pourtant à s'arrêter à Eagle car sa copine Terry, propriétaire d'un petit café, avait rarement le temps de bavarder avec elle.

Terry n'a pas la vie facile, se dit la jeune femme. Elle s'en sortirait peut-être mieux si elle s'était remariée. Travailler douze heures par jour et élever seule un enfant représentait une charge écrasante. Mais elle était courageuse et s'en sortait plutôt bien. Elle élevait sa fille avec amour, et celle-ci adorait visiblement sa mère.

La voiture s'engagea sur la bretelle de sortie vers Eagle.

Arrivée devant le petit café, la jeune femme s'arrêta, bondit hors de la voiture et poussa la porte.

« Karen ! » cria d'une voix surprise la femme qui se tenait derrière le bar. « Quel bon vent t'amène ? » Terry se précipita vers son amie et la prit dans ses bras. « Tu as le temps de boire un café ? »

Karen sourit. « Non seulement j'ai le temps, mais cette fois c'est moi qui t'invite. »

Elles s'assirent face à face dans l'un des boxes. « Tu as l'air fatigué, » remarqua Karen.

« Oh, ça va. Quelqu'un m'a laissé tomber hier soir. Pas facile de trouver du personnel consciencieux, de nos jours. » Souriante, elle jeta un coup d'œil à la salle bondée où s'affairaient ses employés et ajouta : « Mais dans l'ensemble ils sont super. Je ne peux pas me plaindre. »

Karen fit une grimace. « Franchement, je me demande comment tu y arrives. Avec toutes ces responsabilités, les commandes, la gestion du personnel, sans compter le ménage, la cuisine, et ta gamine... il faut vraiment être une super-nana pour ne pas devenir dingue. »

« Il y a des moments où je craque, » admit Terry avec un demi-sourire. « Mais il suffit qu'Annie me fasse un gros câlin pour que je me sente à nouveau en pleine forme. »

Karen remuait son café. « Tu as vraiment de la chance d'avoir une gosse aussi géniale. » Puis elle jeta un regard autour d'elle. « Il y a des mecs possibles par ici ? »

« Karen ! » dit son amie sur un ton mi-amusé, mi-réprobateur.

« Allez ! Ne fais pas ta mijaurée. Tu es jeune et libre, non ? »

« Eh bien, pour répondre à ta question, oui. Il y a beaucoup d'hommes disponibles dans cette ville, mais je ne vais pas me laisser séduire par le premier beau mec qui me sourit, figure-toi. »

Karen leva les yeux au ciel. « Bien sûr, ce serait idiot de faire deux fois la même erreur. La prochaine fois, choisis au moins un type qui sache parler. »

« Communiquer, plutôt, Karen. Communiquer »

« Comme tu veux. »

« Mais je veux plus que ça ! Pour me plaire, il faut qu'un homme soit honnête, sincère, mais surtout qu'il aime Annie et qu'il partage ma façon de voir la vie. Le genre possessif et matérialiste, c'est fini. Et je refuse de m'engager dans une relation qui ne nous convienne pas parfaitement à Annie et à moi. »

« Je sais, je sais. » Karen hocha la tête. « Vous partirez vivre avec votre beau montagnard dans une petite cabane isolée en pleine nature et vous nourrirez les animaux sauvages toute la journée. »

Terry se mit à rire. « J'ai d'autres préoccupations, tout de même. »

« Mais bon sang, tu pourrais au moins sortir de temps en temps, non ? »

« Qui a dit que je ne sortais pas ? »

Les yeux de Karen s'agrandirent. « Avec qui ? Dis-moi avec qui tu sors. »

« Oh, rien de sérieux, ne t'emballe pas. J'ai un ou deux copains que je vois de temps en temps. Relations purement platoniques entre célibataires qui ont besoin de compagnie, voilà tout. »

« Bon, en tout cas je suis contente que tu ne sois pas complètement privée de relations masculines. Après tout, l'amitié, c'est peut-être la meilleure solution pour toi. » Elle jeta un regard à sa montre. « Il faut que je file. Avec les travaux dans le canyon, Dieu sait ce qui m'attend. »

« Il paraît qu'ils ont fait exploser de la dynamite, hier. J'ai entendu ça à la radio. Apparemment il y aurait au moins vingt minutes d'attente. »

« Vingt minutes ? Ça devrait aller. Il en faut plus pour que je m'énerve. »

Terry se rappela soudain les projets de son amie. « Au fait, tu as reçu la réponse de Boulder ? »

« Non, mais c'est dans la poche. J'ai déjà commencé à faire mes valises. Je grille d'impatience. Tu imagines tous les beaux mecs que je vais rencontrer là-bas…

Terry hocha la tête. « Je croyais qu'on allait à l'université pour apprendre un truc ou deux. »

« Il faut croire que tout le monde n'a pas les mêmes priorités, » dit Karen en secouant sa chevelure rousse.

Elles se dirent au revoir, et Terry se remit au travail en pensant que si son amie était plutôt frivole et assez arrogante par moments, cela n'enlevait rien à ses qualités de cœur.

Karen Kendall reprit la route, quitta Eagle et appuya sur l'accélérateur. Sa décapotable fila comme un trait rouge jusqu'à l'entrée du Canyon Glenwood où elle dut ralentir.

« Zut ! » murmura la jeune femme en arrivant au bout de la file de voitures arrêtées.

La plupart des moteurs étaient coupés, et les gens se promenaient au bord de la route pour admirer l'impressionnant paysage des gorges en contrebas. Il n'y avait rien d'autre à faire.

Un camion frigorifique s'arrêta à quelques centimètres de la décapotable. Derrière lui, une caravane fit grincer ses freins. La file s'allongeait rapidement. La voiture de Karen était à présent coincée, comme les autres.

La jeune femme coupa le contact et alla se poster devant la rambarde. Dans un tumulte assourdissant, le fleuve Colorado s'engouffrait avec violence entre les parois resserrées du canyon. De l'autre côté du courant, un train passait à petite vitesse, le rythme métallique de ses roues faisant vibrer la voie suspendue. Il lança de brefs coups de sifflet dont le son aigu se répercuta sur les hautes parois rocheuses. Les passagers, fascinés par la sauvage beauté du lieu, se penchaient aux fenêtres. Le long serpent argenté finit de s'éloigner et disparut.

Karen leva la tête. Dominée par la hauteur vertigineuse du canyon, elle se sentit écrasée, minuscule, aussi insignifiante qu'une fourmi. Elle frissonna. L'humanité tout entière n'était qu'une colonie de fourmis. Les proportions grandioses du canyon réduisaient toute créature vivante à une taille lilliputienne.

« Impressionnant, hein ? »

La voix de l'homme fit sursauter Karen. Elle se retourna pour se trouver face à un routier coiffé d'un chapeau de cow-boy.

« Je ne voulais pas vous faire peur, ma'ame, » dit-il en s'appuyant contre la rambarde. « Sacré spectacle tout de même, pas vrai ? »

« Oui, » répondit-elle en retournant à sa contemplation, « c'est tellement énorme. Ça donne à réfléchir. On est bien peu de chose, finalement. »

La rivière dansait, écumait, grondait sourdement.

« Vous croyez que les travaux seront bientôt terminés ? » interrogea le routier.

« Pardon ? » cria Karen pour dominer le bruit.

« Vous croyez qu'ils viendront à bout de ce chantier un jour reprit l'homme en désignant le tournant de la route. Ça fiche en l'air tout mon programme. »

« Je m'en doute. Mais ils ont déjà pas mal avancé. J'ai entendu dire que les travaux allaient durer encore un an. Après, ce sera un vrai plaisir de circuler sur cette route. »

« Ouais, on ira beaucoup plus vite, pour sûr. Mais je trouve qu'ils auraient dû laisser le canyon naturel, comme il était. »

Karen soupira. « Pas mal de gens sont du même avis, » approuva-t-elle en se retournant vers la longue file de véhicules immobilisés qui semblait reprendre vie. Les automobilistes faisaient mouvement vers leur voiture, les moteurs se remettaient à ronronner.

« On dirait qu'il faut y aller, » dit le camionneur.

« Bonne route, cow-boy. »

L'homme porta la main à son chapeau. « Bonne route aussi, ma'am. Ravi de vous avoir rencontrée. »

Karen démarra, lentement d'abord, derrière le camion qui la précédait. En pénétrant sur le ruban de béton récemment construit, elle accéléra et s'engagea dans les méandres de la route, grimpant, grimpant toujours, jusqu'à rejoindre l'autoroute I 70. Á Glenwood Springs, elle prit la sortie vers Aspen en faisant un signe au camionneur qui klaxonna pour la saluer une dernière fois.

La petite ville de Glenwood Springs, centre commercial important, était tapie au fond d'une large vallée ensoleillée. Plus au sud, Aspen était un lieu de prédilection pour les nombreux touristes attirés par les sources chaudes de la région.

Karen traversa le centre ville par l'avenue principale. Elle adorait flâner dans cette artère où se côtoyaient librairies, restaurants bavarois, étals d'artisanat, galeries d'art, cafés et boutiques authentiquement amérindiennes.

Le long des rues impeccablement propres, la brise automnale agitait paresseusement le feuillage des arbres magnifiques. Des maisons coquettes, ornées de fleurs multicolores, s'alignaient sagement derrière leur pelouse.

Les parents de Karen habitaient en dehors de la ville, dans l'une des résidences les plus huppées de la Fork Valley. Le petit bolide rouge suivit la route qui longeait la rivière Crystal, tourna à gauche et passa sous l'arche portant le nom du domaine : « Résidence Crystal Valley. »

La jeune femme fit un signe au gardien en passant la lourde grille en fer forgé, puis accéléra pour grimper la voie privée qui serpentait entre les villas, les piscines, les jardins des heureux mortels qui vivaient là, derrière de hautes clôtures végétales.

Avant d'arriver à la dernière maison, Karen passa sous une autre arche marquant l'entrée du domaine de sa famille. Elle arrêta sa voiture devant la vaste demeure de style Tudor plantée au bord de la falaise.

La fraîcheur qui régnait à l'intérieur lui fit du bien, après la chaleur du dehors. Traversant le hall d'entrée, la jeune femme passa en revue la pile de courrier posée sur un guéridon en acajou. L'une des lettres retint son attention.

« Elle a fini par arriver, » dit une voix douce.

Sans regarder sa mère qui se tenait sur le seuil du living-room, Karen prit la lettre.

« Eh bien, » reprit madame Kendall en s'approchant, « tu ne l'ouvres pas, chérie ? »

Karen pianotait sur l'enveloppe du bout de ses ongles laqués. « Pour quoi faire ? Je sais déjà ce qu'elle contient. »

Sa mère leva un sourcil interrogateur. « Comment peux-tu en être sûre ? Les résultats de ton examen d'entrée n'étaient pas tellement fameux. Il est possible que tu sois recalée, après tout. »

La lettre toujours fermée retomba sur le guéridon.

« Oh, mère ne soyez pas aussi pessimiste. Vous savez comme moi que je suis admise. Œil de Fouine aura fait ce qu'il fallait pour ça. Vous voulez parier ? »

« Karen ! je n'admets pas que tu parles de ton oncle avec cette insolence ! »

« C'est pourtant vrai qu'il a des yeux de fouine, » insista la jeune femme. Puis, tendant le cou et ouvrant des yeux ronds : « Il vous regarde toujours comme ça. »

« Ohhh ! Karen ! Quel manque d'égards ! N'oublie pas que mon frère est l'un des membres les plus éminents, les plus respectés de cette institution. Je t'interdis de te moquer de lui. Tu devrais au contraire le remercier. Dieu sait dans quel établissement minable tu aurais atterri s'il n'était pas intervenu en ta faveur. »

De la main, Karen fit un geste conciliant. « OK, OK, inutile de vous rendre malade pour si peu. J'apprécie son aide, mais n'essayez pas de faire de mon admission une sorte de miracle ésotérique. » Elle hésita un moment — devait-elle aborder à nouveau le sujet tabou ? — puis décida de se jeter à l'eau. « Il faut que j'appelle pour réserver une chambre sur le campus avant qu'elles ne soient toutes prises. »

Silence.

Karen qui s'attendait à une violente réaction de sa mère fut étonnée de la voir garder son calme.

« Karen, finit-elle par dire d'une voix égale, il me semble que la question est déjà résolue. »

« Non, elle ne l'est pas. Père et toi avez décidé à ma place, et je ne suis pas d'accord. »

« Tu n'habiteras pas sur le campus avec une bande de jeunes étudiants, c'est décidé. »

Exaspérée, la jeune femme leva les yeux au ciel et poussa un profond soupir. « Qu'est-ce que vous craignez, mère, vous avez peur que je sois contaminée par des idées plébéiennes, des théories révolutionnaires, ou quoi ? Bon sang, je ne suis pas Lady Di ! Et je veux vivre sur le campus. »

« Non, pas question. Nous avons pris d'autres dispositions. »

Karen posa ses deux mains à plat sur le guéridon et se pencha en avant. « Eh bien, c'est le moment de les annuler ! Pour rien au monde je n'irai m'enterrer dans cette monstrueuse baraque en pleine forêt ! L'idée même me révulse. Et que penseraient les autres étudiants ? »

Un sourire se dessina sur les lèvres de madame Kendall.

« Ils t'envieraient. Tout simplement. »

« Mais bien sûr ! Riposta Karen d'un air narquois. Vous dites ça parce que le vieux Weatherbee est votre frère. Et parce que vous venez d'un autre monde. Vous êtes incapable d'imaginer ce que penserait un étudiant. Voulez-vous savoir ce qu'ils penseront tous ? Que je ne suis qu'une gosse de riches, admise à l'université grâce au piston de son oncle. Que je me prends pour un être à part, seulement digne de vivre dans la forteresse du grand Weatherbee. Enfin, mère, vous ne voyez pas à quel point cela m'éloignerait des autres étudiants ? »

Madame Kendall n'était pas convaincue. « Mais pas du tout. Ils ne pourront que t'envier, j'en suis sûre. Tous les étudiants de son département adorent ton oncle. Ils donneraient n'importe quoi pour être sans cesse auprès de lui. Ils le suivent partout comme des petits chiens, ils se précipitent chaque fois qu'il donne un cours, ils se disputent pour attirer son attention. Le fait d'être proche de lui t'attirerait immédiatement des sympathies. »

Ce dernier argument ne fut pas plus efficace que les autres, bien au contraire.

« Oh, génial ! Vraiment génial. Karen Kendall serait donc appréciée non pour elle-même, mais pour ses relations ! Bravo, mère, cette perspective m'enchante ! »

« Karen ? » dit sa mère d'une voix douce.

« Quoi ? »

« Il t'aime. Il t'aime beaucoup. Ne crois-tu pas qu'il sera heureux de t'accueillir chez lui ? »

« Je ne ferai que le gêner, » avança Karen.

« Il est très seul, chérie. Il vit seul depuis tellement longtemps. »

« Et ça lui plaît, » affirma Karen d'un ton péremptoire.

« Tu crois ? »

« Mais bien sûr. Sinon il se serait installé en ville depuis longtemps. Si vous croyez que je vais changer d'avis par compassion pour lui, vous vous trompez. Il n'a accepté de me prendre chez lui que pour vous faire plaisir. Comment aurait-il pu refuser ça à sa petite sœur chérie ? »

« Karen, il n'a pas accepté pour me faire plaisir, mais parce qu'il en avait envie. Il n'a pas hésité un seul instant, et tu aurais dû entendre avec quelle joie il m'a répondu. Il se réjouit de pouvoir t'aider dans tes études. D'autant plus que tu as choisi l'anthropologie. Pense à tout ce que peut t'apporter quelqu'un d'aussi savant. Pense aux avantages que tu peux en retirer. Réfléchis, Karen. »

« C'est tout réfléchi, riposta la jeune femme. Pas d'amies, pas de distractions, pas de copains ni de sorties le soir. Des arbres, rien que des arbres. La nuit noire et le hululement d'une chouette pour m'accueillir. Non merci, mère, très peu pour moi. Je vais m'arranger autrement. »

« Tout est déjà organisé, Karen. »

« C'est ce que vous croyez, mère,' conclut l'arrogante jeune femme en se détournant vivement. Elle grimpa l'escalier quatre à quatre et s'enferma dans sa chambre pour appeler le service social des étudiants.

Restée seule dans l'entrée, sa mère ramassa l'enveloppe sur le guéridon et prit connaissance de son contenu. Un sourire un peu amer releva les coins de sa bouche. Elle souhaitait presque ne pas avoir cédé à la curiosité. Mademoiselle Karen Victoria Kendall était effectivement admise à Boulder.

Elle soupira tristement. Pouvait-elle s'attendre à ce qu'une fille de vingt-quatre ans obéisse pour la simple raison qu'elle vivait encore chez ses parents ? Pouvait-elle s'attendre à ce qu'une jeune femme intelligente et belle, accepte de s'enterrer toute l'année avec son vieil oncle dans une maison isolée ? Elle sentit qu'une fois de plus, elle était vaincue. Karen ferait évidemment ce qui lui plairait. Parce qu'elle était enfant unique et qu'elle avait toujours été gâtée ? Probablement. Madame Kendall comprit alors que si elle n'avait plus aucune autorité sur sa fille, elle en était sans doute la première responsable.

Au premier étage, Karen organisait sa vie comme elle l'entendait.

Une semaine plus tard, la petite décapotable rouge se faufilait à nouveau dans les méandres de la route longeant Glenwood Canyon. Sur la banquette arrière s'entassaient des valises en cuir souple et toutes sortes de cartons de formes et de tailles différentes. D'autres bagages remplissaient pratiquement tout le coffre.

Karen ralentit en arrivant sur la partie de la route récemment élargie, le long du fleuve bouillonnant. Elle s'arrêta, non en raison des travaux, mais parce qu'elle en avait envie.

Debout devant la rambarde, elle sentit qu'une force vivante émanait du canyon et pénétrait chaque fibre de son corps. Une fois encore, ce spectacle grandiose la réduisait à l'impuissance.

Des corbeaux, les ailes largement déployées, glissaient sans effort sur les courants aériens, tournoyant au-dessus de l'eau, noirs et brillants dans la claire lumière d'automne.

Karen ne reverrait pas ce spectacle avant longtemps, et elle désirait prendre congé des choses et des êtres qui lui étaient chers avant d'entreprendre l'aventure de l'université.

Elle se tenait seule et silencieuse devant le canyon, admirant ses proportions majestueuses.

Un long frisson la parcourut. Soudain, elle eut froid.

Quelque chose d'inconnu venait de s'imposer à elle. Une force obscure avait assombri son humeur. Une sorte de pressentiment, une menace invisible et néanmoins précise. Elle frissonna à nouveau.

D'où venait cette désagréable sensation qui ressemblait à un avertissement ? Son avenir immédiat était pourtant paré des plus brillantes couleurs. Une fois de plus elle était parvenue à ses fins. Sa vie s'organisait selon ses désirs. Alors ?

La matinée est trop belle pour se laisser démoraliser par un mauvais présage, pensa Karen, en remontant dans sa voiture. Puis elle démarra, pressée de s'éloigner du fleuve, du canyon, de l'ombre qui planait au-dessus d'elle.

La petite ville d'Eagle était encore un peu endormie. Dans le petit café de son amie, les clients étaient rares, et Terry était dans l'arrière-boutique, occupée à remplir la glacière. Voyant Karen entrer, elle interrompit son travail et passa dans la salle pour l'accueillir. « Alors, ça y est ? » dit-elle gaiement.

Karen sourit. « Eh oui ! Je pars. Et je crois que je ne reviendrai pas te voir de sitôt. » Son visage s'assombrit.

« Ne prends pas cet air lugubre. Tu ne t'en vas pas à l'autre bout du monde, après tout. On va s'écrire, se téléphoner et si j'arrive à prendre un moment de congé, je viendrai te voir avec Annie. Tu lui montreras à quoi ressemble une université. »

Cette perspective fit sourire Karen.

Terry lui fit un clin d'œil. « Allez, je t'offre un café. » Elles s'installèrent dans un box. « Alors, finalement, où vas-tu habiter ? »

« Si je te le dis, tu ne vas pas me faire la morale ? »

« Bien sûr que non. Apparemment ta décision est prise. Alors ? »

« Sur le campus. » Karen guettait une réaction défavorable de son amie, qui ne vint pas.

« Je vois, » dit simplement Terry. « Dans une chambre à deux lits ? »

« Non. J'ai fait jouer mes relations pour avoir une chambre individuelle. J'ai dit que j'étais la nièce du professeur Weatherbee, et voilà ! Génial, non ? »

Terry fronça les sourcils. « Je croyais que tu voulais rester incognito. »

« C'est vrai, mais il faut ce qu'il faut. Surtout quand on veut obtenir une faveur. »

« Et tu pourras changer, par la suite ? »

Karen ouvrit tout grands ses beaux yeux verts. « Pourquoi diable voudrais-je changer ? J'ai toujours eu ma propre chambre. Et je n'ai pas envie de me bagarrer pour un bout de placard avec une petite idiote incapable de distinguer un Gucci d'un Gap ! On ne sait jamais sur quelle gourde on tombe quand on partage une chambre. Non, très peu pour moi. Et d'ailleurs, pourquoi me poses-tu cette question ? »

Terry haussa les épaules. « Je me disais que ce serait peut-être plus amusant, au bout d'un moment. Á deux, on peut papoter, parler chiffons, travailler ensemble, ne pas être seule, tout simplement. Mais ce n'est pas ton genre, hein ? »

« Exactement ! Depuis le temps que tu me connais, tu devrais le savoir. »

Une expression soucieuse passa sur le visage de Terry. Karen s'en aperçut. « Qu'est-ce que tu as ? Dis-moi ce qui ne va pas »

Terry fit un geste de la main. « Rien, je t'assure, rien du tout. »

« Allez, parle ! Je ne partirai pas tant que tu n'auras pas avoué ! »

« Tu veux vraiment le savoir ? Je ne suis pas sûre que tu vas apprécier… »

« Dis toujours. »

« J'ai eu une impression étrange quand tu as dit que je te connaissais depuis longtemps. Je ne sais pas. C'était juste une sensation bizarre. »

« Bizarre comment ? »

Le regard de Terry se perdit au loin. Elle réfléchissait à toute vitesse. Pouvait-elle dire à son amie ce qu'elle avait ressenti à son contact ? Cette obscurité qui l'enveloppait, pouvait-elle en parler sans l'effrayer ? Non. Alors elle regarda Karen avec un grand sourire chaleureux. « Je dois être un peu inquiète pour toi, voilà tout. Tu me promets de faire attention à toi ? »

Karen fut touchée. « Oh Terry, je t'adore. Bien sûr que je ferai attention à moi. Ne t'inquiète pas. Ne t'inquiète surtout pas pour Karen Victoria Kendall. Tout ira bien. »

Karen reprit la route, plus détendue. Les dernières phrases de son amie avaient un peu effacé le vague sentiment d'angoisse éprouvé au fond du canyon. Par habitude, elle vérifia son maquillage dans son rétroviseur. Satisfaite, elle sourit.

Finalement, Œil de Fouine lui avait rendu service. C'était grâce à son nom qu'elle avait obtenu satisfaction. Elle aurait sa chambre. Elle vivrait comme elle l'entendait, loin des regards et des oreilles indiscrètes des autres étudiants — bien moins raffinés qu'elle.

Tout s'organisait à la perfection. Jusqu'au moindre détail. La vie était belle.

Le temps, lui, se dégradait rapidement. De gros nuages menaçants s'amoncelaient sur l'horizon.

Au moment où la jeune femme pénétrait sur le campus de Boulder, les vannes du ciel s'ouvrirent. La pluie se mit à tomber en rafales que le vent poussait dans toutes les directions. Les bâtiments de l'université, réduits à l'état d'ombres grises, se profilaient au loin comme des brisants. Après s'être plusieurs fois trompée de chemin malgré le plan que lui avait fourni la direction, Karen finit par s'arrêter devant son nouveau domicile.

Trempée, les bras chargés de ses encombrants bagages, elle repéra la porte de son sanctuaire privé — la chambre 208 B. Á bout de souffle, elle s'arrêta et déposa ses affaires dans le couloir. Quel plaisir ce serait de se débarrasser de ses vêtements mouillés, de prendre une douche et de se retrouver seule ! Elle ouvrit la porte.

« Salut ! » lança une voix provenant de l'intérieur. « Karen Kendall ? Je suis Emmy Winter, ta camarade de chambre. »

Figée de stupeur, la jeune femme offrait un spectacle affligeant. Sa belle chevelure rousse était plaquée contre son visage en mèches humides et désordonnées. Son mascara, appliqué avec un soin quasi-professionnel quelques heures auparavant, dessinait des traînées noirâtres sur ses joues. Ses vêtements trempés adhéraient à son corps comme une seconde peau. Sa bouche ouverte et tout son visage exprimaient le choc qu'elle venait d'éprouver.

Au bout d'un moment, elle finit par bouger, pénétra dans la petite pièce et découvrit que tout s'y trouvait en double.

Deux lits jumeaux.

Deux *petites* commodes.

Deux bureaux.

Et… une seule armoire.

« Euhhhh, » commença-t-elle d'un air faussement perplexe en vérifiant le numéro inscrit sur la porte. « Je crois qu'il y a une erreur, une regrettable erreur. Il me semble, ma chère Emmy, que vous vous êtes trompée de chambre. »

Emmy regardait d'un air consterné ce petit rat mouillé au pelage roux qui farfouillait nerveusement dans son sac Gucci trempé et finit par en extraire une feuille de papier.

« Tu vois ? » glapit le rat en lui mettant le papier sous le nez. « 208-B, c'est *Ma* chambre ! »

« C'est bien ça, » dit Emmy en lui tendant un papier identique. « Nous avons toutes les deux la chambre 208-B. »

« Non, non, ma belle, » reprit l'autre d'une voix douce et chargée d'aigreur. « J'ai demandé une chambre individuelle. Privée. »

Emmy comprit la situation car, une demi-heure plus tôt, d'autres étudiants s'étaient heurtés au même problème. Ils avaient même fini par en venir aux mains.

Elle s'approcha de Karen. « Je vais t'aider à porter tes affaires si tu veux. »

« Non, riposta celle-ci, c'est moi qui vais t'aider à emporter les tiennes. Ça ne prendra que quelques minutes, » ajouta-t-elle en voyant le peu d'affaires disposées d'un côté de la chambre.

« Oh, ce n'est pas la peine, je suis très bien ici, » répondit Emmy. « Je ne sais pas ce qu'on t'a dit ou promis au bureau des étudiants, mais j'ai le regret de t'apprendre qu'il n'y a pas de chambres individuelles ici. Cette chambre a été réservée à mon nom et à celui de Karen Kendall. Si tu es bien Karen Kendall, nous allons la partager. »

Refusant de se laisser convaincre, la nouvelle arrivante traversa la pièce d'un pas résolu et décrocha le téléphone avec un sourire qui dissimulait mal sa colère.

« Eh bien, nous allons régler tout de suite ce petit différend, » murmura-t-elle en composant le numéro du bout de l'ongle.

« Le service social des étudiants ? Ici, Karen Kendall. Je suis au 208-B et il semble que… euh, oui, oui, j'ai fait bon voyage, merci. Comme je vous le disais, il semble qu'il y ait un malenten… pardon ? Si j'ai vu mademoiselle Winter ?… Non-non-non. Voyez-vous, je me suis arrangée avec… non, mais je suis la nièce du … Mais on me l'avait promis ! Vous devez me confondre avec quelqu'un d'autre. Le professeur Weather…. Ah ! Je vois. Merci. Merci beaucoup. »

Lentement, elle raccrocha.

Puis, se tournant vers la jeune fille brune, elle dit d'un ton radouci : « Bon, je veux bien que tu m'aides à m'installer. »

Le reste de la journée se passa plus agréablement qu'elle n'aurait pu l'espérer. Emmy commença par sortir avec elle sous la pluie pour transporter le reste de ses affaires, et c'est en riant qu'elles réaménagèrent la chambre à leur convenance. Puis elles se mirent à discuter, firent plus ample connaissance et ne tardèrent pas à s'apprécier mutuellement.

Karen omit simplement d'évoquer ses frasques amoureuses.

Emmy garda sous silence ses expériences mystiques.

Malgré une différence d'âge d'un an à peine, l'une naviguait à la surface des choses tandis que l'autre avait déjà exploré des courants plus profonds de l'existence.

Mais ni l'une ni l'autre ne savait que leurs destinées allaient être mêlées.

Deuxième partie

SUIVRE UNE PISTE AVEUGLÉMENT

Aie la Sagesse de t'arrêter au Bord du Chemin pour réfléchir au but que tu veux atteindre, car tous les Sentiers ne sont pas des voies faciles.

Aie la Prudence de t'arrêter sur le Seuil d'une Voie nouvelle pour méditer sur ce que tu veux accomplir, car tous les trajets ne sont pas des voies faciles.

Écoute et entends *Vois et ressens* *Perçois et analyse*

Car je te le dis. Si tu ne prends pas la précaution de regarder où ton pied se pose et si tu ne tiens pas compte des nombreux présages qui s'offrent à toi, alors tu fermes stupidement les yeux pour suivre une Piste aveuglément.

LE PAPYRUS

Il régnait sur le campus une joyeuse activité. Les amis retrouvaient leurs amis. Les anciens, réunis en petits groupes, se racontaient leurs vacances. Les nouveaux restaient entre eux, soudés par leur commune inexpérience. Les garçons se jaugeaient du regard. Les filles tentaient d'apercevoir les nouveaux professeurs.

La journée s'annonçait magnifique. Une faible brise soufflait de la montagne, chargée de l'odeur fraîche des pins et des épicéas. Le soleil resplendissait dans un ciel bleu turquoise. Partout où l'œil se posait, la nature semblait sur le point de renaître, car dans les parterres, toutes sortes de fleurs d'automne commençaient à s'épanouir.

Les étudiants étaient impatients de reprendre les cours. De grandes aventures les attendaient. Ils allaient découvrir de nouveaux territoires, prendre des directions inexplorées. Une aura presque palpable de surexcitation flottait au-dessus du campus.

Deux jeunes femmes montaient le chemin traversant la pelouse fraîchement tondue. Avec leurs livres à la main et cet air de bonheur impossible à contenir, elles ressemblaient à tous les nouveaux. Pourtant, elles étaient très différentes l'une de l'autre. La rouquine avait une démarche délibérément hautaine, tandis que la brune se déplaçait avec une dignité modeste.

Soudain, elles s'arrêtèrent net.

La main de Karen Kendall saisit le coude de Emmy Winter avec tant de force qu'elle faillit lui faire lâcher sa pile de livres.

« Qu'est-ce qui t'arrive ? » dit la brune sur un ton irrité en rattrapant un cahier qui menaçait de tomber. Se tournant vers sa compagne, elle la crut transformée en statue. La bouche ouverte, les yeux écarquillés, elle fixait un point situé au-delà d'un rideau de trembles.

Emmy essaya de deviner ce que regardait Karen, mais dut y renoncer. Trop de monde, trop d'allées et venues. Mais son amie avait retrouvé sa voix.

« Ohhh le mec ! Regarde ce mec absolument sublime ! » Souffla-t-elle.

Emmy essaya à nouveau. Elle finit par repérer une silhouette qui tranchait effectivement sur l'ensemble.

Un homme brun traversait rapidement une allée adjacente. Il aurait pu passer pour un étudiant, mais son pas décidé et la serviette qu'il portait à la main le signalaient comme un professeur. Passant devant un groupe d'étudiants, il les salua de la tête. Son large sourire révéla une rangée de dents parfaites.

« Celui-là ? » interrogea Emmy.

« Ohhh, pince-moi, » murmura Karen. « Pince-moi pour que je sache que je ne rêve pas, ou que je suis morte et montée au paradis universitaire. »

« Redescends sur terre, Karen. C'est un prof. »

« Et alors ? » répondit une voix rêveuse.

« Oublie-le. On ne badine pas avec les profs. » Emmy attrapa son amie par la manche et la tira en avant. « Allez, viens, sinon on va être en retard pour notre premier cours. Tu ne voudrais pas faire attendre le bon professeur Greystone, tout de même ? »

« Greystone, je m'en fiche. C'est celui-là que je veux. Je suis prête à changer de cours s'il le faut. »

« D'accord, d'accord, » reprit Emmy en l'obligeant à avancer. « Quand tu sauras ce qu'il enseigne, tu pourras changer de cours autant que tu voudras, mais pour le moment il faut y aller. »

Une fois dans le bon bâtiment, elles trouvèrent rapidement leur salle de cours. C'était un amphithéâtre : des gradins en demi-cercle déjà presque remplis et, tout en bas un grand bureau et un lutrin. Les deux amies durent descendre jusqu'au premier rang pour trouver des places disponibles.

Karen s'installa en bougonnant. « Je déteste être assise aussi près du prof. Il est sans doute plus vieux que Mathusalem et je parie qu'il a une haleine pourrie. »

Emmy installait son cahier sur l'accoudoir de son siège, qui servait de tablette. « On serait tout en haut si tu ne t'étais pas arrêtée aussi longtemps pour dévorer ce prof des yeux. C'est ta faute si on est là. »

Karen remarqua la présence d'un micro sur le bureau et poussa son amie du coude. « Au moins, comme ça, il ne nous postillonnera pas dans la figure pendant tout le cours. »

Mais Emmy regardait ailleurs ; elle venait de voir le professeur Greystone entrer dans la salle. « Oh, murmura-t-elle, amusée, il n'est peut-être pas si vieux que ça après tout. »

Karen le vit et rougit. Si seulement elles étaient arrivées plus tôt. Assise face à lui, comment pourrait-elle dissimuler le trouble qu'il lui inspirait ? Comment réussirait-elle à rester concentrée, à suivre les paroles d'un homme aussi irrésistible ?

Les bavardages baissèrent d'un ton lorsque le nouveau professeur entra et se turent complètement lorsqu'il s'arrêta près du lutrin. Si une mouche s'était trouvée dans la pièce, on l'aurait entendue voler.

« Bonjour, je suis le docteur Greystone, et je remplace votre professeur. » Il parlait d'une voix douce et assurée. « Officiellement, je suis assistant conservateur des antiquités au musée de Boston… c'est mon métier. »

Karen était en transe.

« Mais comme le professeur Weatherbee cherchait un remplaçant pour assurer ce cours, me voilà parmi vous. »

Des gloussements se firent entendre dans les gradins.

« Ah, vous trouvez ça drôle ? Vous imaginez peut-être que je n'ai aucune expérience de l'enseignement ? C'est bien ça ? »

Mouvement général d'acquiescement.

« Eh bien vous vous trompez, reprit le professeur. Sachez que j'ai enseigné pendant six ans. À des classes comme la vôtre. Ce n'est pas très récent, je l'admets, mais j'ai une certaine expérience de ce qui m'attend avec vous. »

Toute la classe se tut.

Le professeur prit le temps de savourer le silence. « Je suis ravi que vous soyez aussi impressionnés par mes années d'expérience, » dit-il enfin, avant de reprendre plus sérieusement : « Bien. Je suppose que certains d'entre vous, connaissant la réputation du professeur Weatherbee, espéraient être ses élèves. Je comprends leur déception et j'en suis désolé. Je ne possède pas ses vastes connaissances, et je ne vous inspirerai certainement pas le même amour et le même respect que lui. »

Au moment où il prononçait le mot « amour », le pied de Karen partit en direction de la jambe d'Emmy qui, sous le coup, se détendit brusquement. L'attention du professeur Greystone fut attirée par ces mouvements.

Il regarda Emmy qui lui rendit son regard.

« Vous, mademoiselle… avez-vous un commentaire à faire ? »

« Moi ? Je… non. Non. Excusez-moi, » balbutia la jeune femme dont les joues étaient devenues écarlates. Elle dut faire un effort pour contrôler le léger tremblement de ses mains. Ce professeur Greystone était vraiment perspicace. Rien n'échappait à son sens de l'observation.

« Bien, bien, » reprit-il. « Je ne vous demande pas grand-chose, sinon de me prêter attention quand je parle et de me poser beaucoup de questions ensuite. » Il prit un livre de cours et le montra à toute la classe. « Voilà votre cours d'anthropologie. C'est une mine d'informations. Cinq cents pages de connaissances avérées qui nécessiteront de longues heures de lecture, d'étude et de mémorisation. »

La classe émit un grognement désapprobateur.

« Il a fallu des années de recherches pour que ce texte existe. Et il vous faudra sans doute aussi longtemps pour l'assimiler. C'est pourquoi nous ne l'utiliserons pas. »

Un silence consterné accueillit cette dernière phrase.

« Par contre, reprit le professeur, vous allez ouvrir vos oreilles et votre cerveau pendant que je parle. Vous allez prendre des notes et poser des questions. Chaque cours sera suivi d'une discussion libre. Vos résultats de l'année dépendront donc uniquement de la qualité de votre écoute et de vos notes. Ces règles de base sont-elles comprises ? »

Un bourdonnement affirmatif lui répondit.

« Bon. Je suis content que nous soyons d'accord sur ce point. » Quittant son bureau, il se mit à déambuler, passant et repassant devant le premier rang. Entendait-il un certain cœur battre la chamade ?

« Donc, nous allons aborder des sujets assez particuliers, au cours de l'année. Nous étudierons notamment les systèmes de croyances traditionnels de différentes cultures du monde entier. Beaucoup de ces croyances vous sembleront invraisemblables, à première vue, mais n'oubliez jamais que certaines réalités de la vie restent encore inexplorées. »

Cette affirmation éveilla immédiatement l'intérêt d'Emmy qui se mit à écouter plus attentivement.

« Parmi ces croyances, beaucoup sont des légendes inventées et transmises de génération en génération, mais beaucoup d'autres ont une origine évidemment mystique… qui n'enlève rien à leur réalité.

« Nous nous intéresserons aux cérémonies vaudoues, aux expériences paranormales telles que différentes cultures les décrivent, à la mythologie de l'Egypte ancienne et au concept de l'après-vie développé par cette importante culture. Nous nous pencherons sur la nature du chamanisme amérindien et sur les formidables pouvoirs dont disposent ces peuples aujourd'hui encore. Nous aborderons le contrôle mental développé par l'hindouisme et nous découvrirons toutes sortes de sectes obscures. C'est pourquoi je vous mets dès à présent en garde - ne laissez pas, ne laissez jamais la matière de nos cours vous entraîner hors de la réalité. » Et, avec une note grave dans la voix, il ajouta : « Car si vous vous laissez entraîner, vous risquez de ne jamais retrouver la réalité telle que vous la connaissez. »

Cette mise en garde étonna les étudiants. Ils se regardèrent d'un air interrogateur. Vers le milieu de la classe, une main leva, hésitante.

« Oui ? »

Un jeune homme se mit debout. « Que signifie cette dernière phrase ? Essayez-vous de nous faire peur ? Parce que dans ce cas… »

« Asseyez-vous jeune homme, » dit le professeur en se remettant à marcher derrière le lutrin. Puis il s'arrêta, empoigna les deux côtés du meuble et considéra les visages anxieux qui lui faisaient face.

« Il y a autour de nous des choses inexplicables qui défient toute raison, toute logique. Il y a des manifestations de puissance qui transcendent largement les lois de la physique telles que nous les connaissons. Il y a des voies hostiles à qui n'est pas initié. Est-ce clair ? »

Sans rien dire, les étudiants hochèrent la tête.

« Je ne suis pas là pour vous ficher la trouille. Je suis là pour vous informer. Je ne suis pas là pour vous offrir un nouveau jouet avec lequel vous amuser ou des sensations fortes à expérimenter. Je suis là pour vous guider dans un labyrinthe de réalités obscures et nébuleuses. Et je suis là pour veiller à ce que vous gardiez tous la tête sur les épaules.

« Maintenant, je vous demande de m'écouter attentivement. Si au cours de l'année l'un d'entre vous se sent mal à l'aise avec la matière des cours ou estime qu'elle devient dangereuse pour son équilibre psychique, je veux qu'il vienne immédiatement m'en parler. J'ai suffisamment d'expérience, rien de ce que vous pourrez me dire ne me semblera ridicule. Sachez que je connais parfaitement tous les aspects illogiques et mystiques de la réalité. Je connais également tous les moyens de revenir vers la sécurité et… l'équilibre mental. »

Sans l'avoir cherché, le professeur Greystone avait réussi à effrayer son auditoire. Un bruyant tumulte agitait la classe.

« S'il vous plaît… Il s'agissait d'un simple avertissement. Je vous demande maintenant de le ranger dans un coin de votre mémoire, car nous allons passer à autre chose.

Les cours ne commenceront vraiment que demain, et pour le moment, j'aimerais vous entendre. Posez toutes les questions que vous voudrez, je m'efforcerai de vous donner des réponses aussi concises que possible. »

Il s'attendait à une avalanche de questions, mais comme aucune ne venait, il encouragea ses élèves à se montrer moins timides. Une jeune fille se leva.

« Oui ? » dit le professeur.

« Quel âge avez-vous, monsieur ? »

Éclat de rire général.

Le professeur rougit légèrement. « Cette question est-elle vraiment en rapport avec notre sujet d'étude ? »

« Oui, puisque c'est vous qui l'enseignez. »

Tous les étudiants attendaient impatiemment sa réponse.

Michael Greystone hocha la tête avec un sourire malicieux. « Eh bien, j'ai les yeux marron foncé, je mesure un mètre quatre-vingt-deux et la couleur de mes cheveux ne doit rien à la teinture. J'aime la marche à pied, j'ai trente-cinq ans et, oui, je suis célibataire. »

Rires, exclamations, applaudissements, sifflets, toute la classe se déchaîna. Le remplaçant était adopté. Désormais, il aurait autant d'élèves que l'amphithéâtre pourrait en contenir. Sa cote atteignait pratiquement celle du professeur Weatherbee. Un nouveau maître à penser venait de s'imposer.

Depuis son lutrin, il réclama le silence et l'obtint rapidement. « Vous voulez me faire virer dès le premier cours ? » demanda-t-il d'un air faussement courroucé.

Des protestations s'élevèrent.

« Très bien, très bien. » D'un geste apaisant, il rétablit le calme. « Nous venons d'instaurer entre nous un certain respect, alors ne l'oublions pas. Encore quelques chahuts comme celui-là et je suis bon pour une inspection. »

Le professeur reprit ses allées et venues, puis il s'arrêta, le visage levé vers ses élèves silencieux, attentifs.

« Bien. Revenons à nos questions. De vraies questions cette fois. »

Un bras maigre se leva.

« Oui ? »

Le garçon se mit debout et repoussa d'un doigt ses lunettes aux verres épais. « J'ai entendu certains élèves de deuxième année discuter d'un problème sur lequel j'aimerais avoir votre avis. »

« Oui ? »

« Pensez-vous que toutes les tribus amérindiennes aient migré pour venir s'installer dans ce que nous appelons aujourd'hui l'Amérique du Nord ? » Sa question posée, l'élève se rassit.

La réponse ne se fit pas attendre. « On estime généralement que certaines tribus des Etats-Unis sont issues d'anciennes civilisations comme les Aztèques, les Incas et les Mayas. Et aussi des Toltèques, des Zapotèques de Teotihuacan, dans le centre du Mexique. On pense également que des peuplades originaires du nord de la Sibérie ont traversé la langue de terre qui est aujourd'hui le détroit de Behring. Mais j'ai récemment découvert des indices permettant de croire que tous les amérindiens sont originaires de ce continent. »

Le jeune homme se releva. « Sur quelle preuve vous appuyez-vous pour contredire la thèse officielle, professeur ? »

« Vous pouvez vous asseoir. Dans ma classe, on n'a pas besoin de se mettre debout pour parler, » répondit celui-ci. Et il se remit à déambuler. « Je vais vous expliquer quelque chose. Pendant toute cette année – et dans notre discipline plus encore que dans tout autre – vous découvrirez qu'il y a des domaines où les preuves ne sont pas toujours aussi palpables qu'on le souhaiterait.

« Vous constaterez que les théories généralement admises contiennent souvent des exceptions à la règle. Comment les classer ? Les exceptions suffisent-elles à contredire la théorie ? Pour répondre à ce jeune homme, je dirai que je suis tombé sur des exceptions assez intéressantes à la théorie de la migration indienne qui fait actuellement autorité. Certains éléments ne rentrent pas exactement dans le moule, et je me méfie a priori de tout ce qui a prétendument été démontré. J'espère un jour être en mesure d'étayer ma théorie et de renverser la proposition actuelle.

Une autre main se leva.

« Oui ? »

« Avez-vous personnellement assisté au rite de la marche sur le feu ? »

« Oui. Il y a trois ans, j'ai eu la chance d'accompagner un groupe de chercheurs en Haïti. Et je suis content de pouvoir dire qu'à la fin j'avais les pieds très chauds… mais pas brûlés. »

Dans le silence impressionné de la classe, le même élève demanda : « Avez-vous assisté à des rites vaudous quand vous étiez là-bas ? »

« Effectivement. Et nous pourrons peut-être en parler plus en détail un jour, si le groupe travaille bien. » Il désigna un autre élève dont la main s'agitait impatiemment.

« Professeur, avez-vous accompli vous-même des rituels ou des cérémonies mystiques ? Et si oui, êtes-vous un initié ? »

« Vous voulez savoir si je suis un sorcier, jeune homme ? » répondit gaîment Greystone, au milieu des rires.

« Non, monsieur, je voulais savoir si vous aviez personnellement accompli des rites et si vous aviez obtenu des résultats satisfaisants. »

Un lourd silence envahit la classe. Le professeur hésitait. Les étudiants attendaient anxieusement sa réponse.

Elle fut prononcée d'une voix calme, mesurée. « N'oubliez pas que le mysticisme fait partie intégrante de votre programme. Étant donné la matière que nous étudions, il ne peut en être autrement. Toutefois, cette matière contient bien d'autres aspects importants, essentiels, même. S'intéresser exclusivement au surnaturel serait donc une grave erreur. »

Après avoir levé la main, une étudiante prit la parole. « Je comprends l'importance de ce que vous venez de dire, professeur, mais vous n'avez pas répondu à la question. Avez-vous personnellement accompli des rites ou des cérémonies et, si oui, les résultats obtenus étaient-ils concluants ? »

« Oui et toujours, » concéda Greystone.

C'était maintenant officiel. Vérifié. Bientôt, tout le campus saurait que le beau professeur d'anthropologie était effectivement qualifié en tant que nouveau gourou. Dès lors, il serait considéré avec un respect mêlé de crainte et d'admiration.

Au premier rang, une jeune femme dont les cheveux noirs étaient illuminés par un rayon de soleil attira l'attention du professeur qui l'invita à parler.

« Pouvez-vous me dire de quel droit les archéologues fouillent les cimetières indiens ? »

« J'ai bien peur qu'on ne puisse répondre à cette question sans nous aventurer sur le terrain de la philosophie, » répondit-il gravement.

Mais la jeune femme ne se laissa pas démonter. « J'ai posé une question pertinente, et peu importe, à mon sens, le terrain sur lequel cela nous entraîne. Je ne vois pas ce qui pourrait vous empêcher d'y répondre.

« Vous avez raison, mademoiselle. Quel est votre nom ? »

« Emmy. Emmy Winter. »

Depuis le début du cours, Greystone avait sciemment évité de se laisser distraire par l'image de cette jeune fille assise devant lui. Elle le mettait mal à l'aise. Son teint cuivré faisait ressortir le bleu de ses yeux comme deux turquoises posées sur une délicate peau de chamois. Ils exprimaient une intelligence profonde et un degré de conscience rare chez quelqu'un de son âge.

Mais en dépit de son trouble, il ne pouvait esquiver la confrontation. Il plongea brièvement son regard dans les yeux bleus fixés sur lui, et sentit son cœur bondir. Une force inconnue, une force irrésistible l'attirait vers la jeune femme.

Il reporta son attention sur la classe. « Emmy vient de demander de quel droit les archéologues pénètrent dans les cimetières indiens pour y faire des fouilles. Quelqu'un a-t-il une idée ? »

Plusieurs mains se levèrent et il interrogea les élèves l'un après l'autre. « Le droit des chercheurs à faire des découvertes, » affirma le premier

« Comment pourrait-on connaître les anciennes civilisations si des savants n'exhumaient pas des objets pour les étudier ? » dit un autre.

« Les gens ont le droit de connaître l'histoire de leur pays. »

« Il faut des preuves pour vérifier les théories. »

Le professeur revint à Emmy. « Que pensez-vous de ces réponses, mademoiselle ? »

Le dos impeccablement droit, les yeux fixés sur lui, elle répondit : « Personne n'a encore abordé l'aspect philosophique. Maintenant c'est *votre* réponse qui m'intéresse. »

« Vous l'aurez. Mais j'aimerais que vous commentiez ce que viennent de dire vos camarades. »

« Ils n'ont donné que de mauvaises excuses. Des arguments bien insuffisants pour justifier l'injustifiable. Si j'agissais en me fondant sur leur raisonnement, je pourrais aller dans n'importe quel cimetière chrétien avec une pelle et une pioche, et me mettre à creuser en toute légalité. »

Une voix belliqueuse lança, du fond de la salle « On ne pénètre pas sur une propriété privée ! »

Une autre ajouta : « La profanation des tombes est interdite par la loi ! »

«Ce serait *désacraliser* une terre consacrée, donc *sainte*!»

Emmy Winter, les yeux brillant de colère, se retourna vers les gradins. « Territoire sacré ? » demanda-t-elle d'une voix douce.

La classe, impressionnée, se tut. Emmy reprit sa position habituelle.

Michael Greystone dut se retenir pour ne pas l'applaudir. Il lui fit un clin d'œil avant de s'adresser à toute la classe.

« Et nous voilà sur le terrain de la philosophie. Dites-moi selon quels critères le territoire sacré d'une race est jugé plus sacré que celui d'une autre ? Qu'est-ce qui rend le cimetière d'une religion plus inviolable que celui d'une autre ? » Patiemment, il attendit une réponse. Qui ne vint pas.

« Eh bien ? » cria-t-il avec humeur. « La loi d'un pays s'appliquerait-t-elle plus à une race qu'à une autre ? Serait-elle *discriminatoire*, par hasard ? Obligerait-elle tout le monde à respecter les lieux mortuaires de toutes les races *sauf* ceux des Indiens ? C'est bien ça ? C'est ça, n'est-ce pas ? Mais qui était ici en premier ? »

Dans l'amphithéâtre, le silence était assourdissant. La démonstration tenait toute l'assistance en haleine.

« Eh bien ? » reprit Greystone d'une voix tonnante. « Où est la justice ? L'égalité dont nous sommes si fiers ? Hein ? Considérons-nous les Indiens comme un peuple sans importance ? D'une valeur si négligeable que nous piétinons leur sol sacré et que nous éparpillons leurs ossements ? Mais dites-moi, si ces peuplades ont tellement peu d'importance, pourquoi faire toutes ces recherches destinées à connaître leur passé, hein ? Et si, au contraire, nous les considérons comme dignes d'intérêt, pourquoi violons-nous leurs territoires sacrés ? Je vous le demande ! »

Silence.

Greystone abattit violemment son poing sur le bureau. « RÉPONDEZ-MOI ! »

Après plusieurs minutes d'hésitation et de malaise général, une élève osa dire : « Je ne crois pas que nous puissions répondre à cette question. »

« La belle excuse ! » ironisa le professeur. « C'est un peu facile de se défiler par un aveu d'impuissance ! Cela évite de réfléchir. Mais je vois bien ce qui vous retient. Vous ne voulez pas admettre que nous soyons une civilisation menteuse, hypocrite, un peuple de crapules à la langue fourchue, prônant l'égalité et pratiquant la duplicité pour servir et sauvegarder leurs intérêts égoïstes. »

Son regard se posa sur la jeune femme du premier rang. Il était bouleversé par ses propres émotions.

« Maintenant, vous connaissez mon point de vue, mademoiselle Winter. Et vous voyez que le problème n'est pas facile à résoudre pour un archéologue. Personnellement je déteste cette pratique. Son seul intérêt est de démontrer combien certains d'entre nous sont primitifs dans cette société soi-disant évoluée. »

Emmy Winter approuva d'un signe de tête, reconnaissante à l'homme pour sa sincérité et pour sa largesse de vues.

Un étudiant cria : « Professeur Greystone ! »

Celui-ci, contraint d'interrompre son face-à-face avec la jeune femme, demanda d'une voix légèrement irritée : « Qu'y a-t-il ? »

« Tout ce que vous avez dit était très impressionnant et donne à réfléchir, mais la science a tout de même besoin de la recherche pour retracer le passé. Il n'y a apparemment pas de solution à ce problème des fouilles et… »

« Vraiment ? Vraiment ? On s'en tire comme ça, hein ? en disant qu'il n'y a pas de solution. »

Déstabilisé, l'étudiant balbutia : « euh… d'après ce que vous avez dit, professeur, il semble qu'il n'y ait pas… »

« Mon garçon, l'interrompit Greystone, dites-moi ce qui empêche les archéologues de fouiller d'anciens campements ou terrains de chasse, des habitations troglodytes abandonnées ? Hein ? » Puis il ajouta, à voix presque basse : « Qu'est-ce qui nous empêche de respecter les cimetières … Et de laisser… les ossements… tranquilles ? »

L'élève ne trouva rien à dire.

Greystone se retourna vers Emmy. Elle leva les yeux vers lui et demanda très doucement : « Avez-vous jamais entendu parler de Pierres Debout qui chuchotent ? »

Michael eut soudain l'impression que toute la classe disparaissait à l'arrière-plan, à l'exception de mademoiselle Winter dont l'image resplendissait devant lui. Un courant d'énergie circulait librement entre eux.

« J'en ai entendu parler, Emmy, mais je n'en ai pas l'expérience personnelle et je ne connais personne qui ait cette expérience. » En disant cela, il n'était plus très sûr que ce soit encore vrai. Il avait une envie folle de demander à la jeune femme pourquoi elle avait posé cette étrange question, mais il n'osait pas. Sans donner plus de précisions sur les Pierres Debout, le professeur conclut son premier cours.

« Demain, n'oubliez pas de vous munir d'un cahier et d'un stylo, vous n'aurez pas besoin d'autre chose. Si vous voulez lire votre livre, faites-le. Si cette lecture vous suggère des questions, nous prendrons le temps de les aborder à la fin du cours. Jusque-là, je vous salue. »

L'amphithéâtre se mit à bourdonner, tandis que le professeur refermait sa serviette et quittait les lieux.

Le chef du département avait demandé à le voir et lui avait fixé rendez-vous après son cours, mais Greystone voulait d'abord régler une affaire personnelle. Accélérant le pas, il longea le couloir réservé à l'administration et poussa une double porte vitrée.

« Professeur Greystone ! Alors, ça s'est bien passé ? » Interrogea la femme installée derrière le comptoir. Ses lunettes incrustées de brillants étincelaient sous les néons.

« Très bien, madame Dowd, très bien. »

Voyant qu'il ne bougeait pas, la femme lui demanda : « Puis-je faire quelque chose pour vous, professeur ? »

« Oui, du moins je l'espère. J'aimerais consulter le dossier d'une de mes élèves, est-ce possible ? »

« Mais bien sûr. Quel est son nom ? »

« Winter. Emmy Winter. »

« Ah oui, je vois, » dit-elle avec un sourire qui révéla des dents parfaites, trop parfaites pour être vraies. « Elle a le teint très brun et de très longs cheveux, non ? »

« C'est ça. J'aimerais en savoir un peu plus sur elle. Certaines choses qu'elle a dites ont éveillé ma curiosité. »

Madame Dowd ouvrit un tiroir et en sortit un dossier. « Tenez, professeur. »

Greystone feuilleta rapidement les quelques pages que contenait la chemise. « Hum, elle vient du Nouveau-Mexique, elle a vingt-cinq ans et … Hum. »

« Qu'y a-t-il ? »

« Ces questionnaires mentionnent-ils quelque part la nationalité ? »

« Mais oui, tenez, juste là, » dit madame Dowd en désignant une ligne de son ongle peint. « Oh, elle n'a rien mis. Elle a dû oublier. Quand ces jeunes arrivent ici, ils sont tellement excités, c'est tout juste s'ils se rappellent leur propre nom. Elle pourrait être Mexicaine, vous ne croyez pas ? Mais avec ses yeux bleus c'est difficile à dire. Elle est peut-être tous simplement très bronzée. »

Greystone referma le dossier. « Merci, madame Dowd, votre aide m'a été précieuse. »

« Oh, » soupira celle-ci, « ce fut un plaisir, revenez quand vous voudrez. »

De toute évidence, le charisme du nouveau professeur et son sourire n'avaient pas séduit uniquement ses élèves.

Michael courut vers son rendez-vous et entra dans le bureau du professeur Weatherbee persuadé que celui-ci, très à cheval sur la ponctualité, allait lui reprocher son retard. Mais le vieil homme était debout devant la fenêtre et apparemment plongé dans de profondes réflexions.

« Professeur Weatherbee ? »

L'homme sursauta et se retourna tout d'un bloc. « Ah, Michael. Approchez, approchez. »

Le jeune homme s'installa dans un fauteuil placé devant l'énorme bureau, tandis que son aîné allait et venait de l'autre côté. « Alors, comment ça s'est passé ?… le cours, je veux dire. »

« Bien. Ils sont aussi enthousiastes que vous le disiez. Je crois que nous avons établi un bon contact. Je ne suis pas inquiet. »

« Bon. Bon. Je suis heureux de l'apprendre. » Le silence retomba, Weatherbee fit quelques pas, avant de reprendre, d'une voix solennelle : « Michael, le professeur Neusome vous tient en grande estime. Il ne tarit pas d'éloges à votre sujet. Etes-vous conscient de son admiration pour vos… capacités ? »

Ce préambule et cette question surprirent Michael. « Nous nous entendons très bien, et il a toujours insisté pour avoir mon opinion sur les travaux qu'il entreprenait. Oui, je dirai qu'entre nous le respect et l'admiration sont réciproques. »

Weatherbee médita en silence cette réponse, puis ouvrant lentement le tiroir supérieur de son bureau, il en sortit un bout de papier tout chiffonné. « Lisez ça. »

Michael obéit, et un frisson lui parcourut l'échine. Il venait de reconnaître l'article annonçant le suicide de son ancien collègue.

« C'était mon ami, » dit-il tristement.

« Hum, oui. J'ai su par Neusome combien vous aviez été bouleversé en apprenant la nouvelle. Pardonnez-moi de vous rappeler ce mauvais souvenir, mais vous comprendrez bientôt ce qui me pousse à le faire. »

Il remarqua que Greystone passait inconsciemment son pouce sur les taches brunes. « Ça ne part pas, » dit-il sobrement, avant de lui raconter ce qui s'était passé chez lui, ce soir-là. Puis il revint à son sujet de préoccupation : « Etes-vous sûr que votre collègue n'a jamais fourni le moindre indice sur l'emplacement de ses recherches ? »

Michael fit un signe de tête affirmatif.

« Réfléchissez. Il a pu faire une allusion, lâcher un mot qui nous mettrait sur la piste. »

« Malheureusement non. D'habitude, il parlait ouvertement de ses projets. Avec passion et un grand luxe de détails. Je crois qu'il adorait me faire part de ses découvertes avant de les rendre publiques. Mais à propos de ce dernier projet, il n'a rien voulu me dire, sinon qu'il partait dans le sud-ouest et qu'il serait injoignable pendant un moment. »

« Et il est revenu. »

« Oui, mais uniquement pour mettre fin à ses jours. Je n'ai même pas su qu'il était rentré. Il n'a peut-être pas trouvé ce qu'il espérait. C'est ce que j'ai pensé. Il s'était tellement monté la tête à l'idée de ce qu'il allait découvrir que la déception a été trop forte. Il n'a pas supporté de rentrer les mains vides. »

« Je ne crois pas, » dit doucement Weatherbee.

Michael le regarda, étonné. « Quoi ? Vous croyez qu'il a trouvé quelque chose ? »

« D'une certaine façon, oui. »

Sans laisser à Michael le temps de poser d'autres questions, Weatherbee reprit : « Attendez une minute. J'ai encore deux ou trois choses à vous montrer. »

Il ouvrit une chemise et en sortit une autre coupure de presse. En bon état, celle-là. « Lisez cela, voulez-vous ? »

L'article relatait comment un jeune archéologue avait choqué ses pairs en affirmant qu'il était sur le point de démontrer la fausseté de la théorie concernant les migrations indiennes. Il avait même déclaré avoir vu quelque chose qui non seulement confirmait ce qu'il avançait mais suggérait la possibilité de communications entre les Amérindiens et des formes d'intelligences provenant... d'*ailleurs*.

Michael reposa l'article. « Je me souviens de cette histoire. Ce type avait même l'intention de démontrer l'existence d'un lien entre les anciens Egyptiens et le peuple indien. Je me rappelle aussi la réaction de Neusome, » ajouta-t-il en riant. « Il fulminait littéralement, ne trouvant pas d'insultes assez grossières pour qualifier ce 'charlatan'. »

Sans faire de commentaire, Weatherbee lui tendit une troisième coupure de presse.

Michael en prit connaissance et demanda, surpris : « Il était malade ? »

« Non. Il était même en parfaite santé. Trente-deux ans. On a attribué sa mort à une crise cardiaque. Son corps était dans le désert depuis plus de quinze jours quand on l'a trouvé, déchiqueté par les vautours et les coyotes. Pas facile, dans ces conditions, de savoir ce qui s'est réellement passé. »

Cette évocation fit frémir Michael. Weatherbee reprit : « En tout cas, il n'était pas en train de faire des fouilles. Pour autant qu'on puisse en juger, il escaladait la base d'une des plus grandes mesas de la région. »

« Quelle région, déjà ? »

« Au sud-ouest, quelque part entre Holbrook, en Arizona, et Zuni, au Nouveau-Mexique. »

Le Nouveau-Mexique. Le Nouveau-Mexique. Emmy Winter venait du Nouveau-Mexique.

« C'est un peu vague, » dit Michael. « On ne dispose d'aucune information plus précise ? »

« Non, apparemment pas. Il y a des mesas importantes dans tout le secteur. »

Michael resta un moment plongé dans ses pensées. « En fait, vous êtes en train de me dire que mon ancien collègue et ce docteur Zavarro, sont morts en essayant d'apporter la preuve qui leur aurait permis de démentir la théorie en vigueur. »

Le vieux savant hocha la tête. « Et ils n'ont jamais voulu divulguer le lieu de leurs recherches. On sait simplement qu'elles tournaient autour d'une des plus hautes mesas. »

Mesas. Sentinelles. Pierres Debout.

« Professeur, ce matin une élève de ma classe m'a demandé si j'avais entendu parler de Pierres Debout qui chuchotent. »

Weatherbee manifesta son intérêt en haussant les sourcils.

« Et elle est originaire du Nouveau-Mexique, » ajouta Michael.

« Je vois. » Le vieil homme se frottait maintenant le

visage d'un air embarrassé. « Je vais maintenant vous montrer quelque chose que vous n'avez sans doute jamais vu. Mais je vais d'abord vous raconter comment cet objet est arrivé en ma possession. »

Il parlait à voix si basse que Michael se pencha vers lui pour ne rien perdre de ce qu'il allait dire.

« Quelques semaines après la découverte de la dépouille de Zavarro, un Mexicain est mort pendant son sommeil. Et c'était justement un des employés de Zavarro. Sa femme a affirmé qu'il avait été victime de l'Esprit de la Nuit, qui lui envoyait des cauchemars atroces. »

Cauchemars. Cauchemars.

Michael sentit sa gorge se serrer. « C'est une croyance assez commune, professeur. La visite de l'Esprit de la Nuit correspond à celle des banshees, ces fées annonciatrices de la mort dans la mythologie celtique. »

Le vieux savant soupira. « Vous ne m'apprenez rien, jeune homme. Et d'ailleurs, je n'avais pas terminé. »

Michael le pria de l'excuser.

« Bien. Ce José avait apparemment rapporté un petit souvenir de l'exploration avec Zavarro, et sa femme est absolument persuadée que l'Esprit de la Nuit tenait à récupérer cet objet. Elle ne voulait à aucun prix le conserver, c'est pourquoi elle me l'a envoyé. »

« Pourquoi à vous ? »

« J'ai moi aussi fait des recherches dans cette région, autrefois. J'avais engagé José pour s'occuper de l'intendance, nous étions devenus amis, et elle s'est souvenue de moi. Elle n'avait personne d'autre à qui le confier. »

« Pourquoi ne l'a-t-elle pas enterré en faisant les offrandes appropriées, tout simplement ? »

« Oh, elle a essayé. Elle l'a même fait, au moment où les cauchemars de son mari ont commencé. Mais ça n'a servi à rien. Elle affirme qu'*Il* voulait le récupérer... »

« A-t-elle conseillé à son mari de le rapporter là où il l'avait pris ? »

« Bien sûr. Mais José ne voulait plus s'approcher de cette mesa — il préférait mourir plutôt que d'entendre à nouveau chuchoter les pierres. »

Michael devina la suite. « Et, puisqu'il n'avait servi à rien de l'enterrer, puisque son mari ne voulait pas aller le remettre à sa place, elle s'en est débarrassée en vous l'envoyant. Drôle de cadeau, entre nous. De quoi s'agit-il ? »

Weatherbee poussa un gros soupir. « Michael, je ne suis pas sûr de devoir vous le montrer. J'hésite encore. Je ne sais vraiment pas quoi décider. »

« Je vous comprends. Tous ceux qui ont été impliqués dans cette histoire sont morts. Et mon collègue, qui était sans doute sur le point de découvrir quelque chose, est même devenu fou. »

« Selon moi, ce n'est pas ce qu'il allait découvrir qui lui a fait perdre la raison, Michael, mais l'endroit où il cherchait. Zavarro et lui étaient tous deux dans le sud-ouest. La femme de José n'a jamais réussi à savoir où exactement.

« L'objet qui est en ma possession n'est qu'un fragment de ce qui est entreposé quelque part, à l'intérieur d'une des mesas. C'est un objet de la plus haute importance, non seulement pour l'Histoire, mais pour la science et la religion, et pour toutes les formes de vie intelligentes. »

Cette dernière précision paraissait étrange.

« Professeur Weatherbee, je veux… »

« Il représente un danger. Une Puissance incroyable empêche tout autre découverte — une Puissance qui n'hésitera devant rien pour que le secret demeure ignoré des hommes. Cet objet représente la mort, la folie, ou les deux, pour ceux qui en connaissent l'existence — et avant tout pour celui qui le possède. »

Michael répondit, sur un ton passionné. « Vous avez fort bien argumenté, professeur. Vous m'avez parlé avec une grande franchise, sans rien dissimuler. Et je comprends vos réticences. Mais étant donné ma formation et ma curiosité professionnelle, je tiens à vous dire que je ne quitterai pas ce bureau avant d'avoir au moins vu ce mystérieux objet. Et je serai heureux de vous aider, dans toute la mesure de mes moyens. »

Weatherbee le considéra par-dessus ses lunettes. « Vous mesurez exactement les risques encourus ? Vous êtes conscient du fait que votre décision peut s'avérer fatale pour vous, à plus ou moins long terme ? »

« Je le suis. »

« Fort bien. » Le vieil homme se dirigea vers un coffre-fort mural qu'il ouvrit pour en sortir une enveloppe en papier kraft, protégée par une chemise en plastique. Puis il retraversa la pièce, déposa l'enveloppe sur son bureau et demanda une dernière fois : « Vous êtes bien sûr, jeune homme ? »

Michael ne pouvait détacher ses regards de l'inquiétant objet. Il hocha simplement la tête.

Avec mille précautions, le vieux savant fit lentement glisser l'enveloppe en dehors du plastique et en sortit une chemise qu'il ouvrit.

Michael s'était mis debout. Penché au-dessus du bureau, il fut parcouru d'un long frisson lorsque ses yeux découvrirent les symboles que ses mains connaissaient si bien. Il murmura d'une voix blanche : « Oh non, c'est impossible. Ces mêmes signes, encore une fois. »

« ENCORE UNE FOIS ? » rugit Weatherbee. « Mais où les avez-vous déjà vus ? »

Michael ne réagit pas. Comme en transe, il continuait à marmonner. « Seigneur ! Ce ne serait donc pas des aberrations ? Des inventions de cauchemar ? Mais alors… je serais allé là-bas ? »

« OÙ ? »

Lorsque Michael releva la tête pour s'adresser à Weatherbee, il avait le regard vide. « Je suis allé à l'endroit d'où vient ceci. Ce papyrus provient d'un endroit où je suis allé ! »

Le vieil homme tremblait. « Expliquez-vous, jeune homme ! »

Michael se pencha sur le document jusqu'à ce que son nez en frôle presque la surface. « Cela ressemble beaucoup à un ancien papyrus, mais ce n'en est pas un ! »

« Par tous les démons de l'Enfer, Michael ! Vous dites que vous êtes allés dans cette fichue mesa et vous voilà en train d'ergoter sur la nature de ce machin ! Je l'ai déjà étudié pendant des heures, figurez-vous ! Ce n'est pas un parchemin ! Ce n'est pas un papyrus et on ne peut pas le dater au carbone 14 parce que sa substance est d'origine inconnue ! Maintenant, au nom de ce vous avez de plus sacré, je vous somme de me dire ce que vous savez ! »

Origine inconnue. Origine inconnue.

Michael tendit le bras derrière lui pour localiser son siège et s'y laissa tomber. « Pour le moment, nous le considérerons comme un papyrus, bien sûr. »

« C'est ça. C'est ça. Et maintenant, parlez ! »

« Asseyez-vous, professeur Weatherbee. Vous n'allez pas en revenir. »

Il lui décrivit son cauchemar récurrent, précisant que, depuis qu'il était arrivé au Colorado, loin de s'estomper, il avait redoublé de fréquence. Le vieux savant en fut sidéré.

« Quelque chose d'énorme se prépare, Michael. Quelque chose rôde déjà autour de nous – un truc qui dépasse de loin tout ce que nous pourrions imaginer. Á partir de maintenant, je vous propose de laisser tomber toute forme de protocole entre nous. Je sens qu'il va falloir unir nos forces et nos esprits si nous voulons survivre. »

Silence.

« Á quoi penses-tu, mon garçon ? »

Détournant son regard des symboles tracés sur le papyrus, Michael répondit pensivement : « Théo, nous avons déjà un gros problème. »

« Ah bon ? »

« Oui. Et il se nomme Emmy Winter. Emmy a entendu parler les Pierres Debout. »

« Bon dieu ! Tu sais ce que cela signifie ? »

« Cela signifie qu'Emmy a entendu ce que disait la mesa. Or, pour une raison mystérieuse, elle a été épargnée. Elle sait, et elle peut parler. »

UN PROJET INSENSÉ

Les cours du professeur Greystone ne tardèrent pas à devenir célèbres.

Etudiants, assistants, et même quelques employés de l'université se pressaient dans l'amphithéâtre pour venir l'écouter parler. Un mois après la rentrée, il jouissait déjà d'une renommée et d'un respect comparables à ceux du professeur Weatherbee.

Sur le campus, la nature se teintait des feux de l'automne. Les feuilles dorées des trembles s'agitaient interminablement, comme les ailes frémissantes d'une multitude de papillons. Des chrysanthèmes multicolores bordaient les sentiers qui serpentaient sur les pelouses d'un vert impeccable. L'odeur de l'herbe fraîchement coupée se mêlait à celle des pins et des épicéas qui protégeaient les allées du brûlant soleil de l'été indien.

Au cours des quatre semaines qu'Emmy et Karen avaient passées ensemble, une métamorphose s'était lentement opérée dans leurs relations. Non seulement elles se comprenaient, mais elles se respectaient mutuellement.

L'engouement de Karen pour le professeur Greystone n'avait été qu'un feu de paille. Mesurant l'abîme qui les séparait, la jeune femme avait renoncé à le séduire pour jeter son dévolu sur le joueur vedette de l'équipe de football. C'est donc avec une certaine indifférence qu'elle avait vu Emmy passer tout son temps libre avec le professeur, bien trop sérieux pour son goût.

Emmy s'était inquiétée des réactions de Karen les premières fois où Michael l'avait invitée à prendre un café ou à déjeuner au restaurant. Mais elle fut rassurée lorsque sa camarade lui jura qu'elle en aimait un autre.

Emmy ne sortait jamais avec les autres filles. Leurs fêtes, leurs bavardages étaient bien trop frivoles pour elle. Sa relation avec le jeune professeur s'était rapidement transformée en une tendre amitié. Tout le monde était au courant, mais personne ne se permettait d'en rire ou de faire des allusions déplacées.

Malgré leur différence d'âge, les deux jeunes gens paraissaient faits l'un pour l'autre. Pendant les cours, rien ne transparaissait de leur entente, mais sur le campus, ils se promenaient la main dans la main ou s'asseyaient sur un banc de pierre, à l'ombre des trembles, pour s'entretenir à voix basse.

Certains estimaient que leur relation s'était développée trop rapidement. Mais les autres voyaient bien qu'il n'aurait pas pu en être autrement. Ils avaient trop de choses en commun. Leurs idées et leurs intérêts étaient si proches qu'ils semblaient émaner d'un seul et même esprit. Jusque-là, leur engagement réciproque n'était pas complet, mais il ne pouvait manquer de le devenir, car on les voyait rarement l'un sans l'autre.

Emmy n'était pas venue à Boulder pour chercher un mari ou un compagnon attitré. Elle désirait simplement s'instruire, mieux connaître les civilisations anciennes, leurs croyances et leurs pratiques mystiques. Elle voulait aussi explorer les différentes facettes des réalités invisibles qui lui étaient familières, et comprendre plus en profondeur ses propres expériences surnaturelles.

Elle ne s'attendait pas à rencontrer un instructeur aussi expérimenté et aussi savant, mais dès le premier jour elle avait senti un courant d'énergie circuler entre eux. Ils s'étaient immédiatement reconnus et, pas plus que lui, elle ne pouvait ignorer la force magnétique qui les attirait l'un vers l'autre.

Michael avait été surpris par l'enchaînement des événements. Il n'avait pas choisi de venir enseigner à Boulder. Sollicité, il n'avait accepté que pour faire plaisir à son patron. Et, dès le premier jour, à l'instant où son regard avait plongé dans les yeux bleus de la jeune femme du premier rang, il avait su que leurs destins étaient inexorablement liés.

Il voyait en elle un être à la fois réservé et intrépide, innocent et sage, timide et direct. Et il percevait aussi une dimension secrète — que trahissait le bleu de ses yeux — une intensité, et une sensibilité profonde.

Il la sentait habitée par une sagesse ancienne, une force étrange et mystérieuse. Son attirance pour elle était irrésistible, comme inspirée par les dieux.

Ce jour-là, Emmy et Michael ignoraient à quel point la nuit allait les rapprocher.

La Coccinelle remonta en hoquetant l'allée qui menait aux dortoirs et s'arrêta devant le perron où l'attendait Emmy.

« Gente dame ! » cria Michael en se penchant à la fenêtre, « puis-je vous déposer quelque part ? »

Les mains sur les hanches, la jeune femme fit un signe de tête. « Grand merci, noble seigneur, mais j'attends mon Prince Charmant. Il doit arriver d'un moment à l'autre sur son vaillant coursier. »

« Il me semble, gente dame, que vous devriez porter des lunettes. Ne voyez-vous pas ce splendide coursier ? »

La jeune femme se pencha pour examiner la carrosserie bosselée et tout éraflée. « Oh, je crois bien que vous avez raison. » Elle jeta un regard par la vitre baissée. « Mais alors, seigneur, c'est vous mon beau chevalier ! »

« En selle, Fleur Bleue, le dîner nous attend. »

Mettant fin à leur jeu, Emmy monta dans la voiture. « Alors, où m'emmènes-tu ce soir ? Chinois ? Italien ? Mexicain ? »

« Que dirais-tu d'un nouveau restaurant ? »

« Lequel ? »

Il la regarda gravement. « Un endroit appelé 'chez Greystone'. Ça te dit ? »

Elle sourit malicieusement. « Bien sûr. Mais quel genre de menu y propose-t-on ? »

« Oh, tous les menus possibles, » dit-il fièrement.

« Tous ? »

« Eh oui, il suffit de commander, Greystone se charge du service. »

Avant d'arriver à la petite maison que louait Michael, ils avaient décidé de se faire livrer une pizza. Une fois à l'intérieur, il passa la commande par téléphone tandis que son invitée visitait les lieux.

« L'ameublement n'est pas précisément à mon goût, » précisa-t-il après avoir raccroché, « mais étant donné le prix, je ne pouvais pas faire le difficile. Dans une petite ville universitaire, les loyers sont souvent inabordables, je m'en suis vite rendu compte. »

« Ça ne m'étonne pas, » dit-elle en continuant son inspection. « On se sent plutôt bien ici. C'est bien plus grand que la maison où j'ai grandi. » Elle caressa amoureusement la grosse poutre qui soutenait le manteau de la cheminée. « J'aime bien cette cheminée. Elle ajoute une note de chaleur à la pièce. »

« Dommage que ce soit l'été indien, on aurait pu faire une flambée. »

Michael se dirigea vers la cuisine. Elle le suivit.

« Je peux t'aider ? »

« Non merci, il manque seulement les assiettes et les couverts. »

Sur la table recouverte d'une nappe à carreaux rouge et blanc se trouvaient une lampe-tempête, allumée, et deux verres à pied.

« C'est joli, » commenta Emmy.

Michael apporta une bouteille de vin et mit le couvert. « Tu ne vas peut-être pas me croire, mais je dîne toujours à la lumière de cette vieille lanterne. Je ne sais pas, » il haussa les épaules, « ça crée une ambiance plus accueillante, plus reposante quand on mange. Et puis ça m'aide à réfléchir. »

Elle comprenait. « C'est comme la lueur d'un feu de camp. Ça tient compagnie quand on est seul. »

Michael éteignit le plafonnier et ajusta la flamme. Puis il prit Emmy aux épaules. « On se ressemble pas mal, toi et moi, tu ne trouves pas ? »

Elle acquiesça d'un signe de tête.

On sonna à la porte. Après le départ du livreur, ils se mirent à table avec pour seule lumière la flamme dorée et tremblotante de la lampe. La conversation commença sur un ton léger.

« C'est comment, Taos ? » interrogea Michael en mordant voracement dans sa pizza.

« Je ne t'ai jamais dit le nom de la ville d'où je viens. Comment le connais-tu ? »

Il détourna les yeux. « Cette information figure dans tous les dossiers. »

« Et quand as-tu fouiné dans les dossiers ? »

« Le jour de la rentrée… après le cours. »

« Tu les as tous consultés ? »

« Non seulement celui qui m'intéressait. »

« Dis donc, tu ne perds pas de temps, toi ! » Elle tendit son verre pour qu'il le remplisse.

« Étant donné ce que j'avais ressenti en ta présence, je voulais en savoir plus sur toi. »

Elle sourit. « Très bien, professeur, vous êtes excusé pour cette fois, mais n'y revenez pas. »

Il lui fit un clin d'œil. « C'est promis. »

Ils dégustèrent en silence la pizza moelleuse et délicatement croustillante. Puis Michael grommela, la bouche pleine. « Alors, parle-moi de ton pays. Je ne suis jamais allé au Nouveau-Mexique. »

Les yeux bleus de la jeune femme se mirent à briller de plaisir. « Il y a souvent des fêtes dans la région où j'ai vécu.

Á chaque saison correspondent des cérémonies qui sont toujours joyeuses. La plupart des gens y participent, de près ou de loin.

« Le matin, le soleil projette ses couleurs sur les murs d'adobe et, au crépuscule, les sommets des montagnes se teintent de nuances rouges et orangées. Le ciel est presque toujours d'un bleu profond – pur, sans un nuage, sauf lorsque passent des oiseaux. Il y a beaucoup d'oiseaux à Taos. Les gens aiment les nourrir. »

« Sympa. Et ta famille ? »

« On vit tous les cinq dans une petite maison en adobe. Mon père travaille dans un ranch à l'extérieur de la ville. Il a toujours travaillé dans des ranches. Ma mère a été une bonne épouse pour lui. Elle cuisine très bien et nous prépare des petits-déjeuners extraordinaires. » Cette évocation la fit sourire. « Ils s'aiment beaucoup et s'entendent très bien. Sans avoir besoin de parler. »

« Tu veux dire qu'à force d'intimité ils ont développé une forme de communication paranormale ? »

« Oui. Mais en plus ils connaissent tous les deux la Voie. Et la Voie dispense des mots. »

Michael tenta une ruse. « Et toi, tu connais la Voie ? »

« J'ai deux sœurs, de treize et six ans. Elles sont gentilles et aident beaucoup ma mère. » Elle se tut un moment. « J'ai été tellement heureuse en recevant ma lettre d'admission. » Elle raconta les événements de cette journée et la fête organisée par ses parents où tous les voisins étaient venus partager sa joie.

Michael l'écoutait tout en se demandant pourquoi elle avait éludé sa question. Il brûlait de savoir jusqu'où allait sa connaissance de l'ancienne Voie sacrée, si elle en avait une expérience personnelle directe, si elle était initiée. Mais il l'aimait trop pour insister.

Jusqu'à la fin du repas, ils discutèrent tranquillement, savourant le plaisir d'une relation fondée sur des sentiments profonds et des intérêts communs. Michael lui parla de son passé et de son travail à Boston – en omettant toutefois ses plus graves soucis, car il estimait inutile de compliquer les choses et de l'inquiéter.

Ils restèrent longtemps à table, prolongeant leurs échanges jusqu'à une heure tardive de la nuit.

Lorsque la lampe qui brûlait entre eux ne jeta plus que de faibles lueurs, leurs regards s'adoucirent, reflétant de nouveaux désirs. Ils comprirent tous deux que le moment était venu de découvrir une autre forme de communication — celle qui passe par le contact des corps. Ils se comprirent à merveille.

Blottis dans les bras l'un de l'autre, ils regardaient danser les ombres argentées des feuilles de trembles éclairées par la lune. Apaisés, ils parlaient à voix basse.

« Je ne pensais pas à ça en venant ici ce soir, » murmura Emmy.

Il l'embrassa sur la joue. « Je ne pensais pas à ça non plus quand je t'ai invitée. Mais je suis heureux que ce soit arrivé. »

« Mmm, moi aussi. » Elle caressa tendrement le bras qui enserrait sa taille.

Un doux silence s'établit entre eux et se prolongea, avant qu'elle parle à nouveau. « Tu crois que je devrais rentrer ? »

Silence.

« Michael ? »

Il dormait déjà.

Emmy se dégagea doucement de son étreinte et remonta sur eux les couvertures. Tournée vers la fenêtre, elle se perdit dans la contemplation de la lune. Comme cette relation lui était douce ! En souriant de bonheur, elle ferma les yeux.

« NON ! MERDE, NON ! SEIGNEUR ! NOOOOON ! »

La jeune femme sentit glisser les couvertures. Réveillée en sursaut, elle mit quelques instants à se rappeler où elle se trouvait.

Ses longues jambes basculèrent hors du lit. Elle alluma la lumière.

Recroquevillé dans un coin de la chambre, Michael serrait les couvertures autour de lui. Il avait les yeux grands ouverts, et tout son corps tremblait. Pourtant, il dormait.

Emmy prit vivement la chemise de Michael sur le dos d'une chaise et l'enfila, avant de courir vers l'homme terrorisé et de s'agenouiller près de lui. « Michael ? Michael réveille-toi, mon chéri ! »

« Laissez-moi tranquille ! Seigneur ! Non ! Par pitié. Allez-vous-en, Allez-vous-en ! Ohhh, nooon ! » Sa main se leva pour protéger son visage crispé par une menace invisible.

« MICHAEL ! » cria-t-elle en le secouant vigoureusement.

Il se réveilla, toujours tremblant.

Il reprit progressivement ses esprits.

Ses épaules se détendirent. « Oh mon Dieu, pourquoi ? Pourquoi cette nuit ? »

Emmy le prit dans ses bras, le serra contre elle et le berça tendrement. « Tout va bien maintenant. C'est fini. Je suis là. »

Il leva vers elle un regard pitoyable. « J'aurais préféré que tu ne voies pas ça, Em. Je ne pensais pas que ça arriverait en présence de quelqu'un d'autre. » Il se leva maladroitement pour aller chercher sa robe de chambre.

« Je vais faire du café, proposa Emmy. Ça va aller ? »

« Oui, ne t'inquiète pas. J'arrive. Laisse- moi juste le temps de me passer de l'eau sur la figure. J'ai besoin de m'éclaircir les idées. »

Elle le regarda d'un air à moitié rassuré. « Tu es sûr que ça va ? »

« Oui. Mets le café en route. On va en avoir besoin. »

Dans la cuisine, Michael fut content de voir qu'Emmy avait allumé la lampe-tempête. Il n'aurait sans doute pas pu lui parler à la lumière des néons. La douce lueur de la flamme était plus en harmonie avec les mystères qu'il allait évoquer.

Après avoir avalé plusieurs gorgées de café, il soupira en regardant la jeune femme. Jamais il n'avait aimé comme il l'aimait. « Je suis vraiment désolé de ce qui s'est passé, » dit-il tristement.

« Faire un mauvais rêve de temps en temps, ça arrive à tout le monde, » répondit-elle en posant sa main sur celle de l'homme. « Ne te sens pas obligé de t'excuser. »

« Ça n'a rien à voir. C'est bien plus grave que ça. Tu ne peux pas comprendre… pas encore. »

Emmy, soudain inquiète, fronça les sourcils.

Un léger sourire se joua sur les lèvres de Michael. « Sans vouloir changer de sujet, cette chemise te va à ravir. »

La jeune femme baissa les yeux et s'aperçut que la chemise était restée ouverte. Le rouge aux joues, elle la boutonna. « Ce n'est pas dans mes habitudes mais, faute de mieux… » Elle sourit, puis reprit son air grave. « Tu veux m'en parler maintenant ? »

Il baissa les yeux vers sa tasse de café sans répondre.

« Si tu n'en as pas envie, je comprendrai. On peut même oublier complètement cet incident, si tu préfères. »

Il la regarda droit dans les yeux. « Le problème c'est que je n'arrive pas à oublier. Comment oublier un rêve pareil, surtout quand il revient sans cesse. »

Emmy se sentit frissonner.

« Une partie de moi a envie de tout te raconter et l'autre partie a peur de le faire. »

« Je suis avec toi, Michael. Je serai toujours avec toi. Je ne te demande rien. Tu peux me parler ou ne pas me parler. Á toi de décider. Mais je veux que tu saches une chose. Quoi qu'il arrive, je suis là pour t'aider. »

Après avoir soigneusement pesé le pour et le contre, Michael prit sa décision. Il se redressa et demanda à Emmy de lui resservir du café.

Puis il commença par lui raconter ses cauchemars. Il parla ensuite de sa conversation avec le professeur Weatherbee et décrivit le papyrus. Il évoqua l'histoire de son collègue parti dans le sud-ouest pour un projet qui avait fini par le pousser au suicide ; le lien probable entre la découverte de son ami et la double mort du docteur Zavarro et de son assistant José. Enfin, revenant sur la question qu'elle avait posée à propos des Pierres Debout, il lui dit qu'elle était la seule personne encore vivante après les avoir entendu parler. Pourquoi ? Quel sens fallait-il donner à tout cela ? La mesa qu'elle avait entendu chuchoter était-elle la bonne ?

Pour terminer, il la rassura sur ses sentiments.

« Emmy, depuis le premier jour, je me sens irrésistiblement attiré vers toi. L'amour que je te porte n'a rien à voir avec cette histoire. Mais j'ai voulu te mettre au courant... je trouve juste que tu saches ce qui se passe. » Petit silence. « Si cela doit changer quelque chose à nos relations, je le comprendrai. Je serai déçu, mais je comprendrai. »

« Tu craignais que je me moque de toi, ou peut-être que j'aie peur ? Tu ne voulais pas me faire fuir, hein ? C'est pour ça que tu gardais tous ces mystères pour toi. »

« Non. » Sa voix était grave. « Non, Emmy, c'est moi qui avais peur. Je ne t'ai rien dit parce que c'est dangereux.... Tout le monde meurt. »

« Oh ! Michael, tu voulais me protéger, je le sais. Et je t'aime d'autant plus pour ça. »

« Maintenant je suis inquiet pour toi, chérie. Malade d'inquiétude. Ce truc que Weatherbee m'a montré, une force puissante veut le récupérer. Et cette Force tue pour arriver à Ses fins. Comment ai-je pu te permettre de rester ici ? Maintenant tu es en danger, toi aussi. » Profondément affecté, il ajouta : « Qu'est-ce qui m'a pris ? »

Un lourd silence s'installa entre eux.

« Michael. »

La voix de la jeune femme était étrangement calme. Il la regarda. Elle paraissait sereine, et dans son regard il reconnut cette sagesse qui l'avait tant étonné, le premier jour.

« Qu'y a-t-il, Emmy ? »

« Tu te demandes ce qui t'a poussé à tout me raconter, n'est-ce pas ? »

« Non. Je le sais. »

« Peut-être. Mais tu ignores pourquoi tu l'as fait. »

Soudain curieux, il redoubla d'attention. Il émanait de sa compagne quelque chose de nouveau. Une sérénité profonde.

« Emmy, explique-toi, je ne vois pas où tu veux en venir. »

Un sourire très doux éclaira le visage de la jeune femme, son expression solennelle disparut. « Cela m'a été révélé, voilà tout. »

« Mais quoi ? »

« La raison de tout cela. Pourquoi je ne suis pas allée faire mes études au Nouveau-Mexique comme prévu. Pourquoi je suis ici et pas là-bas. Pourquoi toi, tu es ici et pas à Boston. Pourquoi la femme de José a envoyé le papyrus à Weatherbee et à personne d'autre. Pourquoi tu as eu des cauchemars et pourquoi j'ai entendu parler les Pierres Debout. »

Encore incrédule, Michael voyait pourtant la justesse de ce raisonnement. « Oh, non ! Non, non. C'est trop invraisemblable. C'est du délire. »

« Vraiment, Michael ? Du délire ? »

« Tu penses que nous avons été réunis ici tous les trois à cause de ce papyrus ? »

« Oui, Michael… afin que nous puissions restituer ce papyrus. »

« Mais oui ! » fit-il sur le ton du sarcasme, « bien sûr. Quelle riche trouvaille ! Tu ne vois pas que c'est absurde ? »

« Ah bon, pourquoi ? »

« Á cause de mes foutus cauchemars, tiens ! »

« Est-ce que la Force t'a attaqué pendant ces cauchemars ? » demanda-t-elle d'une voix douce.

« Pas vraiment, non, pas vraiment, mais elle… »

« Elle quoi, Michael ? »

« Elle… elle… »

« T'a fait peur, » affirma-t-elle.

« Oh, je vois. Tu penses que cette terreur c'est moi qui la fabriquais ? Qu'elle venait de moi ! C'est génial, Emmy, vraiment génial ! »

« Michael, » reprit-elle calmement, « tu es sur la défensive. Mais réfléchis. Calme-toi et réfléchis. Si réellement tu représentais une menace pour cette Force, elle te détruirait. Or, d'après ce que tu m'as raconté, tu es toujours terrifié mais jamais attaqué. Tu t'arranges pour fuir, et tu ne restes jamais assez longtemps pour voir ce que cette Force te veut. »

Michael n'en revenait pas. « Ce qu'elle me veut ? Est-ce que tu insinues que je devrais communiquer avec cette chose ? »

Elle approuva d'un signe de tête.

Michael considéra la question. Au cours de son expérience, il avait maintes fois affronté des forces invisibles et traité avec elles. Il savait qu'elle avait raison. Plus il y pensait, plus il en était persuadé. Il finit par sourire.

Elle lui rendit son sourire. « Tu es d'accord avec moi, hein ? »

« C'est effectivement une possibilité que je n'avais pas envisagée. Chaque fois, je me suis laissé guider par mes réactions instinctives. Mais si je réussissais à les surmonter, le rêve continuerait, et alors, peut-être... je dis bien peut-être, une forme de communication pourrait-elle s'installer. »

« Crois-tu que tu en es capable ? »

Il s'imagina tenant tête à la Force au fond du labyrinthe obscur et, répondit, malgré sa terreur : « Je peux en tout cas essayer. Mais cette fois, si je reste lucide, je n'oublierai pas de changer les batteries de ma lampe. »

Emmy secoua la tête. « Tu ne peux rien changer au début de ton rêve. Seules tes réactions devant la chose peuvent être modifiées. »

« Comment le sais-tu ? »

« Fais-moi confiance. »

« Et d'après toi, quand devrais-je organiser cette amicale confrontation ? »

Elle jeta un regard à la pendule de la cuisine, noyée dans l'ombre. « Il est presque cinq heures... c'est trop tard. Et je veux être avec toi quand tu le feras. »

« Oh, non, Emmy, certainement pas. »

« Voyons, » poursuivit-elle, « pourquoi pas ce soir ? »

« Em, tu ne m'as pas entendu. Il n'est pas question que tu sois là. »

« Michael, » murmura-t-elle en le regardant au fond des yeux. Il y avait dans ce regard une telle intensité que Michael en eut la chair de poule.

« OK, Em. Le plus tôt sera le mieux. »

« Michael ? »

« Quoi ? »

« Ça se passera bien, tu verras. Nous avons été choisis pour cette mission. La Force nous a choisis et réunis pour que nous lui venions en aide. »

« Théo ! » cria Michael en passant la tête par la porte entrebâillée.

Le professeur Weatherbee leva les yeux. « Michael ! Entre, entre. »

L'homme entra, suivi par une ombre discrète.

« Ah, je vois que tu as amené une amie. Bonjour, mademoiselle Winter. »

« Bonjour, professeur Weatherbee » dit-elle en s'asseyant sur la chaise qu'il lui désignait.

« Voilà une agréable surprise. Qu'est-ce qui vous amène, de si bon matin, tous les deux ? »

Michael n'était pas sûr que leur visite se révèle le moins du monde agréable. Il avait plutôt l'impression d'être porteur d'une bombe. Il s'éclaircit la gorge. « Emmy a passé la nuit chez moi, » commença-t-il.

« Merveilleux. Mais je doute que vous soyez là pour évoquer vos tendres ébats. Va droit au but, Michael. J'ai un milliard de choses à faire aujourd'hui. »

Emmy rougit et baissa les yeux.

Greystone inspira profondément pour se donner de l'assurance. Il jeta un coup d'œil furtif à sa compagne avant de reporter son attention sur son interlocuteur.

« J'ai eu un cauchemar pendant qu'elle était là. »

Weatherbee ne réagit pas tout de suite. Il dévisagea la jeune femme qui soutint son regard. « Je vois. »

« J'aurais pu ne rien lui dire, mais je lui ai tout raconté. »

Repoussant sa chaise derrière lui, le professeur se leva. Après avoir longuement considéré les deux jeunes gens, il se tourna vers la fenêtre.

L'activité reprenait doucement sur le campus. Des groupes d'étudiants, bras dessus, bras dessous, circulaient entre les bâtiments, images de la sécurité, d'une vie simple et dénuée de soucis. Tournant le dos à ses visiteurs, le professeur Weatherbee se remit à parler. « Tu as mis celle que tu aimes en danger, Michael. Tu t'es comporté en irresponsable. Je me demande comment tu as pu faire une chose pareille. Les cauchemars sont choses fréquentes, même à l'âge adulte. Tu n'avais pas besoin de lui expliquer quoi que ce soit. »

Michael n'était pas de son avis. « J'aurais eu l'impression de lui mentir — par omission — et cette idée m'était insupportable. »

Emmy intervint. « Professeur Weatherbee, » lança-t-elle, « Michael a fait exactement ce qu'il devait faire. »

Le vieil homme se retourna. « Vraiment ? C'est ce que vous pensez, mademoiselle ?

« Oui. Il n'aurait pas pu faire autrement, si l'on considère l'ensemble de la situation. D'ailleurs, sa sincérité nous permet d'entrevoir une solution satisfaisante au problème. »

Le professeur ouvrit de grands yeux et regarda alternativement les deux jeunes gens. « Une solution ? De quoi parle cette demoiselle ? Il me semble que j'ai droit à des explications. »

Greystone se leva, enfonça ses poings dans ses poches et se mit à arpenter la pièce. « Théo, hier soir, après mon cauchemar et notre discussion, Emmy a compris quelque chose. Elle a eu une idée qui permet effectivement de résoudre le problème du papyrus. » Il fit une pause, attendant une éventuelle réaction.

« Continue. Je t'écoute, même si j'ignore pourquoi. »

« C'est une déduction très logique en fait. Elle et moi avons atterri ici dans des circonstances étranges. Elle devait aller à l'université du Nouveau-Mexique et, sans qu'elle sache pourquoi, c'est à Boulder qu'on l'a envoyée. Quant à moi, tu sais déjà ce qui m'a amené ici — un accident suffisamment grave pour plonger un brave type dans le coma. Tu ne t'es jamais interrogé sur cet 'accident,' Théo ? Il est intervenu fort à propos, tu ne trouves pas ? Grâce à lui, mon prédécesseur a été écarté de la scène… et j'ai pu prendre sa place. »

Le professeur Weatherbee étouffa un rire. « Tu devrais changer d'orientation, mon vieux, tes recherches t'ont rendu complètement irrationnel. Il s'agit de simples coïncidences. N'essaye pas d'échafauder je ne sais quelle théorie avec ce genre d'idées. »

Michael soupira. « Aussi risibles que ces idées puissent te paraître, elles tiennent debout, je t'assure. » Il se passa la main dans les cheveux. « Théo, rends-toi compte que tous les chemins mènent ici, ici même, » dit-il en pointant un doigt vers le plancher. « Mademoiselle Winter et moi arrivons par des détours bizarres, et toi, tu détiens le mystérieux papyrus. Dois-je te rappeler que les inscriptions qui y figurent correspondent exactement à celles de mon rêve ? Et puis, pourquoi ce rêve se répète-t-il de plus en plus souvent depuis que je suis à Boulder ? »

Il se tut. Weatherbee ne dit rien. Les deux jeunes gens attendaient qu'il ait mesuré l'ampleur de cette énigme.

Finalement, il prit la parole. « Il semble effectivement que le hasard ne soit pas seul en cause, je l'admets. Mais quel rôle peut bien jouer mademoiselle Winter dans cette histoire ? »

« Nous n'en sommes pas sûrs, pour le moment. Nous savons seulement qu'elle a entendu les Pierres parler. Et elle a clairement compris ce qu'elles disaient. »

Le professeur Weatherbee était sans doute curieux de savoir ce qu'avait entendu Emmy, mais il ne se laissa pas détourner de son idée. « Alors en quoi consiste cette brillante solution que vous avez trouvée ? »

Le moment critique était arrivé. Michael se lança avant de perdre son sang froid. « Reprenons les faits, les faits avérés, Théo. Trois personnes se sont aventurées dans des lieux interdits. Mon ancien collègue, le docteur Zavarro et son assistant José. Les deux chercheurs étaient tellement impatients, tellement avides de faire une découverte exceptionnelle, qu'ils ont perdu toute prudence. Vrai ou faux ? »

« Ta dernière phrase n'est peut-être qu'une hypothèse, mais continue, je t'écoute. »

« Donc, ayant perdu toute prudence, ils ont violé un territoire sacré. Vraiment sacré, d'accord ? »

« Je te suis. »

« Bon. L'un d'eux s'approche un peu trop. Mon collègue découvre une ouverture cachée et entre dans la mesa. Il trouve ce qu'il cherchait et… Bingo !… avant d'avoir pu y retourner, il est assailli par des cauchemars horribles qui le rendent fou.

« L'autre type pénètre assez profondément dans l'ouverture pour dérober un élément du trésor. Il meurt. Son assistant meurt aussi. Laissant un mystérieux papyrus qui ne ressemble à rien de ce qu'on ait jamais vu. »

« Michael, » intervint Weatherbee avec humeur, « nous savons déjà tout cela. Pourquoi y revenir ? »

« Parce que ce sont des faits, Théo, et que notre solution repose sur ces faits. »

Excédé, le vieux professeur soupira. « Continue. »

« Donc, si tous les possesseurs du papyrus sacré sont morts, pourquoi es-tu encore en vie ? Si tous ceux qui connaissaient l'existence d'une cache dans cette mesa ont été éliminés, pourquoi sommes-nous ici, Emmy et moi ? »

Silence.

« Nous savons tous les trois que ce lieu sacré existe, l'un d'entre nous possède le papyrus, et pourtant nous sommes là ! Deux d'entre nous, à la suite de circonstances étranges, entrent en relation avec celui qui détient le papyrus. L'un a vu en rêve le lieu sacré, l'autre a entendu parler les pierres – et nous sommes là, tous les trois, bien vivants ! »

« Ce n'est donc pas un simple hasard, » concéda Weatherbee. « Mais dis-moi, Michael, ces cauchemars qui ont rendu fou ton collègue, comment se fait-il que tu les fasses aussi ? Est-ce qu'on ne doit pas y voir une nouvelle mise en garde ? »

Emmy répondit d'une voix douce : « Non, professeur Weatherbee. Dans le cas de Michael, il ne s'agit pas d'une mise en garde … mais d'un appel. »

« Et je suppose, » dit le vieil homme, « que vous avez compris ce que tout cela signifie ? »

« Oui ! » s'écria Michael, sur le point d'exploser tant il avait du mal à contenir son enthousiasme. « Les autres ont dû mourir parce qu'ils allaient briser les sceaux. Ils allaient s'emparer du trésor enfoui sous le sol de la mesa. Ils menaçaient de violer un territoire sacré. Ils ont envahi le temple avant qu'il soit prêt à révéler ses antiques secrets. Mais nous trois, Théo, nous sommes différents. Oh oui, très différents. Nous sommes ensemble parce que nous avons été appelés. Nous avons été appelés dans un but précis et ce but, c'est de remettre le papyrus sacré à sa place ! »

Le visage du professeur Weatherbee s'empourpra de colère. « Mais c'est de la FOLIE ! » s'écria-t-il « de la pure folie ! » Il se leva si brusquement qu'il fit tomber sa chaise. « Jamais de toute ma vie je n'ai entendu pareilles sornettes ! » Il les foudroya du regard. « Vous êtes complètement dingues, tous les deux. COMPLÈTEMENT DINGUES ! »

Soudain, la porte s'ouvrit et la secrétaire du professeur Weatherbee entra en courant. « Est-ce que tout va bien, prof… »

« SORTEZ ! » hurla le professeur à la pauvre femme affolée.

« Théo, calme-toi, pense à ta tension… »

« Je me fous de ma tension ! Comment pouvez-vous imaginer qu'on nous laissera approcher, ne serait-ce qu'à quelques kilomètres, de cette maudite mesa ! C'est du délire ! Le simple fait d'y penser risque d'inciter la Force à nous tuer ! Seigneur, vous avez perdu la tête ! »

« Cela nous a semblé évident, cette nuit. Et nous sommes toujours là, n'est-ce pas ? » Souligna Michael.

Le vieux professeur paraissait anéanti. « Oh, Michael, je ne sais plus. Je ne sais vraiment plus. »

Greystone releva la chaise du professeur et obligea celui-ci à s'asseoir

Une fois installé, le vieil homme se plongea dans ses réflexions. Il envisagea tous les aspects de la question. L'un d'eux, surtout, retenait son attention. Étant donné le peu de contributions importantes qu'il avait fait à la science, il aurait pu être tenté de révéler l'existence du papyrus et d'acquérir ainsi une renommée immédiate et mondiale. Pourtant, quelque chose ne collait pas. Il savait en effet que jamais il ne pourrait révéler ni l'existence ni la provenance de ce document. Non, décidément, cette découverte ne pouvait pas être rendue publique. Par contre, s'ils réussissaient à remettre le papyrus en place, il aurait au moins la satisfaction d'avoir contribué à préserver un objet extraordinairement sacré. Et il pourrait se réjouir d'avoir finalement accompli quelque chose d'important. Quelque chose qui donnerait toute leur valeur à ses longues années de travail. Oui, un acte comme celui-là lui permettrait sans doute de mourir heureux. Soudain, il se rendit compte que toute cette histoire, aussi absurde qu'elle lui paraisse, était terriblement excitante. Il rouvrit les yeux, fixa Michael et dit : « Je ne sais pas. Je ne sais plus. C'est un projet complètement fou… Oui c'est ça, une pure folie. »

« Une folie qui paraît logique pourtant, non ? » demanda Michael.

« Effectivement. Je dois reconnaître que jusqu'ici nous n'avions pas trouvé mieux. »

« Et si notre intention est de restituer le papyrus, nous ne devrions pas être inquiétés, » poursuivit Michael.

« J'aimerais te croire. De toute façon nous n'avons rien d'autre à quoi nous raccrocher. Si la pureté de nos intentions nous a protégés jusque-là, espérons qu'elle va continuer. » Il marqua une pause avant de reprendre. « Pourtant, une chose m'étonne encore. Si tu es appelé à rendre cet objet, pourquoi dois-tu subir ces cauchemars terrifiants ? Pourquoi ne fais-tu pas des rêves plus paisibles ? Des rêves où tu serais instruit par un message de la voie à suivre. »

« Emmy suppose que ces rêves tournent au cauchemar parce que l'inconnu auquel je suis confronté me terrifie et que j'essaie de m'enfuir. C'est une réaction naturelle. D'après elle, le message me sera communiqué quand je réussirai à m'arrêter et à affronter la Force. Tout ce que j'ai à faire c'est laisser le rêve se poursuivre au-delà du moment où ma peur l'interrompt habituellement. »

L'expression du professeur Weatherbee indiquait clairement qu'il n'aimait pas, mais alors pas du tout, cette idée. « Ça risque d'être dangereux, Michael, une erreur fatale. Et ce serait ton dernier rêve, mon garçon. »

« Il faut que j'essaye. C'est la seule possibilité qui nous soit offerte. Nous avons besoin d'informations et je dois tout tenter pour les obtenir. On ne pourra rien faire tant qu'on ne saura pas où trouver cette mesa. Et comment restituer le papyrus si nous ne savons pas d'où il vient ? »

Le professeur tourna ses regards vers la jeune femme. « Vous serez là quand il le fera ? »

« Je vous le promets. »

Théodore approuva d'un hochement de tête. « Très bien, » dit-il, « je suppose qu'il faut en passer par là. » Puis, après un moment de réflexion : « Ce qui m'intrigue, c'est pourquoi nous ? »

Michael haussa les épaules. « Moi aussi je me suis posé la question. Et j'en ai conclu que c'était sans doute à cause de notre passé et de nos idéaux. »

« Explique-toi ».

« Eh bien, sur le papyrus, il y a des hiéroglyphes égyptiens ; or, ta mère était Egyptienne. Il y a aussi des symboles amérindiens, et j'ai du sang cherokee. Je crois que cette Force a voulu qu'un représentant de chaque civilisation participe à la restitution.

Weatherbee haussa un sourcil. « Il y a aussi des caractères d'origine inconnue. »

Les deux hommes dirigèrent leurs regards vers le troisième membre du groupe.

Emmy réagit. « Hé, doucement, vous deux. Est-ce que j'ai l'air d'une Inconnue ? »

Michael lui fit un clin d'œil. « Dans ton dossier, ta nationalité n'est pas mentionnée. »

« Simple oubli, » se défendit-elle. « Je passerai au bureau pour le réparer. »

Le vieux professeur insista. « Vous êtes sûre que c'est simplement un oubli ? »

Elle se mordit les lèvres, soupira et prit un air résigné. « Je ne m'appelle pas vraiment Emmy, » avoua-t-elle. « Tout le monde m'appelle comme ça parce que c'est plus simple. Même moi, c'est le nom que j'utilise pour les papiers et tout ça, mais ce n'est pas mon nom. »

Michael fut visiblement sidéré par cette révélation.

Weatherbee écouta la suite de l'explication avec un intérêt croissant.

« Emmy n'est pas le diminutif d'Emily. Ni d'Emilienne. Non, ce sont mes initiales M.E ! »

Michael ne put s'empêcher de demander : « Les initiales de quoi ? »

« Les initiales de mon nom, Mourning Elk (élan qui pleure). Je suis Indienne, cent pour cent Indienne. »

Le vieux professeur se pencha vers elle, fixant ses yeux d'un bleu inhabituel. Mais avant qu'il ait pu poser une question, Emmy reprit, en riant un peu : « Ce sont mes yeux qui vous étonnent ? Eh bien voilà... Les miens croient à une légende qui se transmet oralement depuis des temps immémoriaux. Une légende en rapport avec la couleur de mes yeux. J'évite de me dire Indienne pour ne pas avoir à la raconter. C'est pourquoi je me fais appeler Emmy, c'est plus facile. »

Mais Weatherbee n'était pas homme à la laisser se dérober. « Ma chère enfant, pourquoi ne pas raconter cette légende à Michael et à moi ? Nous serions très heureux de l'entendre, n'est-ce pas Michael ? »

« Très heureux, » dit celui-ci en s'asseyant.

Emmy soupira et se concentra brièvement avant de commencer. « Donc, les miens croient à une très vieille légende. Et quand je dis les miens, c'est un tout petit nombre de personnes, ceux qui appartiennent à notre lignée familiale, à notre clan familial. »

« Continuez, » l'encouragea Weatherbee. « Nous voulons tout savoir. »

« D'accord, puisque vous insistez. D'après cette légende, notre clan est né dans les étoiles. »

Les deux hommes se regardèrent.

« Les étoiles ? » répéta Greystone.

« Oui. Notre lignée familiale serait issue d'une tribu originaire des étoiles. Les Stellaires. Quoi qu'il en soit, la légende raconte que toutes les trois générations un individu est choisi pour témoigner de notre origine. Selon la tradition, cette personne possèderait un savoir et des capacités hors du commun. Et on la reconnaît dès sa naissance, parce qu'elle a les yeux bleus. »

Une nouvelle fois, les deux hommes se regardèrent avant de reporter leur attention sur la jeune fille.

« Hé ! Arrêtez de me dévisager comme si j'étais E.T. Ce n'est qu'une vieille légende. Il est vrai que toutes les trois générations, et aussi loin que remonte la mémoire collective, quelqu'un est né dans notre clan avec les yeux bleus. Mais la légende n'existe que pour expliquer ce hasard extraordinaire, cette particularité génétique. »

Le silence se fit dans la pièce. Un silence qui semblait vivant.

Pas question, pour les trois compères, de croire au hasard ou à une coïncidence.

Ils venaient de comprendre que la particularité d'Emmy permettait de compléter le puzzle. Et ils connaissaient à présent l'origine des glyphes inconnus du papyrus. C'était le langage des Stellaires.

Longtemps, le petit groupe demeura immobile, silencieux.

Le reste de la journée passa à toute vitesse.

Le professeur Greystone, persuadé que le temps allait se traîner interminablement, eut l'heureuse surprise de voir ses heures de cours s'enchaîner rapidement.

Comme toujours, l'amphithéâtre était systématiquement bondé, et l'insatiable curiosité de ses élèves lui permit de chasser de son esprit les révélations d'Emmy et la confrontation qu'il redoutait.

Á la fin de son dernier cours, Emmy qui l'attendait dans le couloir vit une grappe d'élèves se presser autour de lui comme des guêpes attirées par un pot de miel.

« Tu es vraiment devenu la coqueluche du campus, » lui dit-elle en riant, quand il la rejoignit enfin.

Michael rougit. Quelques étudiantes s'attardaient dans le couloir et lançaient vers lui des regards langoureux. Gêné, il prit le bras d'Emmy et l'entraîna vers la sortie. « Allez, viens. On a encore pas mal de choses à régler avant ce soir. »

Mais la jeune femme, amusée, n'en avait pas terminé. « Tout le monde sait déjà que j'ai passé la nuit chez toi. Et les spéculations vont bon train. J'ai bien peur, cher professeur, que vous ayez brisé plus d'un cœur éperdu d'amour. »

« Monte, » ordonna-t-il en ouvrant la portière de sa voiture.

Toujours souriante, elle obéit.

La porte claqua. Il grimpa à son tour, mit le moteur en marche et embraya d'un geste nerveux.

« Je n'ai rien demandé, Em. Je n'ai jamais eu l'intention de devenir l'attraction principale du campus. Je peux comprendre que l'on soit séduit par un professeur qui fait des cours intéressants et drôles, mais cette idolâtrie de la part des filles, c'est autre chose. »

« Et ça ne te plaît pas. »

« Non, ça ne me plaît pas. »

« Même pas un tout petit peu ? »

Il ne répondit pas.

« Michael ? »

Il se détendit et un léger sourire se dessina sur ses lèvres. « Bon, disons que c'est flatteur. Ça veut dire que le professeur Greystone est très apprécié en tant qu'individu. Que ses cours méritent d'être suivis parce qu'il sait les rendre vivants. »

« Ah oui, vraiment ? » Elle lui jeta un regard incrédule. « Je prétends, moi, que ça va beaucoup, beaucoup plus loin que ça. »

« Peut-être, mais ça ne m'intéresse pas. Changeons de sujet, veux-tu ? Qu'est-ce que tu aimerais manger, ce soir ? »

« Je ne sais pas. Surprends-moi. »

« Á vrai dire, je suis un peu troublé par ce qui m'attend ce soir. Je crois que je me contenterai d'une salade, dans notre restaurant habituel. »

« Ça me va. »

Pendant le repas, ils évoquèrent les questions qu'avaient posées les élèves, et l'inquiétude de Michael devant la fascination qu'exerçait sur eux le surnaturel.

« A les entendre, on croirait qu'ils assistent à un cours de métaphysique, » grommela Michael d'un air contrarié.

Emmy haussa les épaules. « Et tu ne t'es jamais douté que les trois quarts de tes élèves suivaient effectivement des cours de métaphysique ? »

Il fronça les sourcils.

Elle sourit. « Et bien sûr, ils essaient de faire le lien entre les deux. Ils désirent tout naturellement compléter un type de connaissance grâce à l'autre. »

« Je n'y avais jamais pensé, mais ça se tient. » Il hésita un instant avant de poursuivre. « Et toi, tu vas aux cours de métaphysique ? »

Elle le regarda d'un air étrange. « Seulement si je pouvais en donner. »

« Tu es tellement savante ? »

« Non, ce n'est pas ce que je voulais dire. Mais étant donné la culture dans laquelle j'ai grandi et les expériences que j'ai faites, je doute qu'un cours puisse m'apprendre quoi que ce soit de nouveau. J'ai été nourrie de métaphysique pendant toute mon enfance. »

« Je vois. »

Après un moment de silence, Michael posa sur sa compagne un regard interrogateur. Il hésitait à aborder le sujet qui lui tenait tellement à cœur.

« Qu'y a-t-il ? » demanda-t-elle.

« Rien. »

« Allons donc. Tu voulais dire quelque chose. Qu'est-ce que c'était ? »

Il posa sa fourchette. « Quelles expériences as-tu vécues, au juste ? »

La jeune femme baissa les yeux sur son assiette et se mit à trier ses feuilles de salade comme pour gagner du temps.

« Emmy, » reprit Michael, « tu sais tout ce qui m'est arrivé et ce qui est arrivé aux autres à cause de ce papyrus, mais moi j'ignore presque tout de ce que tu as vécu. »

« C'est vrai, » soupira-t-elle.

« Et alors ? »

« Pas maintenant, Michael. Peut-être plus tard, mais pas maintenant. »

« D'accord. C'est comme tu veux. » Il lui sourit tendrement en lui caressant la main. « On y va ? »

Une fois arrivés chez Michael, ils firent du café et s'installèrent avec leur tasse sur des coussins posés au sol. Ils se racontèrent les incidents de leur journée, puis Emmy parla de sa camarade de chambre.

« Tu te souviens de Karen Kendall, celle qui habite avec moi ? »

Il fit la grimace. « Oui, je m'en souviens. Celle qui s'est transformée en statue la première fois qu'elle m'a vu ? Je ne suis pas mécontent qu'elle ait jeté son dévolu sur quelqu'un d'autre. »

« Tu as eu de la chance parce qu'elle est très possessive. Un vrai pot de colle. »

« Mais pourquoi parler d'elle ? »

« Savais-tu que c'est la nièce de Weatherbee ? »

Il ouvrit de grands yeux. « Sans blague ? Non, je ne savais pas. Théo n'y a jamais fait la moindre allusion. J'ignorais qu'il avait de la famille sur le campus. »

« Ça ne m'étonne pas. Mais sa présence risque de bouleverser nos projets. Apparemment, elle a su que nous nous étions retrouvés tous les trois dans le bureau de son oncle, et elle se doute de quelque chose. »

« Aïe. Mauvaise nouvelle ! »

« C'est bien mon avis. Depuis, elle essaye de me soutirer des informations. Elle prétend qu'on a un secret, et elle insiste pour être mise au courant, puisqu'elle est ma compagne de chambre et la nièce de Weatherbee. Je lui réponds que je ne vois pas de quoi elle parle, mais tu sais, sous ses allures d'évaporée, elle ne manque pas de finesse. Je ne suis pas sûre de pouvoir la bluffer très longtemps... Je n'ai jamais su mentir. »

« Est-ce qu'elle a posé des questions à Weatherbee ? »

« Je l'ignore, mais je l'ai entendue en parler à sa meilleure amie, au téléphone. Elle était tout excitée. Elle affirmait qu'un grand mystère se tramait ici et que rien au monde ne pourrait l'empêcher de découvrir de quoi il s'agit. »

Michael siffla entre ses dents. « Sale coup pour nous. Comment réagit le vieux Weatherbee ? »

Elle fit un geste d'impuissance. « Je ne sais pas. J'ai évité d'aller le voir dans son bureau. Je soupçonne Karen d'avoir des espions. »

Michael accusa le coup. « Nom de Dieu ! Elle pourrait nous mettre des bâtons dans les roues. »

« Je sais, mais qu'est-ce qu'on peut faire ? »

« Ecoute. Il faut absolument l'empêcher de découvrir quoique ce soit. Dis-lui que tu nous as raconté certaines cérémonies traditionnelles de ton clan, ou un truc comme ça. Elle y croira. Oui, c'est ça. Dis-lui que Weatherbee et moi t'avons fait venir pour nous instruire sur les coutumes de ton peuple. Ça marchera, j'en suis sûr. »

« Je me demande… Et puis ça m'obligerait à mentir. »

« Pas forcément. Si tu me racontes tout à moi, ce ne sera qu'un demi mensonge. »

Emmy resta un moment pensive.

Michael insista. « Alors ? »

« Tu veux m'obliger à parler ? »

« Non, pas du tout. Jamais je ne t'obligerai à parler de tes affaires privées. J'attendrai que ce soit le moment. »

La jeune femme garda le silence. Elle réfléchissait profondément. En pensant à leur relation, à leur implication commune dans le projet, elle sentit une onde de chaleur la parcourir. Alors, elle regarda l'homme qu'elle aimait, droit dans les yeux.

« C'est le moment, » dit-elle dans un souffle.

Il lui sourit avec tendresse.

Et la jeune femme connue sous le nom d'Emmy s'effaça pour laisser place à Mourning Elk. D'une voix douce et déférente, elle raconta son enfance, baignée dans le mysticisme et la tradition des rituels sacrés.

Son oncle était doué du pouvoir de faire apparaître des choses. L'une de ses tantes était guérisseuse. Enfant elle avait assisté à des événements inexplicables qu'elle avait appris à accepter comme des réalités. Devenue femme, elle pris l'habitude de s'éloigner de la ville pour aller prier au pied des géants de pierre dont la silhouette pointait vers le ciel du désert.

Mourning Elk évoqua avec émotion les cérémonies privées accomplies à l'ombre des Pierres Debout. Elle décrivit comment sa conscience s'élargissait progressivement, comment ses sens gagnaient en acuité et comment, finalement elle ne faisait plus qu'un avec les Sentinelles. Puis, baissant le ton, elle révéla qu'une nuit, les pierres lui avaient parlé, qu'elle les avait senti vibrer d'une pulsation vivante, pulsation qui s'était communiquée à son propre corps… Et elle répéta les mots qu'elle avait entendus. Lorsqu'elle eut terminé, un calme très doux envahit la pièce.

Une sorte d'aura sacrée enveloppait les deux jeunes gens.

Michael caressa la joue d'Emmy. Sa voix n'était qu'un murmure. « Je sais ce qu'il t'en a coûté de me dire tout cela, mais tes mots, tes mots si sacrés, m'ont rapproché de toi, comme ils t'ont rapproché de moi. Je suis heureux de la confiance que tu m'as témoignée en m'ouvrant ton cœur, Emmy. »

« Je suis heureuse, moi aussi. »

Après quelques instants de silence, Michael demanda : « Á ton avis, pourquoi les Pierres Debout se sont-elles adressées à toi ? »

« Je n'en sais rien. Ou plutôt, » se reprit-elle, « je n'en savais rien. Mais avec tout ce que nous avons appris récemment, il me semble que ce n'est plus un mystère. Nous sommes des acteurs, Michael. Nous sommes les personnages principaux d'une histoire fantastique, inimaginable. Nous avons été choisis par un metteur en scène qui ne ressemble à aucun autre. Et maintenant, il va falloir jouer notre rôle le mieux possible, car j'ai le sentiment qu'il n'y aura qu'une seule représentation. »

Michael soupira. « Une seule, tu as raison. Et nous n'avons pas droit à l'erreur. »

Ils se turent, impressionnés par l'importance de l'enjeu et par la bizarrerie du scénario auquel ils se trouvaient mêlés.

Le soir commençait à tomber. Autour d'eux, les ombres s'épaissirent jusqu'à emplir toute la pièce.

La lumière s'enfuyait.

Au bout d'un moment, une sensation d'étrangeté les tira de leur silence.

« Allons-y, Michael, » murmura Emmy.

« Pas encore, je suis trop tendu. Je n'arriverai pas à m'endormir. Emmy, je n'y comprends plus rien. »

« Mais si. Tu as le trac, voilà tout. J'ai quelque chose pour toi. »

« Que veux-tu dire ? » demanda-t-il en la regardant fouiller dans son sac.

« J'ai apporté quelque chose qui va t'aider à surmonter le trac. Tu vois ? C'est ça. » Elle souriait en lui montrant une petite fiole remplie d'une poudre grisâtre. « C'est un sédatif végétal. Tu en prends un petit peu et ça te détend ; tu en prends beaucoup, et ça te met KO pendant des heures. » Elle lui tendit la fiole.

Il la tourna et la retourna dans tous les sens. « Si quelqu'un d'autre me l'avait donnée, je n'y toucherais pour rien au monde. » Il cligna des yeux pour lui exprimer sa reconnaissance. « Vous m'en mettrez une pincée, mademoiselle, » dit-il en se levant. « Et maintenant, action ! »

Ils passèrent dans la chambre, et Michael entra dans la salle de bains pour prendre un verre d'eau. Quand il revint dans la pièce, il s'arrêta à mi-chemin. « Qu'est-ce que tu fais ? »

Elle avait jeté un édredon sur le fauteuil, se tenait devant la table et allumait quelque chose qui ressemblait à des brindilles.

« Tu es anthropologue, non ? Tu devrais le savoir. »

Il s'approcha de la table. « Oui, je le sais. Tu fais brûler du cèdre pour éloigner les esprits. »

« Pour les apaiser, dans le cas présent — pour les rassurer sur ce que nous allons faire. »

« Tu as aussi apporté de l'herbe douce ? »

Elle tapota son sac. « Oui, mais pour plus tard. Je dois d'abord voir comment les choses évoluent. » Elle marqua une pause. « Michael ? »

« Humm ? »

« Tu as entendu parler des Nomades de La Nuit, n'est-ce pas ? »

« Bien sûr. On dit qu'ils sont capables de faire voyager leur esprit dans les rêves de quelqu'un d'autre. D'ailleurs, je n'ai jamais compris pourquoi on ne les appelle pas Marcheurs de Rêve. »

« Idiot, » dit-elle en souriant. « Ce n'est pas la même chose, et tu le sais. Les Marcheurs de Rêve sont des sages qui possèdent un immense savoir et de grands pouvoirs. Un Marcheur de Rêve est aussi un Nomade de La Nuit, mais un Nomade de La Nuit n'est pas forcément un Marcheur de Rêve. »

« Oui. Parce que certains Nomades de La Nuit n'ont pas atteint le niveau d'initiation nécessaire. Mais je sais tout ça et toi aussi, pourquoi jouons-nous à ce petit jeu ? »

« Eh bien, » dit Emmy en riant, « ce petit jeu m'a permis de voir que tu faisais clairement la différence entre les deux termes. Maintenant, une question un peu plus délicate. » Elle interrompit ses préparatifs pour le regarder bien en face. « Est-ce que tu as déjà vu un Nomade de La Nuit à l'œuvre ? »

« Non. Malheureusement, je n'en ai jamais eu l'occa… »

Regard incrédule. Silence.

« …sion. Seigneur ! Tu es un Nomade de La Nuit, n'est-ce pas ? »

« Ça t'étonne vraiment ? »

« Eh bien, oui ! Euh… Non, pas vraiment, » admit-il en la regardant terminer ses préparatifs.

« Tiens, » dit-elle en versant un peu de poudre dans le verre d'eau. « Bois ça et mets-toi au lit. L'effet ne tardera pas à se faire sentir. »

Il porta le verre à ses lèvres.

« Allez, » l'encouragea-t-elle, « cul sec ! »

Michael lui obéit et s'allongea sur le lit.

La jeune femme s'assit sur le bord du matelas. « Voilà. Détends-toi. Ne pense plus à rien, » murmura-t-elle en lui caressant tendrement le front et les cheveux. « Laisse-toi aller. Tous tes muscles vont s'endormir. Calme, calme. Je suis là. Je reste avec toi, Michael. Aie confiance. Endors-toi tranquillement. Tout se passera bien. Tu n'auras pas peur. Tu tiendras bon, comme un vaillant guerrier. Tu entendras ce que la Force veut te dire. Dors, Michael, dors. »

La respiration de l'homme se fit régulière. Il s'était endormi, et Emmy avait juste le temps de terminer ce qu'elle avait à faire avant de le suivre.

Elle se leva, prit son sac et en sortit quatre petits sacs en peau de chamois contenant du sable de différentes couleurs. Puis elle plongea son pouce dans la cendre de cèdre et revint vers l'homme. En prononçant les mots sacrés, elle marqua son front, ses joues et son menton. Puis elle répéta l'opération sur son propre visage.

Ensuite, elle versa le contenu des petits sacs sur le tapis en traçant un cercle suffisamment large pour englober le lit, le fauteuil et la table où elle avait procédé à son rituel.

Une fois les couleurs des quatre points cardinaux disposées à sa convenance, elle éteignit la lumière, remit des brindilles de cèdre sur son petit feu et s'assit en tailleur dans le fauteuil.

Elle tenait entre ses mains une aile de chouette.

Peu à peu, sa respiration s'accéléra, rythmant le chant profond qui sortait de sa gorge. Derrière ses paupières closes, elle voyait mentalement la fumée de cèdre s'élever et tournoyer en minces volutes grises. Ses doigts frémissaient du désir de liberté émanant des plumes de la chouette. Et sa conscience s'envola bientôt sur les ailes déployées de l'oiseau.

Ses mains touchent la pierre lisse et froide.

Ses doigts redécouvrent le relief des caractères gravés. Mais cette fois l'obscurité n'est pas totale. Une lumière diffuse éclaire la scène. Elle émane du labyrinthe de couloirs qu'il vient de parcourir.

Soudain, la lumière se met à briller plus vivement, projetant des ombres mouvantes à mesure qu'elle se rapproche.

L'homme se fige, envahi par la peur. Il se souvient qu'il devrait maîtriser ses nerfs, mais cette lumière n'appartient pas au scénario habituel. D'où vient-elle ? Précède-t-elle le Gardien du Sanctuaire ? Va-t-il bientôt se retrouver face à ces yeux horriblement fixes ?

Il devine que la lumière n'a plus qu'un tournant à franchir pour l'atteindre. Il inspire profondément, rassemble son courage, se plante solidement sur ses deux pieds. Le moment de vérité est arrivé.

La lumière sort de l'ombre et l'éclaire tout entier.

Stupéfait, il ouvre de grands yeux en voyant l'image d'Emmy — image spirituelle chatoyante — se dresser devant lui, revêtue de son costume tribal. La beauté de cette apparition est saisissante. L'homme la contemple, éperdu d'admiration.

Ses longs cheveux d'un noir d'ébène déroulent leurs ondulations jusqu'à sa taille. Il s'y mêle des morceaux de fourrure blanche et des plumes d'aigle. Un collier de turquoises enserre son cou. Une peau de daim blanc aux multiples franges souligne ses formes gracieuses. D'étroites jambières surmontent ses mocassins ornés de fines broderies en perles. Et elle tient à la main une aile de chouette.

« Emmy, » souffle-t-il en tendant les bras vers elle.

Elle s'approche de lui. « En ce lieu, je suis Mourning Elk. Ce nom me sera utile pour défendre ta cause. »

Sans mot dire, il la conduit devant le mur couvert d'inscriptions. La lumière qu'elle dégage éclaire brillamment les motifs étranges qu'ils examinent ensemble.

« Michael, je connais certains des symboles Inconnus. »

« Comment peux-tu les connaître ? »

« Je ne saurais pas les traduire, mais mes ancêtres se sont transmis quelques-uns de ces symboles pendant de nombreuses générations. Chez nous, certains anciens savent encore les dessiner. »

Michael sent les battements de son cœur s'accélérer. « En es-tu certaine ? »

« Oui. Absolument. Les anciens disent que ces caractères proviennent du Peuple Ailé. »

« Le Peuple Ailé ? »

« Oui, mais aujourd'hui nous n'employons plus ce nom-là parce que nous le savons inexact. Nous utilisons un autre nom… les Stellaires. »

Un lourd silence envahit la caverne.

Michael mesure l'implication de ces mots. « Mourning Elk, ton peuple a des contacts avec les Stellaires ? »

Pour toute réponse, elle hausse un sourcil délicat.

Il la regarde, partagé entre ses réflexions et son admiration pour elle. Lorsqu'elle se tourne vers le mur et touche l'un des symboles Inconnus, une plume piquée dans sa chevelure frémit.

Bouleversé, il murmure : « Ces signes témoignent donc d'une civilisation à part entière ? Ils expriment une langue venue d'un autre monde. »

« Oui, » souffle-t-elle en passant un doigt menu sur le mur de marbre. « Ce sont des mots laissés par mes ancêtres stellaires. » Puis elle se tourne vers l'homme. « Il approche, Michael. »

Un souffle d'air s'engouffre dans le labyrinthe.

Le rythme sourd d'un cœur battant se met à pulser, de plus en plus fort.

Michael n'a pas oublié que dans ses rêves précédents, cette vibration était si puissante qu'elle lui perçait presque les tympans.

Les deux jeunes gens s'arment de courage.

« Ne manifeste aucune peur, » lui rappelle-t-elle doucement. « Aucune peur. »

Et ils attendent ensemble ce qui vient.

Une respiration pénible mais régulière se fait entendre. Le vent siffle et hurle en tournoyant dans les couloirs obscurs. Il les frappe au visage tandis qu'apparaissent au détour d'un couloir les grands yeux bleus, flottant dans l'ombre épaisse.

Ils luisent. Ils brillent. Sans jamais ciller, ils s'approchent, fixant intensément le couple qui les regarde.

L'esprit de Michael tente de rassurer sa conscience terrifiée. Reste calme. Ne montre pas que tu as peur. Tiens bon. Observe.

Les yeux sans visage glissent vers Michael, puis vers Mourning Elk, sondant le cœur de chacun.

Tension extrême. Le temps semble suspendu. Soudain, les yeux perçants se ferment brièvement, puis se rouvrent.

Ce mouvement inattendu fait sursauter les deux jeunes gens. Ils assistent ensuite, fascinés, à la transformation des yeux qui s'adoucissent en vert jade puis s'éloignent et s'arrêtent tandis qu'une forme commence à se matérialiser. De vert, les yeux deviennent alors d'un bleu magnétique, et une aura frémissante de lumière violette enveloppe la silhouette qui vient d'apparaître. Celle d'un homme. L'homme a une voix… amicale.

« Tu es revenu. »

« Oui, » réussit à dire Michael.

« Vous êtes revenus tous les deux. »

L'aura violette ondule, des éclats de lumière argentée s'en échappent.

« Qui êtes-vous ? » ose demander Michael.

« Je suis le Gardien des Sceaux. Le Protecteur de la Sagesse Sacrée. Je suis le Gardien désigné par les Anciens. »

« Etes-vous un esprit ? »

« Depuis longtemps mon ba a quitté cet endroit merveilleux où reposent mes os. Je suis le Ka de moi-même. Je reste pour protéger les Trésors de Sagesse déposés dans ce Sépulcre Sacré. »

Michael ne tremble plus autant. « Nous regrettons que ce lieu ait été violé. Nous allons vous rendre le papyrus. »

« Cela, je le sais, » répondit la voix, « car je vous ai choisis pour me le restituer. Lorsque votre tâche sera accomplie, j'ouvrirai pour vous le dernier sceau. »

Mille questions se bousculent dans l'esprit de Michael, mais sa bouche n'en formule qu'une seule, très simple.

« Pourquoi nous ? »

« Je vous ai choisis à cause de ce qui court dans votre sang et de ce qu'abritent vos cœurs. »

« Quand devons-nous venir ? »

« Ne laissez pas passer une semaine de plus. »

« Pouvez-vous nous parler de cette écriture, là ? De ce langage des Etoiles ? »

Sur la bouche de l'homme flotte un léger sourire. « Cette langue est celle de vos Frères. Vous avez beaucoup à apprendre, » ajoute-t-il, tandis que sa forme commence à s'estomper.

« Mais je dois vous mettre en garde — deux, c'est parfait ; trois, c'est dangereux ; quatre, c'est fatal. »

« Que voulez-vous dire ? » crie Michael à l'entité encore perceptible.

Qui s'efface.

S'efface.

« Ka, attendez ! Ka ! »

Silence.

« Ka ! »

Lorsque Michael se réveilla, la jeune femme agenouillée près du lit le regardait. « On y est arrivé, hein ? » dit-il d'un ton ensommeillé.

Elle acquiesça dans un sourire. La lumière argentée de la lune illuminait la chambre.

« Tu as la figure toute sale, » remarqua Michael amusé.

Elle tendit la main vers son visage et dessina les traces qu'il ne voyait pas. « Tu veux dire là, là, et là ? » Elle lui montra ses doigts salis.

« Évidemment, tu m'as fait les mêmes marques. »

« C'était la seule façon de m'assurer que tu serais complètement protégé. »

Il plissa le nez. « Et tu as déjà fait brûler l'herbe douce. »

« Oui. Tout s'est bien passé et, en signe de remerciement, j'ai brûlé l'Herbe de Prière. »

Il reposa sa tête au creux des oreillers. « On a réussi, hein, Mourning Elk ? »

« Oui, Michael, on a réussi. »

Et, après s'être débarbouillés, ils se glissèrent tous deux entre les draps pour discuter encore de ce qu'ils venaient de vivre. Ensemble ils furent heureux et, dans les bras l'un de l'autre, ils sombrèrent dans un sommeil profond… un sommeil sans rêve.

Les cauchemars étaient terminés.

LE VOYAGE

Théodore Weatherbee se laissa tomber dans le vieux fauteuil en cuir de son bureau. Par-dessus les montures métalliques de ses lunettes, il dévisagea ses deux visiteurs. Puis il concentra son attention sur la jeune femme.

« Ainsi donc, vous êtes une Nomade de la Nuit ? Incroyable ! Si je l'avais su plus tôt, je serais venu hier soir. » Il se tourna vers Greystone. « Tu avais déjà vu un Nomade de la Nuit à l'œuvre, toi ? »

Michael sourit, amusé. « Jusqu'à hier, non. Mais maintenant, oui, sans aucun doute. »

« Oui, oui, effectivement. Grands Dieux, je me demande si nous sommes au bout de nos surprises… »

Le vieux professeur était heureux que l'expérience se soit bien passée. Il ne se doutait pas qu'Emmy était une initiée. Après avoir écouté attentivement le récit des événements de la nuit, il s'était plongé dans ses réflexions. Certains points lui semblaient encore obscurs.

« Le Ka a donc disparu sans s'expliquer sur sa dernière mise en garde ? »

Les deux jeunes gens hochèrent affirmativement la tête.

« Le message est pourtant fort énigmatique, » reprit-il, «deux, c'est parfait ; trois, c'est dangereux ; quatre, c'est fatal. Je me demande ce qu'il a voulu dire. Vous avez une idée ? »

Michael s'éclaircit la gorge. « J'y ai beaucoup réfléchi et je crois que ces chiffres désignent le nombre de personnes qui pourront pénétrer dans la mesa. »

Cette interprétation causa un choc à Weatherbee. « Quand il dit 'deux, c'est parfait', il se réfère à vous, évidemment, puisqu'il vous a déjà laissé passer. Quand il dit 'trois c'est dangereux', il parle de moi, bien sûr. Mais quelle serait la nature de ce danger ? Vous êtes-vous posé la question, l'un et l'autre ? »

Michael répondit le premier. « Oui. Et j'ai pensé que c'était peut-être une allusion à ta santé. Il fait extrêmement chaud et sec dans cette région, surtout à cette période de l'année, avec l'été indien, et... »

« Balivernes, » s'exclama le vieux professeur. « Je suis en pleine forme pour un homme de mon âge. Ma vieille carcasse ne manifeste pas le moindre signe de dysfonctionnement. »

« Certes, » reprit Greystone, « mais le désert affaiblirait n'importe qui, même jeune, même bien entraîné. Le Ka voulait sans doute t'inciter à prendre un maximum de précautions quand nous serons sur place. »

Emmy, voyant son désarroi, ajouta : « Professeur Weatherbee, Michael n'a pas voulu dire que vous ne devriez pas venir. Nous avons bien vu que le papyrus devait être restitué par des représentants de chacune des langues qui y figurent. Nous ne serions pas au complet sans vous. »

Cette précision calma définitivement la susceptibilité du vieil homme. Mais il revint sur la dernière partie de la mise en garde. « Et comment interpréter ce 'quatre, c'est fatal' ? Personne n'est au courant de cette histoire à part nous trois et... et Rosa bien sûr. »

« Rosa ? » demanda Emmy.

« Oui, la femme de José. Celle qui a envoyé le papyrus. A part elle, qui pourrait… »

Brusquement, un nom s'imposa à leurs esprits.

KAREN !

Frappé par l'évidence Weatherbee se tassa sur lui-même. D'une voix sourde, il grommela : « Karen. »

Michael et Emmy échangèrent un regard. Les mots étaient inutiles.

« Mais comment diable pourrait-elle… je lui ai bien dit qu'il n'y avait pas de secret entre nous. Je suis sûr d'avoir déjoué ses soupçons. Oui, oui, absolument sûr. »

« Pas moi, » dit froidement Michael.

« Moi non plus, professeur. Elle nous croit complices, liés par un secret d'une importance capitale, et elle s'est juré de le découvrir, coûte que coûte, elle l'a dit à son amie. »

« Quatre, c'est fatal » répéta le vieil homme.

« Oui, Théo, » confirma Greystone. « Et il va falloir que tu trouves une solution pour la tenir à distance. Pour détourner son attention de nos projets. Le Ka, décidément très perspicace, a senti qu'elle risquait de nous court-circuiter. »

« Hum, oui, cherchons une diversion. » Weatherbee pianotait sur son bureau en réfléchissant. Soudain, son regard s'éclaira. « J'ai trouvé ! Oui, c'est la bonne idée. J'en suis certain. »

« A quoi pensez-vous ? » demanda Emmy.

« Eh bien… Comme nous allons devoir quitter l'université pendant plusieurs jours, j'ai engagé quelqu'un pour remplacer Michael. Je ne l'ai jamais vu, mais il a la réputation de plaire aux femmes. » Le professeur paraissait tout joyeux. « Je vais charger Karen de l'accueillir. Croyez-vous qu'elle résistera à une tentation pareille ? »

Passer la journée en tête-à-tête avec un bel homme, un séducteur, ne pouvait manquer de plaire à Karen. L'idée paraissait excellente.

Weatherbee poursuivit. « Oui, oui. Elle sera tellement occupée à lui faire visiter les lieux qu'elle ne s'apercevra même pas de notre absence. » Plus il parlait, plus il s'enthousiasmait. « C'est ça. Karen sera follement heureuse. Au septième ciel. »

« Bravo, Théo, » déclara Greystone, « je crois que notre problème est résolu. Qu'en penses-tu, Emmy ? »

La jeune femme ne pouvait dissimuler son inquiétude. « Mais si un remplaçant arrive, elle va immédiatement deviner que Michael projette de s'absenter, non ? Et elle se demandera où il est parti. »

« C'est juste, Michael. Il faut trouver une excuse plausible à ton absence. »

Michael étouffa un juron. « Ça devient de plus en plus compliqué… Pourquoi ne pas dire que je dois me rendre à Boston pour mon travail au musée ? »

« Je suis d'accord, » dit Weatherbee. « Et vous, mademoiselle ? »

Sans quitter son air grave, Emmy sourit. « Ça peut marcher. Je me tracasse peut-être pour rien. Je suppose qu'elle sautera sur l'occasion de passer la journée avec ce professeur, surtout s'il est aussi beau que vous le dites. Le problème, c'est qu'on ne peut pas se permettre le moindre retard. » Elle regarda Weatherbee. « Quand partons-nous ? »

« Demain, à quatre heures du matin. » Il toussota discrètement. « Peut-être vaudrait-il mieux que vous dormiez ailleurs que dans votre chambre, cette nuit, Emmy. Karen vous suivrait comme une ombre si elle vous voyait sortir de si bon matin. »

Emmy baissa les yeux. « Oui, elle me suivrait, c'est certain. Je vais m'arranger autrement, » ajouta-t-elle en rougissant.

Théodore sourit. « Magnifique ! Maintenant, sachez que je me suis fait prêter un mobile home par un ami garagiste. Il n'est pas neuf mais entièrement révisé. Je suis allé le chercher cet après-midi et je vais le charger pendant la nuit. Mademoiselle Winter, pouvez-vous préparer quelques affaires et me les apporter ici sans que Karen vous voie ? »

Emmy fit signe que oui.

« Bien. Michael, je passerai vous prendre à quatre heures pile. Tenez-vous prêts tous les deux. »

« Le plan me semble infaillible, » commenta Michael.

Le vieux professeur rayonnait de fierté.

Emmy réservait sa réponse, estimant qu'aucun plan ne pouvait être infaillible, et qu'en outre Karen n'était pas facile à berner.

« Bon, » reprit Weatherbee, « surtout, n'oubliez pas la carte. »

Emmy et Michael se regardèrent, consternés.

« Quelle carte, Théo ? » interrogea Michael après un silence.

« Ta carte, mon vieux ! Celle où tu as indiqué la position de la mesa, bien sûr !

Le visage de Michael devint livide.

Weatherbee considéra alternativement les deux jeunes gens. Puis il se leva en criant : « Nom de Dieu ! Vous n'avez tout de même pas oublié de demander au Ka où vous étiez ? »

Leur regard vide lui parut suffisamment éloquent. Furieux, le vieil homme se mit à déambuler dans la pièce en martelant ses mots. « Nous n'avons que quelques jours pour restituer le papyrus, et vous, vous m'annoncez calmement que vous ignorez où se trouve la mesa ! C'est incroyable, absolument incroyable ! Grotesque, voilà le mot ! » Se rasseyent dans son fauteuil, il se prit la tête dans les mains. « Dieu tout-puissant, je n'arrive pas à le croire ! » grommela-t-il.

Un silence pesant s'abattit sur les trois compères. De longues minutes passèrent. Enfin, une petite voix se fit entendre.

« Nous n'avons pas besoin de carte, » dit Emmy.

Deux têtes se tournèrent simultanément vers elle.

« Je peux trouver la mesa. Demain matin je connaîtrai son emplacement exact. Je l'indiquerai sur la carte si vous voulez. »

Surprise des deux hommes. Puis un sourire moqueur se dessina sur les lèvres de Michael. « Sur les ailes de la chouette sacrée, la Nomade de la Nuit peut aller n'importe où — pas uniquement dans les rêves. »

Ainsi se précisa le plan.

Emmy rassembla quelques vêtements, prit tous ses objets cérémoniels importants, et profita de l'absence de Karen pour porter sa petite valise au bureau de Weatherbee.

Lorsque Karen rentra, en fin d'après-midi, elle trouva Emmy plongée dans son livre d'anthropologie.

« Emmy ! Devine ce qui m'arrive ! » Tout excitée, elle virevoltait dans la chambre. « Non, tu n'as pas une chance sur un million de deviner. Mon oncle m'a choisie pour assumer une tâche administrative très importante ! »

« Non ! Tu veux rire ? »

« Pas du tout ! je ne plaisante pas ! Tu sais que Michael doit partir pour Boston, n'est-ce pas ? »

Emmy hocha affirmativement la tête.

« Eh bien, mon oncle a engagé un prof pour le remplacer, il arrive demain, et il paraît qu'il est ir-ré-sis-tible ! » Toute gonflée de son importance, elle poursuivit. « Et devine qui il a chargé de l'accueillir et de lui faire visiter les lieux ? »

« Toi ? »

Karen exultait visiblement. « Parfaitement ! Tu vois, ça sert d'avoir des relations ! »

« Oh, Karen, je suis contente pour toi ! » Emmy ne put s'empêcher de sourire en voyant sa compagne s'affairer dans la chambre, explorant sa penderie, vidant sa boîte à bijoux, à la recherche de la tenue idéale. Au bout d'un moment, Karen avait complètement oublié sa présence. Elle parlait toute seule, anticipant les moments merveilleux qu'elle allait vivre dès que le nouveau professeur aurait posé les yeux sur elle.

Ouf, se dit Emmy, tout se passe selon nos prévisions.

Ce soir-là, Michael et Emmy, allongés l'un près de l'autre, s'apprêtaient à s'endormir lorsque Michael demanda : « Tu vas nomadiser, cette nuit ? »

Emmy répondit par l'affirmative.

« Mais est-ce que cela n'implique pas quelques préparatifs ? »

Elle enfouit son visage dans la chaleur de sa poitrine. « Non. Si j'en ai fait hier soir c'est parce que j'avais quelqu'un à accompagner et à protéger. »

Il n'était toujours pas rassuré. « Et ta protection à toi ? »

« Je m'en occupe. Spirituellement, » répondit-elle doucement. « Je visualise tout ce qui va se passer, la façon dont je serai habillée et l'endroit où je vais, avant de commencer mon voyage. Ensuite, quand je pars, je vois mentalement le chemin parcouru pour me rendre à l'endroit que j'ai visualisé. C'est la même démarche que celle du peintre qui dessine son tableau avant de le mettre en couleurs. »

« Tu es vraiment quelqu'un de spécial. Tu t'en rends compte ? »

« Oui. C'est d'être à toi qui me rend si spéciale. »

Il l'embrassa tendrement sur le front, humant le doux parfum de sa chevelure.

Elle se serra contre lui. « Bonne nuit, Michael. »

« Bonne nuit, Mourning Elk. Et bonne promenade ! »

Quelques minutes plus tard, il dormait profondément. Elle resta encore éveillée un long moment, car elle n'allait pas voyager cette nuit-là comme le font habituellement les Nomades de la Nuit. Elle allait envoyer son esprit dialoguer avec le Ka.

Tranquillement allongée sur le lit, elle visualisa la force vitale palpitant d'énergie et de force au plus profond d'elle-même. Elle la fit ensuite remonter, telle une bulle opalescente, dans sa poitrine et le long de sa gorge, jusqu'à sa bouche d'où elle sortit, pour se stabiliser au-dessus de tête. Puis elle visionna un portail, l'ouverture du portail … et son essor.

Mourning Elk vole librement.

Elle s'élève vers les cieux qui miroitent aux yeux de sa conscience altérée. L'azur vibre d'une essence vitale si puissante que tout son être est porté, soulevé par un amour immense, éternel.

Au-dessous d'elle, des mesas se dressent dans le désert où scintille l'aura des animaux et des plantes. Partout, des couleurs, des rais de lumière dessinent un parterre chatoyant.

Partout, la vie ondoie.

Elle se laisse descendre et suit le cours d'une vallée profonde.

Des colonnes de pierre se pressent les unes contre les autres. Les mesas, perdues dans la contemplation du vaste territoire déployé devant elles, se touchent presque.

Un engoulevent, dérivant sans effort sur un courant ascendant, regarde passer l'esprit de Mourning Elk.

Soudain, elle voit.

Une mesa se détache nettement des autres. Son énergie spirituelle vibre avec une puissance peu commune. Mourning Elk plane lentement au-dessus d'elle pour en absorber la beauté, l'exquise beauté.

La chaleur, la paix qui s'en dégagent l'envahissent peu à peu. Levant les yeux, elle plonge son regard dans l'infini des cieux. Quelque chose d'impalpable vient de passer entre elle et la mesa. Quelque chose de si puissamment sacré qu'elle sent son être se dilater jusqu'à englober le firmament — jusqu'à devenir Tout Ce qui Est.

Les yeux d'Emmy s'ouvrirent brusquement.

Près d'elle, l'homme s'agitait dans son sommeil. Avait-il perturbé son voyage ? Non. Ce merveilleux sentiment de plénitude en avait marqué la fin, pour cette nuit.

Elle avait communiqué avec le Ka.

Elle se glissa hors du lit et s'approcha sans bruit de la table. À la lumière du briquet de Michael, elle prit un crayon et se pencha sur la carte. Oui, la mesa était là. Sans aucun doute possible. Elle marqua d'une croix l'endroit où elle s'était sentie attirée par la puissante aura lumineuse, et retourna se coucher.

Avant de s'abandonner au sommeil, elle se demanda pourquoi elle n'avait pas pénétré à l'intérieur de la mesa. Elle avait prévu de parler avec le Ka. Qu'est-ce qui l'avait empêchée d'aller jusqu'au bout ? Sans doute n'était-ce pas le moment, et son esprit l'avait compris. Mais un autre type de communication, ce majestueux élargissement de sa conscience, lui avait donné accès à l'être même de la Pierre Debout. La Septième Mesa et elle s'étaient mutuellement reconnues par le cœur, et Mourning Elk avait reçu un minuscule fragment de ce qui était enfoui au sein de la roche — une sagesse et un amour encore inconnus des hommes.

Heureuse, la jeune femme se laissa doucement dériver sur les flots du sommeil dispensateur d'oubli.

A quatre heures juste, un énorme mobile home vint se ranger le long du trottoir, devant la maison. Emmy et Michael, qui l'attendaient, furent impressionnés par la taille du véhicule. « Weatherbee a la folie des grandeurs, ma parole, » ricana Michael. « Il ne peut voyager qu'en première classe ! »

Ils sortirent dans la nuit, mais ils n'étaient même pas à mi-chemin quand Weatherbee, passant la tête par la fenêtre, les interpella. « Vous avez la carte ? » cria-t-il d'une voix rauque, assourdie.

Michael sourit en tapotant sa poche de poitrine. « Elle est là. »

« Elle est marquée ? »

« Oui, Théo. »

Le vieil homme poussa un soupir de soulagement et leur ouvrit la portière. « Bienvenue dans notre palace, » dit-il fièrement, tandis que ses compagnons grimpaient dans le véhicule.

Emmy fut très impressionnée. Des centaines de ces engins passaient dans les rues de Taos, mais elle n'avait jamais eu l'occasion d'en visiter un. Elle examina la disposition des meubles, inspecta la petite cuisine, la chambre et la salle de bains qui se trouvaient tout au fond. « Je n'en reviens pas, » dit-elle, les yeux émerveillés.

Weatherbee se rengorgea. « D'après l'ami qui me l'a prêté, ce petit bijou c'est la crème de la crème. »

« Etait-ce vraiment la peine de choisir quelque chose d'aussi extravagant ? » demanda Emmy.

Michael sourit et la prit aux épaules. « Théo l'a emprunté, chérie. Alors pourquoi ne pas profiter de ce luxe puisque c'est gratuit ? Regarde comme nous allons être bien. »

Elle reprit son examen des lieux. Au-dessus des sièges avant, quelque chose l'intrigua. « Qu'est-ce que c'est ? » demanda-t-elle en désignant une sorte d'étagère. « A quoi sert cette étagère ? »

Michael éclata de rire. « Ce n'est pas ce que tu crois, regarde. » Tirant sur la courroie, il fit basculer la couchette avant.

« C'est un lit ! » s'exclama-t-elle. Michael ne put résister à l'envie de l'embrasser. « Je t'adore, » lui glissa-t-il à l'oreille.

Emmy rougit. Weatherbee prit un air courroucé. « Hé, vous deux ! Vous ne partez pas en voyage de noces ! Allez, en route. Nous avons du chemin à faire. Michael, assieds-toi devant, tu feras le copilote. Emmy, installez-vous confortablement. »

Au moment où le camping-car s'éloignait du trottoir, Michael se tourna vers le conducteur. « Tu as déjà conduit ce genre d'engin ? »

« Non, jamais. Mais il n'est jamais trop tard pour commencer. »

Michael préféra se taire. Un moment passa en silence.

« Théo ? »

« Oui ? »

« Tu n'as pas oublié le papyrus ? »

Weatherbee prit un air outragé. « Je suis peut-être vieux, mais je ne suis pas gâteux, mon garçon… Pas encore. Le papyrus est là, dans l'un des tiroirs de la chambre. »

Emmy intervint : « Quelle route allons nous prendre ? »

« Regarde la carte, Michael, » ordonna Weatherbee. « On va suivre l'autoroute I 25 jusqu'au Nouveau-Mexique, pour éviter les plus hauts cols. Á Albuquerque on prendra la I 40 en direction de l'ouest jusqu'à Sanders, en Arizona. »

« Sanders, pourquoi Sanders ? » demanda Emmy. « On ne va pas jusqu'à Holbrook. »

« Regardez encore la carte, et voyez où se trouve votre marque. »

La croix se trouvait à l'intersection de deux lignes invisibles, l'une venant de Chambers, l'autre à l'est d'Holbrook. A Sanders ils prendraient une route qui les mènerait aux alentours de l'endroit qu'ils cherchaient, expliqua le professeur.

« Mais, » remarqua Emmy, « cette route porte le numéro 666 ! »

« C'est juste. Et alors, où est le problème ? Seriez-vous superstitieuse, par hasard ? »

« Il me semble que c'est un mauvais présage. Pourquoi ne pas continuer jusqu'à Holbrook et revenir vers l'est ? »

Weatherbee quitta la carte des yeux le temps de la regarder par-dessus ses lunettes. Puis il reporta son attention sur la route. « Dis-lui pourquoi on ne peut pas faire ce qu'elle suggère, Michael. »

« Désolé, Emmy, il n'y a pas de route. On trouverait sans doute l'une de ces pistes qui traversent le désert, mais ça nous obligerait à rouler lentement, à perdre un temps précieux. Non, Théo a raison, il vaut mieux passer par la nationale. Trouver la mesa que nous cherchons va déjà nous prendre pas mal de temps. Crois-moi, mon chou, c'est la meilleure solution. »

« Bon. J'espère que nous n'allons pas le regretter. Je me demande comment quelqu'un a pu donner un numéro comme celui-là à une route. Ce n'est pas rassurant. J'espère que nous ne ferons pas de mauvaises rencontres. »

Michael se tourna vers elle, le regard empreint de gravité. « Mais, Emmy, le Ka est avec nous. Étant donné sa puissance, je doute que d'autres esprits aient l'audace de contrecarrer ses plans. Á mon avis nous sommes aussi en sécurité que… »

Brusquement, le véhicule fit un écart pour éviter un grand chien noir assis au milieu de la route.

« Seigneur ! » souffla Weatherbee. « Vous avez vu ce foutu clébard ? »

Michael ramassa les papiers éparpillés au sol. « Il est peut-être aveugle. Sinon, il se serait sauvé en nous voyant arriver. On ne roulait pas tellement vite. »

« Quel genre de chien était-ce ? » demanda Emmy.

Le conducteur et le navigateur se regardèrent, frappés par la même idée.

« Eh bien ? »

« Pas facile à dire, » commença Michael, mal à l'aise. « Ça s'est passé si vite. Un genre de Doberman, je dirais, quelque chose comme ça. »

La jeune femme n'insista pas.

Les deux hommes se demandaient encore ce qui venait de leur arriver.

A la lumière des phares, l'animal ressemblait plutôt à un chacal… Un très grand chacal. Et les prunelles qu'il fixait sur eux, ils l'avaient bien vu, étaient d'un bleu iridescent. Non ce n'était pas un chien ordinaire qui leur avait bloqué le passage — certainement pas. Michael connaissait ces yeux-là. Il les avait rencontrés dans ses cauchemars.

Weatherbee engagea son véhicule sur l'autoroute. Il affichait un calme inquiétant.

« Il faut en parler, » dit Michael.

« Parler de quoi ? » interrogea Emmy.

« De cette chose que nous avons failli percuter. »

« Quelle chose ? Le Doberman ? »

« Ce n'était pas un chien, Em. C'était le Ka. »

Elle sentit ses cheveux se hérisser.

« Il a pris la forme d'Anubis. Comme des dizaines de fois dans mes rêves. Je suis sûr que c'était lui. »

« Mais pourquoi s'est-il placé au milieu de la route, comme ça ? Il devait savoir que nous allions donner un coup de volant. Nous aurions pu être gravement blessés. Pourquoi ferait-il une chose pareille ? »

« Pour nous mettre en garde, » dit Weatherbee d'une voix blanche.

Les deux passagers regardèrent le conducteur.

« Quelque chose ne va pas, mes amis, » dit-il doucement. » Je propose que mademoiselle Winter vérifie une nouvelle fois que rien ne manque à notre précieuse cargaison. » Emmy partit immédiatement vers le fond du mobile home et fut soulagée en constatant que le papyrus était à sa place ; mais en le regardant elle eut l'impression qu'un souvenir ancien s'était brièvement présenté au seuil de sa conscience avant de s'effacer. Qu'est-ce qui la liait aussi intimement à ces symboles ? Elle les parcourut du regard. D'où provenait ce sentiment de familiarité ?

«Emmy?» La voix de Michael interrompit ses réflexions.

« Oui, tout va bien, j'arrive. »

En revenant vers l'avant du véhicule, elle se demanda pourquoi le document n'était pas mieux protégé. « Professeur Weatherbee, est-ce que le papyrus ne devrait pas se trouver à l'abri de l'air ? »

Le vieil homme réagit vivement. « Qu'est-ce que c'est que cette histoire ? »

« Eh bien, dans votre bureau, il était enveloppé dans du plastique et protégé par une double enveloppe. Et là, je l'ai trouvé simplement posé sur la table. Il pourrait tomber ou être abîmé. »

Un frisson secoua le professeur. « Je n'y comprends rien, » grommela-t-il en manœuvrant nerveusement dans la circulation matinale de Denver. « Je l'ai pris dans mon coffre et mis dans le tiroir tel quel. Michael, passe derrière et remets-le dans son plastique. Les gants sont dans le deuxième tiroir. »

Greystone rejoignit Emmy à l'arrière. Le fragile papyrus était effectivement posé sur la table. Ils échangèrent un regard consterné, puis Michael enfila les gants en latex pour éviter de souiller le document.

« Que se passe-t-il, Michael ? D'abord ce chien bizarre, et maintenant ça ? Qu'est-ce que le Ka essaye de nous dire ? »

« Je n'en sais rien, mais j'ai l'impression que les avertissements ne font que commencer. » Puis il se concentra sur la manipulation délicate de l'antique objet. Après l'avoir soigneusement enveloppé et rangé dans le tiroir, il ôta ses gants. « J'aimerais bien le savoir, Em. J'aimerais bien comprendre ce que tout cela signifie. »

« Ce n'était peut-être pas le bon moment pour partir, » suggéra sa compagne. « Nous aurions peut-être dû attendre demain. »

« Non, je ne crois pas. Nous n'avons que quelques jours pour accomplir cette tâche, nous ne pouvons pas nous permettre le moindre retard. Non, il s'agit sans doute d'autre chose, et il essaye de nous prévenir. »

« Mais de quoi ? »

Il la regarda droit dans les yeux. « Je l'ignore. Et ça me flanque une peur bleue, mon amour. »

Le reste de la matinée se passa sans incident. Les trois compères gardèrent le silence tandis que le camping-car avalait les kilomètres entre Denver et Pueblo. Il leur faudrait encore quelques heures avant d'atteindre le Nouveau-Mexique. L'heure du déjeuner était largement dépassée.

« Vous n'avez pas faim ? » demanda Emmy.

Ils n'avaient pas faim, mais décidèrent de manger quelque chose. Weatherbee se pencha vers Emmy. « Vous trouverez tout ce qu'il faut dans la cuisine. J'ai rempli les placards. »

Michael rejoignit Emmy et l'aida à préparer des sandwiches, tandis que le conducteur cherchait un endroit agréable pour s'arrêter.

Quelques kilomètres plus tard, une aire de pique-nique se présenta. Après avoir mangé, ils firent quelques pas pour se dégourdir les jambes. Tout en marchant, ils revinrent sur les événements de la matinée.

« Est-ce que le problème pourrait concerner le camping-car ? » suggéra Michael.

Weatherbee fit la moue. « J'en doute. Mon copain m'a assuré qu'il était en parfait état. Il savait où nous allions et il a demandé au mécanicien de faire une révision supplémentaire. Non, de ce côté-là, tout va bien. »

Emmy, heureuse de sentir la chaleur du soleil, écoutait les deux hommes échafauder des hypothèses. Le ciel était d'un bleu délicat. Pas un nuage à l'horizon. La nature ne manifestait pas de mauvais présages, elle.

Un vent léger soulevait la pointe de ses cheveux d'ébène, et elle aspirait avec délice le parfum de la sauge. De petits chiens de prairie à la fourrure brune sautillaient ça et là, s'approchant parfois timidement des pique-niqueurs dans l'espoir de se faire offrir quelque chose.

Le bonheur et la sérénité régnaient partout où se posaient ses regards, pourquoi ces mises en garde ? Quelle erreur avaient-ils commise ? N'allaient-ils pas accomplir une mission sacrée ? Le Ka ne les protégeait-il pas ? C'était un mystère incompréhensible.

Le trio finit par remonter à bord du magnifique véhicule pour reprendre la route.

Emmy s'était assise entre les deux sièges avant. Le paysage qui défilait interminablement commençait à la plonger dans un état semi-hypnotique, lorsque soudain, elle aperçut au loin un minuscule point bleu. Elle se ressaisit.

« Regardez ce vieil homme, là-bas. Que peut-il bien faire au milieu de ce désert ? »

Le mobile home arriva bientôt à la hauteur de la silhouette solitaire. En la dépassant, les trois compères dévisagèrent l'homme au bandeau couleur turquoise.

« Je lui aurais bien proposé de monter, » dit Weatherbee, « s'il n'allait pas dans le sens inverse. Il doit attendre qu'on le prenne en stop depuis ce matin. »

« C'est un Zuni, » précisa Emmy.

« Tu le connais ? » demanda Michael.

« Non. Je ne l'ai jamais vu. Et il n'a même pas levé la tête lorsque nous l'avons croisé. »

Michael haussa les épaules. « Il allait dans l'autre sens. »

« Peut-être. C'est peut-être pour cela, » murmura la jeune femme, pensive.

Weatherbee eut un rire moqueur. « Quelque chose ne va pas, mademoiselle Winter ? »

« Je me le demande. »

« Vous êtes troublée. Vous avez tendance à voir des mystères là où il n'y en a pas. Détendez-vous. »

Emmy ne répondit pas. Le silence s'installa entre eux pendant une bonne heure.

Le paysage était à présent dénué d'intérêt. Sec, plat, sans couleurs, il donnait l'impression d'aspirer les voyageurs vers nulle part. Enfin, ils virent le panneau marquant l'entrée dans un nouvel état : BIENVENUE AU NOUVEAU-MEXIQUE – TERRE D'ENCHANTEMENT.

Une heure après avoir traversé la ville de Raton, ils croisèrent à nouveau le vieil Indien au bandeau turquoise. Ils sentirent un frisson glacé les parcourir.

« Merde ! » cria le conducteur en pesant de tout son poids sur la pédale de frein. « Il faut parler à cet homme. Il n'a matériellement pas pu nous dépasser. Nom d'une pipe ! Et en plus il allait dans l'autre sens ! »

Le camping-car se rangea sur le bas-côté de l'autoroute, et ses trois occupants descendirent, coururent vers l'arrière pour appeler l'homme… qui n'était plus là.

Les ombres s'allongeaient sur la prairie. L'autoroute grisâtre disparaissait à l'horizon, déserte.

« Mais c'est dingue ! » s'écria Michael. « Il n'a pas pu s'envoler, tout de même ! »

« Venez, montez. On va aller voir ce qu'il est devenu. »

L'énorme véhicule fit marche arrière, effectua un large demi-tour et repartit à petite vitesse. Trois paires d'yeux fouillaient le paysage. Si l'homme était tombé, son bandeau serait visible dans les broussailles. Weatherbee ouvrit le vide-poche et en sortit deux paires de jumelles. Il en passa une à Michael et gara le véhicule sur un chemin de terre.

« Michael, monte sur le toit et dis-nous si tu vois quelque chose. »

Le jeune homme grimpa lestement l'échelle menant au porte-bagages. Il se mit debout pour examiner à la jumelle chaque pouce de terrain.

« Alors ? » cria la jeune femme.

« Rien, pas le moindre signe de sa présence. »

Elle regarda Weatherbee qui scrutait lui aussi les alentours. « Et vous, professeur ? »

Il secoua la tête. « Non, et je ne pense pas que nous le retrouverons, » dit-il en évitant son regard. Emmy avait deviné que l'homme n'était pas un passant ordinaire, il s'était moqué d'elle et répugnait à l'admettre. « Viens, Greystone. C'est inutile. »

Une fois le véhicule reparti vers le sud, chacun se plongea dans ses propres réflexions concernant les apparitions et les disparitions du vieux Zuni.

Emmy allait émettre une hypothèse lorsque la route devint subitement mauvaise.

Et des bruits curieux sortirent du plus grand placard.

Quelqu'un éternua.

Tous trois devinèrent instantanément de qui il s'agissait.

Michael jura en se précipitant pour ouvrir la porte.

Karen leva sur lui un regard contrit. « Coucou ! Désolée, mais ce placard est plein de poussière. »

Michael la prit par le bras et la tira hors de sa cachette. « Mais qu'est-ce que tu fous là ? »

Sans se laisser démonter, la jeune femme épousseta son jean de grande marque. Puis, relevant la tête, elle lança, sur le ton du défi : « Je viens avec vous ! Voilà ce que je fous là ! » Elle agita devant les yeux de l'homme un doigt soigneusement manucuré. « Je savais bien que vous mijotiez quelque chose. Je le savais ! Et d'après ce que j'ai entendu depuis ce matin, ce n'est pas seulement énorme comme truc, c'est super dangereux, en plus. »

« Tu ne peux pas rester, » affirma Michael.

Elle prit un air innocent. « Ah bon ? »

Le conducteur soupira. « Michael, laisse-la tranquille. Il est trop tard pour revenir en arrière. Il va falloir accepter la situation telle qu'elle est. »

« Pas question, Théo. On la dépose au premier motel venu. Elle pourra louer une voiture et rentrer à Boulder par ses propres moyens. »

« Michael, viens t'asseoir. »

« Non, je ne m'assiérai pas. Il faut qu'elle parte ! Tu ne vois pas qu'avec elle nous sommes quatre. Quatre c'est fatal, Théo ! Le Ka savait qu'elle voyageait avec nous, d'où ses différentes mises en garde. »

« Michael ! je le répète, laisse tomber ! »

La passagère clandestine sourit avec arrogance.

Greystone se détourna d'elle pour aller se rasseoir.

Emmy lui caressa le bras pour apaiser sa colère. « On va s'arranger. Tout se passera bien. »

« Évidemment que tout se passera bien, » s'exclama Karen. « On va s'amuser comme des fous ! Mais pour le moment, je meurs de faim ! » Elle s'installa dans la cuisine pour se préparer un énorme sandwich au jambon. Puis elle s'assit devant la table du salon et se mit à manger, sans cesser de bavarder.

« Sincèrement, je ne vois pas comment vous avez pu croire que je me laisserais doubler. Quelle naïveté ! Je vous surveillais en permanence, et puis Trish m'a dit qu'Emmy avait déposé quelque chose qui ressemblait à une valise dans le bureau d'oncle Théo… Vous ne pouviez pas vous dénoncer plus clairement.

« Et j'ai tout compris quand j'ai fait le rapprochement avec ce job que vous m'aviez confié pour que je reste à la fac. J'ai refilé le boulot à une copine et j'ai demandé à un pote de me conduire chez mon oncle ?

Oncle Théo, tu es bien imprudent de laisser les portes de ce palace à roulettes ouvertes ! Je n'ai eu qu'à me glisser à l'intérieur, et me voilà ! Quand vous vous êtes arrêtés pour manger, j'ai juste eu le temps de faire pipi. Et Dieu sait que j'en avais envie ! Mais vous êtes revenus trop vite pour que je prenne quelque chose à manger. J'ai une faim de loup. Pourtant, je serais restée cachée si vous n'aviez pas fait une manœuvre sur une petite route et si des tonnes de poussière ne m'étaient pas tombées dessus. Alors, j'ai eu beau essayer… »

« LA FERME Karen ! » ordonna son oncle d'une voix pleine de colère.

« Oh, inutile d'être grossier. Après tout, je suis ta nièce, et j'ai le droit de vous accompagner. »

Les trois compères échangèrent des regards désolés. Il fallait se rendre à l'évidence. Malgré l'avertissement du Ka, ils étaient quatre, et ils allaient le rester.

Karen soupira. « Ecoutez-moi tous. Je vous promets de ne pas vous déranger. Je vous promets de ne vous causer aucun ennui. Je vais même me rendre utile. Pendant que vous ferez ce que vous avez à faire, tous les trois, je resterai bien tranquillement ici à lire des magazines. Je m'occuperai même de la cuisine et du ménage. Qu'en pensez-vous ? »

Personne ne répondit.

Sa voix se teinta d'une nuance de culpabilité. « Je vous promets de ne pas vous embêter… »

« D'accord, Karen, » dit son oncle. « Mais arrange-toi pour tenir ta parole. Ne te mêle pas de nos affaires, reste dans la caravane, mais surtout, pour l'amour du ciel, tiens ta langue, tu parles vraiment trop ! »

Karen sourit et se plongea dans la lecture d'un magazine. « Oui, oncle Théo, je serai gentille. Très gentille, tu verras. »

Á six heures du soir, ils s'arrêtèrent pour dîner dans un restaurant, au bord de la route. La passagère clandestine fut mise au courant de toute l'aventure et des risques qu'elle comportait. Son oncle insista sur le fait que, s'il ne l'avait pas invitée à les accompagner, c'était précisément pour la tenir à l'écart de tout danger. Sans être tout à fait vraie, l'excuse était plausible.

Alors, Karen regretta amèrement son obstination. Elle avait très peur. « Je vais peut-être faire demi-tour. L'idée du professeur Greystone me paraît bonne. Je louerai une voiture et je rentrerai à Boulder. »

« Trop tard, » dit son oncle. « Tu es là et tu y restes. Personne ne doit être au courant de notre mission. »

Vexée, Karen riposta d'un ton narquois : « Ah, je vois. Tu t'imagines que je vais raconter vos histoires à tout le monde, n'est-ce pas ? »

« Je n'ai pas dit ça, Karen. Reconnais-le. Et n'en parlons plus. Nous sommes tous dans le même bateau, maintenant, il faut rester solidaires. Et puis, comme tu l'as dit, tu peux certainement nous rendre des services. »

« Mais je *veux* partir ! Ce que je viens d'entendre ne me plaît pas du tout ! Ces chiens qui n'en sont pas, ces Indiens qui apparaissent et disparaissent sans prévenir ! » Elle regarda Emmy, puis son professeur. « Les Nomades de la Nuit et les cauchemars, merci bien. Très peu pour moi ! »

Ils passèrent le reste du dîner à la convaincre qu'elle devait rester, qu'il n'y avait pas d'alternative possible. Ils réussirent à la calmer en lui assurant qu'elle ne craindrait rien tant qu'elle resterait dans le mobile home.

Á deux heures d'Albuquerque, alors que le soleil couchant striait le paysage de longues bandes orangées, le ciel se teinta du gris qui annonce le crépuscule.

Soudain, le mobile home se rangea sur le bas-côté et s'arrêta.

Les quatre voyageurs se penchèrent en avant, fixant la route de leurs yeux écarquillés.

Un vieil Indien venait à leur rencontre. Son serre-tête turquoise brillait dans la lumière des phares. Á pas lents, il s'approcha, puis s'arrêta, tout près du véhicule. Ses yeux d'obsidienne cherchèrent tour à tour le regard de chacun.

Les quatre compères, fascinés, restaient figés comme des lapins devant un serpent. Et, tandis que leurs cœurs affolés battaient la chamade… l'homme disparut.

Karen s'évanouit.

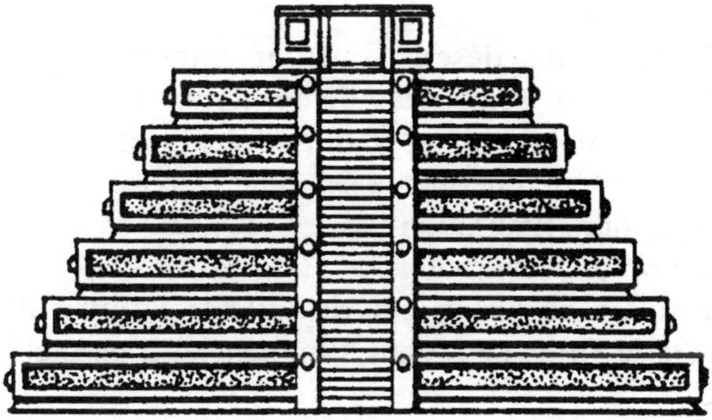

LA SEPTIÈME MESA

Ils s'arrêtèrent pour la nuit aux environs de Gallup. Weatherbee avait poussé le plus loin possible, mais la fatigue et la tension nerveuse avaient eu raison de sa résistance. Il était tard lorsque les quatre voyageurs s'écroulèrent sur les couchettes du mobile home.

Le vieux professeur s'endormit immédiatement.

Le plus jeune s'agita un moment avant de se laisser emporter par le sommeil. Un sommeil tranquille, sans cauchemar.

Emmy, qui ressentait le désir de sortir dans la nuit, de marcher dans le calme du désert, d'être seule avec la nature et de prier, se raisonna : elle aurait besoin de toutes ses forces, de toute sa lucidité le lendemain. Très vite, elle s'assoupit.

Seule Karen ne pouvait fermer l'œil. Elle tremblait de peur. Et pour la première fois de sa vie, la fière jeune femme regrettait de n'en avoir fait qu'à sa tête. Les yeux grands ouverts, elle jetait autour d'elle des regards inquiets. Bien enveloppée dans ses couvertures relevées jusqu'au menton, elle pestait contre elle-même, se reprochant amèrement son obstination, ou priait le Seigneur de la protéger.

Les ombres de la nuit passèrent sur eux et s'éloignèrent, sans incident.

L'haleine du désert soufflait interminablement de longues vagues brûlantes. Juste après la frontière de l'Arizona, le mobile home se mit à ralentir et finit par s'immobiliser. La terre elle-même semblait respirer.

Inspiration. Expiration.

Inspiration. Expiration.

Le soleil, disque de cuivre rutilant, progressait rapidement vers le firmament dans l'immensité d'un ciel bleu de faïence.

La chaleur s'élevait en ondoyant au-dessus des terres.

Au loin des cactus géants se dressaient comme des totems protecteurs.

La ligne d'horizon vacillait, indistincte, rêveuse.

Des lézards gambadaient ça et là, escaladant les pierres brûlantes pour s'installer au soleil et réchauffer leurs membres engourdis par la fraîcheur de la nuit.

Bientôt, la chaleur serait torride. Bientôt le disque solaire, perdant sa couleur cuivrée, deviendrait d'un blanc incandescent.

Un bras se leva derrière le capot relevé du mobile home et fit un signe. « Essaye encore, Théo, » cria une voix maussade.

Le moteur toussa brièvement et se tut.

« Encore ! »

Cette fois, il se mit à tourner et à ronronner comme si de rien n'était.

Michael referma vivement le capot et remonta dans le véhicule.

Le conducteur passa en première et démarra. « Qu'est-ce qui n'allait pas ? »

« Mystère, » dit Michael en haussant les épaules. « Á mon avis, c'était le moment de repartir, voilà tout. » Il jeta un bref regard à son compagnon. « Je crois qu'il faut renoncer à trouver des explications logiques aux événements, pendant ce voyage. J'ai comme l'impression que nous ne sommes pas tout à fait maîtres de la situation. »

« C'est aussi mon avis. Surtout que cette petite merveille a été révisée de fond en comble avant le départ. Nous sommes entièrement soumis à la puissance du Ka, il va falloir en prendre notre parti. »

Cette dernière remarque plongea les quatre voyageurs dans de sombres réflexions. Plus tard, le mobile home ralentit et tourna à gauche. Un panneau annonça qu'il se trouvait sur la route 666.

Personne ne dit mot.

Un silence pesant régnait à l'intérieur du véhicule. Le cœur battant, tous espéraient et redoutaient la rencontre avec l'inconnu vers lequel ils se dirigeaient.

Emmy examina la carte. « Il n'y a aucune route qui parte de celle-ci, » murmura-t-elle.

« Nous en ferons une nous-mêmes, » répondit Weatherbee. « Mais où ? Voilà la question. » Il se tourna vers la jeune femme et lui lança un regard significatif. Il n'aurait pas pu être plus éloquent. C'était maintenant à elle de les guider, grâce aux observations qu'elle avait pu faire pendant son Voyage de Nomade.

La conscience d'Emmy s'affina, s'aiguisa à mesure qu'ils progressaient vers le sud. En passant devant une route mangée par l'herbe folle, Weatherbee ralentit et se tourna vers elle.

Emmy secoua négativement la tête, mais lui fit signe de ralentir encore.

Weatherbee obéit. Le mobile home roulait à présent au pas.

« Là, tournez là, » dit Emmy lorsqu'elle sentit un léger frisson lui parcourir l'échine.

Tous regardèrent vers l'ouest, la direction qu'elle avait indiquée. Des touffes de sauge et des broussailles tapissaient le sol, depuis la route jusqu'à l'horizon lointain où se dessinait la silhouette imprécise de hautes mesas fantomatiques.

Ils contemplèrent ce paysage désolé.

En poussant un gros soupir, le conducteur tourna le volant, et la lourde masse métallique quitta la route asphaltée pour s'engager à petite vitesse sur le sol raboteux du désert.

« Ça ne va pas être facile, » grommela Weatherbee. « Ce bahut n'est pas un quatre-quatre, mais nous n'avons rien d'autre. Alors, accrochez-vous ! »

Tandis que le mobile home tanguait et cahotait sur le terrain inégal, matériel et provisions brinqueballaient dans les placards. Personne n'en tint compte. Il n'aurait servi à rien de ranger pour le moment. Une expression tendue sur le visage, tous restaient attentifs à leur lente et pénible progression.

Au bout d'une heure, les broussailles s'espacèrent et ils atteignirent une ligne de démarcation naturelle. Au-delà, le sol était plat, la terre nue et craquelée. Le véhicule roulait plus facilement et, au bout de trois-quarts d'heure, les mesas et les colonnes d'un rouge ardent quittèrent leur manteau d'irréalité. Elles étaient maintenant bien visibles, imposantes... Solides comme le roc.

Emmy les observa avec soin, puis toucha le coude du conducteur. « Nous sommes arrivés. »

« Laquelle est-ce ? J'aimerais m'approcher encore, » dit Weatherbee.

« Nous sommes assez près, » murmura Emmy sans quitter du regard les imposantes Pierres Debout.

« C'est à moi d'en juger, jeune fille. Je vais me rapprocher pour que nous... »

Le moteur cala. Le véhicule s'arrêta.

Michael sourit malicieusement. « Comme l'a dit la demoiselle, nous sommes assez près, Théo. »

Weatherbee toussota, un peu gêné. « Effectivement, il semble que les dieux en aient décidé ainsi, » reconnut-il en passant au point mort. Immobile, il contempla un instant le paysage austère et grandiose, puis il soupira. « Quel pays ! Et quelle foutue chaleur ! »

Emmy, penchée vers le pare-brise, observait le panorama

désolé. « Ils appellent cet endroit ‘l’Espace brûlant, hurlant du dessus,’ » souffla-t-elle, sans plus d’explication.

Michael se tourna vers elle. « De qui parles-tu ? De ton Peuple ? »

Elle acquiesça d’un signe de tête. « Oui, de mon Peuple et d’autres qui connaissent cet endroit. Pour ceux qui ont toujours été proches de la Mère Terre et l’ont entendue murmurer des mots, ce lieu est très wakan. »

« Ce qui veut dire puissant, » précisa Karen.

« D’une puissance sacrée, » ajouta Michael.

« Je le savais, » riposta Karen, vexée. Puis, voulant faire étalage de ses connaissances : « Ils viennent ici pour prier. »

Emmy ouvrit des yeux effarés. « Oh non ! Ces lieux sont trop puissants. Leur force représente un danger. »

« Pas pour les Anciens, » insista Karen.

« Mais si ! Même pour eux. Ils ne foulent jamais ce sol. »

« Aucun d’entre eux ? » interrogea Weatherbee.

« Uniquement ceux qui sont chargés de les garder. Seuls certains initiés sont admis ici. Seuls certains initiés n’ont pas le cœur rempli d’effroi quand ils viennent. »

C’en était trop pour Karen. « Oh, chouette journée en perspective ! On tombe en panne au milieu du désert, dans une chaleur d’enfer, et voilà qu’en plus ce lieu est chargé d’une puissance si formidable que même les Indiens en ont une trouille bleue. Génial, non ? »

« Karen, boucle-la, » ordonna Weatherbee. « Nous, on savait ce qui nous attendait. Si tu t’es précipitée sans réfléchir dans la gueule de l’enfer, tant pis pour toi. Et si tu voulais bien la fermer et rester en dehors de tout ça, nous t’en serions infiniment reconnaissants. La tâche qui nous attend est difficile, alors garde tes réflexions pour toi ! »

Vexée, la nièce de Weatherbee se garda bien de répondre. Se laissant tomber sur l’une des banquettes, elle se mit à feuilleter un magazine sans rien perdre de la conversation qui avait lieu à l’avant. La voix de son oncle avait des accents résignés mais déterminés.

« Bon. Il va falloir y aller. Je pense que quelques manœuvres exploratoires vont être nécessaires avant la phase finale. »

Les deux autres en convinrent. Il leur faudrait certainement du temps pour découvrir l'ouverture de la mesa et pour se familiariser avec le labyrinthe de couloirs souterrains. Mieux valait laisser le papyrus où il était tant qu'ils ne seraient pas prêts à le remettre en place.

Emmy était inquiète pour le vieux professeur. Elle tenta d'exprimer ses préoccupations sur un ton léger, pour ne pas le blesser.

« Il fait horriblement chaud dehors, et ce sera sûrement exténuant de grimper dans ces éboulis rocheux. » Elle jeta un rapide coup d'œil à Weatherbee. « Professeur, vous pourriez peut-être rester ici et nous laisser, Michael et moi, faire le travail d'exploration préliminaire. Nous reviendrons quand nous aurons trouvé le passage, et… »

Weatherbee s'était retourné et la fixait d'un regard glacial. « Il n'est pas question, mademoiselle, que je manque une seule minute de cette entreprise. Ce papyrus m'a été envoyé à moi — pas à vous, pas à Michael, à moi — et sachez que je serai là depuis le premier pas jusqu'au dernier. »

« Je ne voulais pas… »

« Je sais, je sais. Vous pensiez qu'un vieux bonhomme comme moi se dessécherait sur place dans cette fournaise infernale. Mais n'oubliez pas que bien avant votre naissance, je crapahutais déjà dans des endroits pires que celui-là. Quant à mon âge… Vous serez sans doute surprise de voir tout ce dont un vieux chnoque comme moi est encore capable. Non, ne vous inquiétez pas pour moi. Et maintenant, » s'écria-t-il, « prêts à décoller ? »

Michael n'était pas loin de partager l'avis d'Emmy. Cette exploration risquait d'être très dure pour Théo. Mais son vieil ami était anthropologue avant tout et passionnément engagé dans leur aventure — il n'y aurait aucun moyen de l'empêcher de les accompagner. La découverte qu'ils s'apprêtaient à faire serait le couronnement de toute sa carrière et il ne s'en priverait sous aucun prétexte, même elle devait lui coûter la vie. Le vieux professeur ne pouvait souhaiter une mort plus heureuse.

Michael fit un clin d'œil rassurant à Emmy. « Prêts ! Allons-y. »

« Et moi je garde la boutique, c'est ça ? » lança Karen. « Soyez sans crainte, je ne vais pas inviter mes copains à faire la bringue pendant votre absence. »

Le professeur Weatherbee vint se planter devant sa nièce, se pencha en avant et posa ses paumes à plat sur la table. Puis il retira le magazine des mains de la jeune femme.

« Karen, tu es ma seule nièce, et je t'aime, sache le. » Ses yeux marron la considéraient avec tendresse. « Maintenant, tu vas écouter attentivement, très attentivement, ce que j'ai à te dire. » L'index pointé vers la chambre, il articula lentement : « Là-bas, enfermé dans un tiroir, se trouve un document qui remonte aux origines de l'humanité. »

Comme hypnotisés, les yeux de la jeune femme s'étaient détournés de son oncle pour fixer l'étroit couloir menant au fond du véhicule.

« Karen, des gens sont morts à cause de cette chose cachée dans le tiroir. » Il parlait d'une voix respectueuse et douce comme un murmure. « La Puissance du Ka a tué pour protéger ce document sacré. Il constitue la preuve secrète — et ultime — de très anciennes relations entre cette civilisation et des êtres stellaires intelligents. »

Karen regardait son oncle, bouche bée.

« Et maintenant, chère enfant, sais-tu de quel travail tu seras chargée pendant notre absence ? »

Lentement, elle fit « non » de la tête.

« Tu seras chargée de le protéger. »

Elle tenta d'avaler sa salive, mais elle avait la gorge trop sèche. « M-Moi ? »

Son oncle, dressé devant elle, acquiesça. « Oui, Karen. Toi. Peux-tu faire cela pour nous ? »

« Euh… oui… je suppose, » balbutia-t-elle.

« Bien. Très bien. Et, Karen… »

« Oui ? »

« Quoi qu'il arrive… n'y… touche… pas ! »

« Oh non, Oncle Théo, je ne m'en approcherai même pas. »

Pendant cette mise au point, Michael et Emmy avaient rassemblé leur équipement. Munis de gourdes d'eau, de cordes et de lanternes, ils attendaient dehors d'être rejoints par le troisième membre de leur trio.

Toujours inquiète, Emmy prit Michael par le bras et l'entraîna un peu à l'écart.

« Es-tu sûr que ce soit sage de le laisser venir ? » Son regard glissa vers l'horizon tout encombré de monolithes énormes.

« Non je n'en suis pas sûr. Pas sûr du tout. Et d'ailleurs je ne suis sûr de rien. Mais on ne peut pas l'empêcher de venir. C'est notre aîné, et il a des années d'expérience. Essayons, nous verrons bien. Je sens que si le Ka ne souhaite pas sa présence, il s'arrangera pour le tenir à l'écart. »

Emmy fronça les sourcils. « C'est bien ce qui m'inquiète — les humeurs du Ka. »

Michael se tourna vers le mobile home. « Chut, le voilà. »

Emmy se porta à la rencontre du professeur. « Eh bien ? Tout est arrangé ? »

Il la regarda d'un air intrigué. « On dirait. Mais croisons tout de même les doigts, à tout hasard. » Il eut un moment d'hésitation. « Est-ce que tout le monde a… pris ses précautions ? » La question s'adressait apparemment à Emmy plus qu'à Michael.

Un léger sourire aux lèvres, les deux jeunes gens acquiescèrent.

« Eh bien, en route, » conclut Weatherbee en partant d'un pas décidé et un peu trop vif pour la chaleur du désert.

Ses forces déclinèrent rapidement. La distance qui les séparait de la mesa désignée par Emmy, avait été mal évaluée. Ils progressaient lentement sur le sol craquelé, chauffé à blanc.

L'astre incandescent dardait sur eux des rayons impitoyables.

Des vautours venaient parfois tournoyer au-dessus d'eux, projetant des ombres sinistres sur la terre morte. Les trois compères faisaient semblant de ne pas les voir. Après avoir cheminé un long moment, ils arrivèrent sur les contreforts rocheux des premières Pierres Debout. Ils s'arrêtèrent pour se reposer à l'ombre d'énormes rochers rouges.

Bien que la respiration du professeur Weatherbee fût laborieuse, personne ne fit de commentaire.

Á petites gorgées, ils burent l'eau de leurs gourdes, savourant l'humide fraîcheur qui coulait dans leur gorge desséchée.

Longtemps, ils restèrent assis, en silence, prolongeant cette halte qui permettait à leur corps de reprendre des forces et à leur esprit d'envisager la suite. Tout autour d'eux se dressaient d'imposantes structures de pierre.

« On dirait d'énormes pierres tombales, » murmura Emmy impressionnée par leur taille. « Elles sont là et elles ont toujours été là. Elles signalent réellement d'anciens tombeaux. »

Le visage de Weatherbee se rembrunit. « Ce n'est pas le moment d'être morbide ! »

Michael intervint, contredisant son aîné. « Je ne sais pas, Théo. On dirait vraiment des tombeaux. La version américaine des pyramides – de grandes Pierres Debout marquant l'emplacement de trésors profondément enfouis sous elles. Nous savons que sous la Septième Mesa se trouvent des pièces et un labyrinthe de couloirs creusés à main d'homme. Peut-être l'un d'entre eux conduit-il au plus grand sanctuaire de toutes les civilisations réunies. Qui sait, Théo, il y a peut-être même un sarcophage là-dessous. »

« Oh Michael, tu t'emballes, tu t'emballes. »

Sans mot dire, Greystone leva un sourcil interrogateur.

« Mais oui, et ce serait le sarcophage de qui, d'après toi ? »

Michael sourit. « Je n'ai pas dit qu'il y en avait un, j'ai simplement fait une supposition. »

Théodore soupira. « Ton imagination déteint sur moi. Après tout ce qui nous est arrivé, plus rien ne pourrait m'étonner. » Il se releva, épousseta son large pantalon et dit : « Nous ne le saurons jamais si nous ne trouvons pas cette ouverture. Allons-y. »

Après deux heures d'escalade pénible dans des rochers instables, après d'épuisantes recherches tout autour de la mesa que leur avait désignée Emmy, Michael s'arrêta soudain pour fouiller du regard une crevasse inhabituelle. Au fond, il lui sembla distinguer une sorte de tunnel qui s'enfonçait profondément sous la roche. Il fallait voir cela de plus près.

Il appela les autres qui grimpèrent péniblement pour le rejoindre. En voyant ce qu'il avait trouvé, le cœur d'Emmy se mit à battre très fort.

Elle regarda le fond de la crevasse béante. « Que ressens-tu, Michael ? Cet endroit te semble-t-il familier ? »

« J'en ai des frissons, » répondit-il. « Une impression de déjà vu réveille ma terreur. C'est sûrement là. »

Ahanant et soufflant, Weatherbee les rejoignit. « Alors c'est ça, Michael ? »

« Je crois, Théo. Dans mes rêves, je ne voyais jamais l'entrée, j'étais tout de suite dans les couloirs, juste avant le mur gravé. Mais l'émotion que je ressens me dit que ce doit être là. »

La crevasse n'était pas un puits ni un à-pic. La faille aux bords déchiquetés, s'enfonçait en pente relativement douce entre des rochers. Tout au fond, s'ouvrait une sorte de faille étroite et noire. Il leur suffirait apparemment de prendre quelques précautions pour s'y aventurer sans danger.

Sans perdre un instant, ils entreprirent de s'encorder. Ils ne voulaient pas risquer de perdre l'un des leurs à la suite d'un faux-pas ou d'un déséquilibre.

Michael descendit le premier, et Weatherbee le dernier pour pouvoir surveiller la jeune femme qui se trouvait au milieu. L'extrémité de leur corde était solidement attachée à une grosse pierre, devant l'entrée.

La descente s'effectua lentement, prudemment et, lorsqu'ils furent tous les trois au fond, ils s'arrêtèrent pour reprendre leur souffle.

Devant eux béait la sombre crevasse.

Un souffle d'air froid sortait de l'ouverture.

Emmy frissonna. « Je n'ai pas pensé à prendre une veste. »

Weatherbee répondit : « C'est l'une des raisons pour lesquelles nous sommes là, pour déterminer ce dont nous aurons besoin pour notre exploration. »

« Et puis, » ajouta Michael, « nous ne resterons pas longtemps, j'espère. Nous allons simplement vérifier si c'est le bon endroit. »

« D'après tes rêves, » interrogea Emmy, « peux-tu reconstituer l'itinéraire ? »

« Désolé, mais je n'ai jamais vu cette ouverture. » Il se passa la main sur le front. « Au moins, cette fois, nous avons trois lampes et des batteries bien chargées. »

Chacun portait effectivement une lampe torche attachée à sa ceinture. Ils ne voulaient surtout pas être privés de lumière, comme Michael dans ses cauchemars.

Ils prirent leur lampe en main, et trois faisceaux lumineux apparurent simultanément dans l'obscurité de la caverne.

Poussés par la curiosité, ils pénétrèrent dans la faille verticale.

Tremblant d'excitation, le professeur Weatherbee entreprit d'examiner les parois. « Formation naturelle, » marmonna-t-il tout en marchant. Puis il reporta son attention sur l'ensemble de la cavité. Le faisceau de sa lampe se joignit aux deux autres, et trois rayons lumineux se mirent à danser dans l'obscurité. Les parois verticales, de formation naturelle, se rejoignaient en voûte à une dizaine de mètres de hauteur. Progressant toujours, les trois explorateurs découvrirent une ouverture située au niveau du sol. Apparemment profonde, elle était étroite et basse. Ils s'arrêtèrent.

La voix de Michael s'éleva dans le silence profond et vénérable, avec des résonances étranges. « La caverne et ce couloir ne sont pour ainsi dire qu'une antichambre. Absolument naturelle, géologiquement parlant. Mais ça, » dit-il en indiquant le tunnel avec sa lampe, « c'est autre chose. Regardez cette arche. »

Se rapprochant de l'ouverture, ils se mirent à genoux et projetèrent le faisceau de leur lampe à l'intérieur de l'étroit passage. La lumière se refléta sur un mur, juste en face d'eux, car trois mètres plus loin, le tunnel faisait un coude.

« Je me demande jusqu'où va ce boyau, » dit Emmy toujours préoccupée par l'idée que le professeur ne pourrait pas ramper bien longtemps.

« Je n'en sais rien, » répondit Michael qui partageait son inquiétude. « Je ne suis jamais passé par là, dans mes rêves. Il vaudrait peut-être mieux que j'aille voir ce qu'il en est. » Il se tourna vers Weatherbee pour obtenir son consentement.

Mais le vieux professeur n'avait pas prêté attention à cet échange. Il était trop occupé à examiner les parois du tunnel.

« Incroyable, proprement incroyable, » marmonnait-il en promenant ses doigts sur la surface polie de la pierre.

« Théo ? »

« Oui, mon garçon. C'est fou, non ?

« Théo, nous devons nous faire une idée de la longueur de ce tunnel. Tu ne pourras pas te traîner sur les genoux et les coudes très longtemps, alors nous avons pensé, Emmy et moi, que je devrais y aller le premier pour voir jusqu'où… »

« Va-s-y, mon garçon ! Nous te suivons ! » Dit-il en faisant un geste rapide du poignet.

Michael regarda sa compagne.

Elle leva les yeux au ciel. « Très bien, obéis ! Nous te suivons ! »

« Théo, je ne sais vraiment pas si… oh ! Et puis zut ! » Conclut Michael en voyant que le vieux professeur allait émettre une objection. S'aplatissant contre le sol, il s'engagea prudemment dans le tunnel.

Á la queue leu leu, le trio progressait lentement le long du boyau qui, décrivant des méandres incessants, commença par descendre puis remonta et finit par s'enfoncer très profondément vers le bas. Cette descente n'en finissait plus, ils avaient perdu tout sens de l'orientation, mais heureusement, l'air restait respirable. Après avoir rampé pendant plus d'une heure, ils débouchèrent dans un couloir où ils purent enfin se remettre debout.

Les articulations de Weatherbee craquèrent sous l'effort qu'il fit pour se relever.

Devant eux, le couloir se prolongeait sur une vingtaine de mètres avant d'obliquer vers la gauche. Ses parois paraissaient à nouveau naturelles.

En s'appuyant sur la roche pour se relever, Michael avait été à nouveau frappé par une violente impression de déjà vu. Encore sous le choc, il se tourna lentement vers Emmy. « Je reconnais cet endroit. C'est là que commence généralement mon rêve. Ce couloir bifurque trois fois à gauche avant d'arriver au mur lisse. »

« Celui qui est gravé ? » interrogea Weatherbee tout essoufflé.

« Oui. »

« Bon sang ! Allons-y mon vieux !

Emmy lui prit vivement la main. « Non. »

« Non ? » s'écria le vieil homme. « Comment non ? Nous sommes si près du but ! »

Elle répondit d'une voix blanche : « Assez près pour aujourd'hui. On ne peut pas aller plus loin sans le papyrus. Il nous attend et nous ne pouvons pas arriver les mains vides. »

Les deux hommes échangèrent un regard.

Celui de Weatherbee était incrédule. « Tu n'es pas de cet avis, hein, Michael ? Comment croire que le Ka pourrait nous faire du mal, puisqu'il connaît nos intentions ? »

« Désolé, Théo, mais je sens intuitivement qu'elle a raison. Nous sommes venus ici pour nous assurer que c'était le bon endroit, et nous le savons, maintenant. Il n'y a aucune raison de continuer sans le papyrus. Nous sommes ici pour... »

« Explorer ! » aboya Weatherbee en s'éloignant d'un pas décidé. « Et nous allons explorer, que diable ! »

Au même moment, le grondement assourdi d'un coup de tonnerre retentit et se répercuta sur les épaisses parois rocheuses.

Le vieux professeur trébucha. Il chancela. « Merde ! »

Ses compagnons se précipitèrent.

« Ça va ? » lui demanda Emmy.

Michael aidait Weatherbee à se remettre d'aplomb. « Que s'est-il passé Théo ? »

« Bon sang ! Tu n'as pas vu que j'ai trébuché sur ce foutu rocher ? »

Emmy éclaira le sol, puis le visage courroucé de Weatherbee. « Quel rocher, professeur ? »

Celui-ci promena furieusement le faisceau de sa lampe tout autour de lui.

Des ombres dansèrent sur les parois. Sur le sol lisse et poussiéreux, il n'y avait pas le moindre obstacle.

« Nom d'une pipe ! J'ai pourtant bien trébuché sur un rocher. Il a dû rouler quelque part. »

Trois faisceaux de lumière jaune parcoururent le sol en tous sens, sans rien trouver.

Soudain frissonnant, Théodore grommela : « C'est bon. Fichons le camp d'ici. Nous reviendrons demain matin et nous aurons tout le temps d'aller plus loin. Pour l'heure, c'est inutile. »

Ils repartirent comme ils étaient venus, Michael en tête, Emmy au centre. Weatherbee trouva la remontée de la crevasse plus difficile que ne l'avait été la descente.

Dehors, les longues flammes du soleil couchant jetaient des lueurs orangées sur tout le paysage. Les trois explorateurs, qui s'attendaient à affronter un violent orage, découvrirent que le ciel était sans nuages. Nul n'évoqua le mystérieux grondement de tonnerre dont les échos avaient retenti sous la mesa. Nul n'avait le moindre doute sur sa provenance.

Émerveillés, ils restèrent figés dans la contemplation de la beauté qui s'offrait à leurs yeux.

D'un horizon à l'autre, le feu qui embrasait le désert s'adoucissait peu à peu. Ses braises rougeoyantes jetaient en mourant des lueurs cuivrées. Les hautes et fières citadelles luisaient d'un éclat éthéré.

Debout au milieu des rochers ambrés de la septième mesa — la Source — le trio se sentit emporté à rebours du temps, transporté jusqu'aux frontières surréelles de leur réalité.

L'enchantement se prolongea.

Dans la lumière mystique qui baignait ce lieu primordial, une présence invisible se fit sentir, presque palpable.

Un silence serein tout empreint de magie envahit la terre et pénétra leur âme en douces pulsations. Alors, entre les totems dressés comme des monuments au passage du temps, ils crurent entendre le pas léger des Anciens. Et ils perçurent, émanant du plus profond de leur âme, l'incarnation d'une Eminence Causale — une Connaissance latente.

Soudain jaillirent du soleil couchant de longues flèches enflammées qui transpercèrent les premiers nuages. Et cet embrasement du ciel alluma dans le paysage des reflets surnaturels qui dessinaient clairement une Roue de Médecine tournoyante. Le désert devint alors un lieu sacré où tous les points convergeaient, et le trio fut subliminalement entraîné au Centre de Toute Chose.

Les rouges ardents faiblirent en orangés brillants.

Les roses légers passèrent au bleu lavande, puis au gris.

L'enchantement était rompu. Le vaste manteau du crépuscule s'étendait sur la terre.

La fraîcheur de l'air réveilla la conscience des trois explorateurs, les ramenant à la réalité.

Ils se regardèrent.

« Seigneur, quelle splendeur ! » murmura Michael.

« Spectaculaire, » renchérit Weatherbee, « je crois n'avoir jamais ressenti une telle émotion. »

Emmy fermait les yeux. Ses longs cils ombraient ses joues. Elle n'avait pas de mots pour traduire ce qu'elle ressentait. Elle ne pouvait que demeurer silencieuse et se pénétrer de la Bienveillance sans âge qui avait contacté son esprit réceptif. Lentement, elle ouvrit les paupières et contempla le paysage mangé par les ombres. Elle savait que quelque chose de merveilleux allait se passer en ce haut lieu de puissance sacrée, car elle seule avait entendu la Pierre Debout murmurer les mots portés par l'esprit ailé de cet étrange crépuscule.

La terre fraîchissait, soupirait d'aise à l'arrivée de la nuit. Lorsque le trio se mit en marche parmi les ombres colorées du désert, chacun savourait en silence la magie du moment.

Ici et là des cactus saguaro tendaient leurs bras vers le ciel, comme des géants momifiés, pétrifiés par le temps.

Ils avaient parcouru la moitié du chemin lorsqu'une lumière argentée transforma le désert en une vision féerique. Tout paraissait prendre vie. Tout était silencieux. Seuls crissaient les pas des marcheurs sur le sol aride.

Un peu plus loin, un mouvement attira soudain l'attention d'Emmy.

« Regardez, » dit elle en tendant le bras, « là-bas, on dirait quelqu'un. »

Une voix se fit entendre. « Ohé ! Ohé ! C'est vous ? »

« C'est Karen ! » s'exclama Weatherbee. « Qu'est-ce qu'elle peut bien faire ici ? KAREN ! Nous sommes là ! »

Le bruit de ses pas se rapprocha. Elle courait. Bientôt ils entendirent sa respiration haletante. En arrivant vers eux, elle se mit à bredouiller : « Oh mon Dieu, mon Dieu ! Que je suis contente de vous voir ! » Elle reprit son souffle. « Je n'ai jamais eu aussi peur de ma vie ! C'est la dernière fois que vous partez en me laissant toute seule ! »

Michael la prit aux épaules. « Le papyrus ? »

Les yeux de la jeune femme se chargèrent de colère. « Quoi ? Je suis en train de vous dire que j'ai failli mourir de frayeur et tout ce qui vous intéresse c'est ce foutu… machin ? Je n'y crois pas ! »

« Excuse-moi, Karen, mais tu sais combien il est précieux. Tout va bien ? »

« OUI ! Votre trésor est EN PLEINE FORME ! »

Michael respira. « Merci Karen. Maintenant, raconte-nous ce qui t'a fait si peur. »

Elle commença d'une voix tendue, suraiguë : « Eh bien… après votre départ, j'ai commencé à réfléchir à ce que m'avait dit mon oncle, à propos du papyrus, des gens qui étaient morts et tout ça. »

« Continue, continue, » la pressa Weatherbee.

« Eh bien… ça m'a rendue un peu nerveuse. Et après… après, quand j'étais assise devant la table, en train de lire un magazine, j'ai ressenti comme une angoisse, un truc vraiment étrange. J'avais la chair de poule et les cheveux dressés sur la tête. Seigneur ! Quelle frousse ! Je me suis retournée, croyant que quelqu'un se trouvait dans le couloir derrière moi, mais je n'ai vu personne. Alors je suis allée dans la chambre et j'ai regardé dans le tiroir. Le… truc était toujours là… mais j'avais toujours la chair de poule. Après, je suis retournée à la table, et… quand je me suis assise… quelque chose… *dehors,* a attiré mon attention. Je me suis retournée… je me suis retournée pour regarder par la fenêtre… Et cet Indien était là ! » La jeune femme tremblait de tous ses membres.

Le professeur Weatherbee prit sa nièce dans ses bras. Elle pleurait. « Là, là. C'est fini. Nous sommes là, maintenant, tout va bien. »

« Mais, » reprit-elle d'une voix hystérique, « il restait là, sans bouger, à me regarder fixement ! Atroce ! Et je ne savais pas quoi faire ! J'étais morte de trouille ! Je ne supportais plus son regard, alors… alors… j'ai b-baissé le s-store et j'ai couru dans la chambre pour regarder à travers les r-r-rideaux .. Et … Et il n'était plus là ! J'ai regardé par toutes les fenêtres, il avait *disparu* ! Ces histoires de fantômes, ça me fout en l'air ! » Bravement, elle tenta de réprimer ses sanglots.

« Il ne peut pas te faire de mal, Karen, » dit Emmy avec douceur. « Il n'est pas réel. »

« Je ne te crois pas ! » grommela Karen.

« Ma chère enfant, » commença Weatherbee sur un ton sentencieux, « il y a dans la réalité un grand nombre de choses que tu ignores et qu'il te faudra découvrir. Ce genre de … ces manifestations… ne sont pas rares dans la culture indienne. »

Karen se rebiffa : « Je ne suis pas Indienne et je me fiche pas mal qu'elles soient rares ou exceptionnelles ! J'ai éprouvé la plus grosse trouille de ma vie, et vous n'étiez nulle part. Tu t'imagines que ça a été facile pour moi de rester toute la journée dans ce maudit tas de ferraille sans savoir où et quand ce, ce… ce fantôme allait encore apparaître ? Je vais vous dire une bonne chose, monsieur mon oncle, plus jamais je ne vous laisserai partir en me laissant toute seule ! Ça vous amuse peut-être de jouer à cache-cache avec les fantômes, mais pas moi ! »

Cette situation commençait à irriter Weatherbee. « Karen, ma chérie, » dit-il avec douceur, « nous avons besoin de toi pour défendre le fort. Demain, c'est le grand jour et tout sera terminé. Nous pourrons rentrer tous ensemble. »

« Quatre, » dit-elle avec hauteur, « quatre est un excellent chiffre. On va bien s'amuser. »

« Euh, non, ma chérie… c'est absolument impossible, crois-moi. »

Avec un regard noir, elle lança à son oncle : « Alors, fais en sorte que ce soit possible ! »

Après cette sortie, personne ne dit plus rien et c'est dans un profond silence que le petit groupe reprit sa marche vers mobile home. Chacun réfléchissait, tous étaient fermement déterminés à mener à bien l'entreprise qui les avait réunis.

L'un d'entre eux devrait être éliminé.

Une fois arrivés, ils parlèrent un peu, par politesse, pour ne pas vexer Karen. Il y aurait eu beaucoup à dire, mais aucun n'osait s'y risquer. Le sujet restait brûlant. Au matin, lorsque les sensibilités seraient moins à vif, ils pourraient discuter.

Emmy, qui n'avait pas l'habitude des atmosphères tendues, dit bonsoir à Karen et annonça aux autres qu'elle sortait, qu'elle voulait s'imprégner de cette nuit splendide.

La fraîcheur du désert nimbé de lune lui fit immédiatement du bien. Au-dessus d'elle une multitude d'étoiles scintillaient. Une brise légère caressait la terre. Dans cette immensité sauvage et nue, comment imaginer qu'il existait des villes où se côtoyaient des millions de personnes ? Dans la douce sérénité de la nature, comment se représenter une culture en pleine expansion ?

Emmy marchait à pas lents. Elle s'approcha d'un très grand cactus saguaro, s'arrêta et le regarda attentivement.

« Que dit-il ? » murmura une voix à son oreille.

Elle se retourna, surprise, et découvrit Michael dont les dents blanches étincelaient. « Les saguaros ne parlent pas, idiot. »

« Ah bon ? Je croyais que toute la nature parlait. Je croyais que les Indiens comprenaient tous les langages de la nature. »

« Tu devrais le savoir, » dit-elle sur un ton sérieux, « puisque tu es à moitié Indien. »

« Euh, eh bien… » Marmonna-t-il en raclant la poussière du bout de sa botte.

« Que veux-tu dire ? »

« Je veux dire que je n'ai pas eu le temps de faire connaissance avec cette moitié-là, » répondit-il gêné.

Silence.

« Em ? Tu as entendu ce que j'ai dit ? »

« J'ai entendu, Michael. » Elle marqua une pause avant de continuer. « Ce n'est pas une question de race. Ce qui compte dans ce genre de choses, ce n'est pas la race, mais la sensibilité profonde de l'individu. C'est ce qu'on a dans le cœur et dans l'esprit qui nous rend réceptif aux langages de la nature. »

Il leva la tête vers le sommet du grand cactus. « Alors pourquoi monsieur Saguaro ici présent ne dit-il rien ? »

La jeune femme répondit d'une voix empreinte de respect. « Il parle, mais pas comme les Pierres Debout qui prononcent des mots. La nature n'a pas de mots. Elle parle à travers nous, en nous procurant des sensations. »

« Em ? »

« Oui ? »

« Elle ne peut pas venir avec nous demain. »

« Je sais. »

« Qu'allons-nous faire ? »

« Tu l'ignores ? »

Cette réponse mystérieuse le surprit. Après un long silence, il crut avoir deviné. « Le Ka ? »

« Non, Michael, quelqu'un d'autre. Demain, toi et moi devons avoir une conversation avec notre observateur silencieux. »

« Ce spectre qui joue à cache-cache avec nous ? »

« Ecoute-toi parler. On dirait Karen. En ce moment tu es cent pour cent blanc. Et même plus anthropologue ! »

« Mais, ce n'est rien d'autre qu'un ectoplasme produit par l'esprit du Ka. »

Elle sourit avec beaucoup de douceur. « Ah bon ? »

Il ne releva pas.

« Michael ? »

« Emmy ? »

« Il serait temps que tu fasses connaissance avec ton autre moitié. »

Troisième partie

LE ROYAUME DU KA

Le Chercheur Novice s'attache aux Illusions et les nomme Illumination ; le Chercheur Expérimenté n'éprouve nul désir pour les coquilles vides des Illusions, il les dépasse et poursuit son chemin vers la Réalité Pure : la Vraie Sagesse et l'Illumination.

LE CHAMAN

Soleil de l'aube sur le désert.

Langues de flammes.

Mesas écarlates.

L'œil flamboyant de Râ se leva sur la terre encore tiède, illuminant la lente progression de deux êtres humains à travers la vaste étendue craquelée, fissurée.

Le drame qui se jouait dans l'Espace Brûlant du Dessus gagnait en intensité. Râ observait les mouvements des acteurs. Le dernier acte serait inoubliable — le dernier acte se préparait. Depuis le haut du ciel Râ en serait le seul spectateur. Il veillait. Patient.

Foulant le sol aride, Emmy et Michael se dirigeaient vers Zuni. Weatherbee les avait conduits jusqu'à la route et il avait pu repartir, à travers les broussailles, jusqu'à une cuvette ou le mobile home s'était soudain arrêté. Karen et lui attendraient le retour du couple.

Le vieux professeur était déçu que leur visite à la Septième Mesa soit ajournée, mais après avoir entendu les arguments d'Emmy, et compris la logique de son raisonnement il avait fini par accepter son plan.

Le vieil Indien était visiblement un être de grande sagesse et de vastes pouvoirs. Ses apparitions et disparitions ne pouvaient être de simples mises en garde. Il voulait sans doute les rencontrer. C'est pourquoi Emmy et Michael étaient partis à sa recherche avant de poursuivre leur projet.

Leurs bottes faisaient craquer le sol dur et desséché. Ils marchaient depuis plus d'une heure dans les premières lueurs de l'aube.

« C'est moins pénible que je ne le pensais, » dit Michael.

Emmy regarda vers le ciel. « Le soleil est à peine levé. Tu vas changer d'avis dans une heure ou deux. »

« C'est encore loin, tu crois ? »

« On verra — peut-être un peu plus d'une heure, peut-être moins. Ça dépend. »

« De quoi ? »

« Des difficultés que mettra notre ami sur notre route. »

« Je croyais qu'il était d'accord pour nous parler. »

« Je n'ai pas dit le contraire. » Elle se tourna vers lui. « Tu ne connais pas très bien les Indiens, n'est-ce pas ? »

Silence.

« Tu aurais vraiment dû prendre le temps de découvrir ton héritage — apprendre à connaître les tiens. Donc, professeur, sachez que les Indiens refusent de laisser le temps officiel gouverner leurs journées. Tout leur système est régi par la Grande Horloge de Grand-mère la Terre. Pour eux, le temps mécanique n'existe pas. Ils n'agissent que lorsqu'ils se sentent prêts à le faire. C'est une *sensation* intime qui détermine le moment précis d'entreprendre une action. »

Son compagnon médita un instant cette information. « Tu n'avais pas besoin de m'expliquer tout ça, mais quand on y pense, c'est une excellente façon de vivre. »

Elle sourit avec douceur. « Les ulcères sont rares, dans notre peuple. De même que toutes les maladies provoquées par le temps et les pressions qu'il exerce sur l'organisme. Notre vie n'est pas réglée par les horloges— nous la réglons nous-mêmes. »

Michael baissa la tête, pensif. « Quand tout sera terminé, Emmy, je vais me mettre à réfléchir sérieusement. »

« Ah bon ? »

« Oui. Regarde autour de toi, Emmy, regarde. » Il étendit le bras et balaya d'un geste large le paysage désolé. Une sorte d'exaltation vibrait dans sa voix. « J'ai déjà vu des déserts, dans le cadre de mes travaux de recherche. Mais je ressens maintenant le besoin urgent d'y passer plus de temps. Depuis que nous sommes entrés au Nouveau-Mexique ce sentiment étrange a grandi en moi. Je me sens comme attiré par un aimant puissant qui voudrait me retenir ici. Tu comprends, ou ça te paraît complètement idiot ? »

Elle ne répondit rien.

« Em ? »

« Quoi ? »

« Tu crois que c'est le Ka ? C'est tellement bizarre. Tu crois que c'est lui qui m'inspire ce sentiment ? »

« Peut-être, » dit-elle sans conviction.

« Mais tu n'y crois pas, hein ? »

« Est-ce que ça compte, ce que je crois ? »

«Mais bien sûr!» Vivement, il passa devant elle et se mit à marcher à reculons. « Dis-moi ce que tu en penses vraiment.»

Un léger sourire remonta les coins de sa jolie bouche. « C'est peut-être ton âme d'anthropologue. La région fourmille de traces historiques — préhistoriques même. Il n'est pas impossible que tu les sentes. »

« Non, non. Je t'ai demandé ce que tu en penses vraiment. »

« C'est à toi de le savoir Michael. Tu dois savoir ce que tu ressens là, » ajouta-t-elle en posant la main sur son propre cœur.

Il s'arrêta et la prit tendrement aux épaules. « Emmy je ressens effectivement certaines choses, là. Mais de façon très confuse. Je n'arrive pas à en tirer des idées claires. »

Dans les yeux bleu saphir de la jeune femme brillait la flamme de l'amour, mais aussi une lueur de compassion.

« Michael, il faut rentrer en soi-même pour découvrir son propre chemin. Il ne saurait en être autrement. Il faut s'avancer sur la Piste Intérieure avant de pouvoir entamer le Chemin Extérieur. »

Il laissa errer son regard sur l'horizon lointain avant de fixer la jeune femme. « Ce que je veux, Emmy, ce n'est pas de la philosophie, mais des réponses. »

« Les réponses, on les trouve en suivant la Piste Intérieure, Michael. »

Il la lâcha et soupira. « Mais toi tu sais, n'est-ce pas ? »

« Peut-être. »

Le ton de l'homme se fit insistant. « Em ? »

Elle était grave, presque solennelle. « Oui, Michael, je sais. Mais… »

Il l'interrompit : « mais je dois entreprendre mon voyage intérieur, n'est-ce pas ? »

Elle acquiesça d'un signe de tête.

Résigné, il éleva devant lui ses deux paumes. « O.K. D'accord. Mais réponds au moins à cette question — peux-tu m'aider à faire ce voyage ? Peux-tu m'accompagner sur cette piste ? »

« Je peux te conduire jusqu'au seuil, mais ensuite tu dois y aller seul. »

« Aïe. C'est bien ce que je redoutais. » Puis, après un silence, il poursuivit : « Tu sais, ce que je redoute avant tout c'est la solitude. J'aurais été heureux d'avoir de la compagnie au cours de ce voyage intérieur. »

« Solitude ? Compagnie ? De quoi parles-tu, Michael ? La Piste Intérieure n'est jamais solitaire. Contrairement à tous les chemins que nous empruntons à l'Extérieur. Quand on choisit ces chemins-là, oui, on se sent vraiment isolé, vraiment seul. »

Ils reprirent leur marche silencieuse à travers le désert.

Au bout de trois quarts d'heures, ils aperçurent au loin un groupe de constructions en adobe.

« Ça ne peut pas être Zuni, » dit Michael en fronçant les sourcils.

« Non, mais c'est sans doute un village. »

Bientôt ils en furent assez proches pour entendre les voix excitées et les rires d'enfants occupés à jouer. Mais quelques minutes plus tard, le jeu s'interrompit brusquement, et tous les enfants, immobiles se tournèrent vers les deux arrivants.

Emmy leur parla d'une voix douce. « Bonjour. Je suis Mourning Elk, et voici Michael Greystone. Nous cherchons un ancien qui porte un bandeau bleu. »

Le regard des enfants se fit soupçonneux.

Aucun ne dit mot.

Ils étaient fascinés par les yeux bleus de la jeune Indienne. Ils avaient entendu raconter des histoires à propos de ces yeux-là… des histoires de magie.

Emmy comprit. Elle n'aimait pas cette expression de terreur respectueuse qu'elle lisait sur leurs traits. Elle tenta de les amadouer. « Vous aviez l'air de jouer à un jeu drôlement rigolo. »

Silence.

« Nous avons besoin de savoir où demeure l'ancien. Il nous attend. Vous le connaissez ? »

Les enfants restaient aussi immobiles que si leur petit groupe avait été sculpté dans la pierre.

Emmy jeta un bref coup d'œil à Michael.

Et cet infime mouvement rompit le charme. Les gamins se dispersèrent comme des feuilles d'automne balayées par le premier vent de l'hiver. En un instant, ils eurent tous disparu dans les maisons.

Michael haussa les épaules. « Et maintenant, on frappe à toutes les portes, je suppose ? »

« Tu peux frapper jusqu'à t'en écorcher les phalanges — personne n'est là pour te répondre. »

« Comment ça, personne n'est là ? Ces gosses viennent de rentrer chez eux. »

« Allons, suis-moi, » dit la jeune femme d'un air patient. « Je vais te montrer comment on obtient des réponses. » Puis elle ajouta : « Tu es encore plus ignorant que je ne pensais des coutumes indiennes et des marques de respect qu'implique le protocole. » Et pour atténuer la sévérité de sa remarque, elle dit en plaisantant : « Tu es resté trop longtemps cloîtré dans les musées des blancs. »

Mais Michael était bouleversé. Les paroles qu'elle venait de prononcer étaient justes. Elles lui étaient entrées dans le cœur, et la blessure était douloureuse. Oui, il s'était enfermé dans des sous-sols obscurs, derrière de hauts murs couverts de lierre, dans la grande ville de l'est. Oui, il avait négligé la culture de ses ancêtres pour se consacrer presque exclusivement à celle des autres. Que de temps perdu ! Au plus profond de lui-même, il sentait bien qu'il avait trop longtemps négligé ses origines. Au plus profond de lui-même, il savait également que des transformations étaient en cours.

Côte à côte, les deux voyageurs s'avancèrent vers le centre du hameau. Les maisons en adobe étaient de construction très simple, mais formaient un ensemble harmonieux. Chacune avait sa propre beauté.

La place centrale était vide. Parfaitement silencieuse.

Le temps paraissait suspendu. Dans les habitations, l'attente avait commencé.

Pour les deux étrangers, l'attente avait commencé.

La brise elle-même s'était arrêtée. Elle retenait son souffle.

« Asseyons-nous ici, » dit Emmy à voix basse, en désignant un banc de bois blanchi par le soleil. « Et taisons-nous, cela vaut mieux. Nous allons rester là pour montrer que nous respectons leur rapport au temps. »

Et ils demeurèrent assis, patiemment, sous l'ardente chaleur du soleil montant vers son zénith. La sueur perlait à leur front et leur brûlait les yeux. Par moments, un rideau déchiré s'écartait de quelques millimètres, puis retombait.

Une demi-heure passa. Dix minutes, interminables s'y ajoutèrent.

La blouse d'Emmy lui collait à la peau.

La chemise de Michael était trempée.

Mais leur inconfort se prolongea pendant vingt bonnes minutes encore.

Une porte s'ouvrit en grinçant.

Une femme vêtue d'une robe fleurie de couleurs vives se tenait sur le seuil et regardait les étrangers. Un long moment passa. Elle quitta l'ombre fraîche de sa demeure et traversa la place à pas lents.

Emmy et Michael se levèrent à son approche.

« Vous cherchez un vieux avec un bandeau bleu ? » demanda la femme subjuguée par les yeux bleus de l'Indienne.

« Oui, » répondit Emmy avec douceur.

« Pourquoi vous le cherchez ? »

Emmy expliqua comment il s'était manifesté à eux.

L'expression de la femme ne changea pas. Après avoir longuement fixé les yeux d'Emmy, elle plongea son regard dans ceux de Michael. Puis elle tourna lentement la tête vers le nord. Son bras se leva. Son index se déplia. Elle leur indiquait le chemin.

« Merci beaucoup, » dit Emmy, en donnant un léger coup de coude à Michael complètement fasciné par la scène.

« Oui, merci, » dit-il en dodelinant de la tête comme un jouet mécanique.

L'Indienne ne fit aucun commentaire. Immobile, elle regarda le couple s'éloigner vers le nord.

« Ne te retourne pas, » souffla Emmy. « Et ne regarde pas non plus les maisons. »

Michael obéit. « Pourquoi ? » murmura-t-il.

« Ce serait impoli. »

« Ah ! »

Dans le ciel, d'un bleu turquoise éblouissant, de petits nuages légers s'étiraient çà et là, tandis que l'orbe enflammé marquait une pause au sommet de sa route avant de reprendre sa course indolente vers l'horizon. Le désert ondoyait paresseusement, et la terre respirait avec peine. Pourtant, il se dégageait de cette intensité brûlante une indéniable beauté. Des reflets subtils faisaient palpiter la chaleur. Une douceur paisible semblait envelopper le lieu où reposait tranquillement Grand-mère la Terre.

Nichées parmi les épines de cactus gris et verts, des fleurs d'un rose ardent semblaient sourire. Çà et là, s'épanouissaient de fraîches corolles jaunes. Des lézards se chauffaient au soleil dans des poses comiques. Une terre épargnée par les ravages de la civilisation s'offrait au regard dans sa pureté première.

Fleurs bleu de cobalt. Pétales jaune safran. Feuillage gris argenté des sauges.

Lieu oublié où le temps semble arrêté.

De blanches carcasses d'animaux se détachaient, saillantes, sur l'ocre brun de la terre. Arches de pierre rouge. Obélisques de granit. Mesas enflammées. Nature morte peinte par un artiste. Paysage immobile magistralement fixé sur la toile de l'éternité.

Rien ne bougeait.

Les orbites crayeuses des buffles fixaient l'infini.

Rien ne bougeait.

Sauf un engoulevent solitaire qui fendit soudain le bleu du ciel, vira lentement et descendit pour disparaître au loin, derrière une crête.

Michael et Emmy arrivèrent au bord d'un profond ravin et découvrirent, de l'autre côté, une construction solitaire perchée sur un promontoire. Autour de la petite bâtisse, la terre semblait onduler, imprécise, transparente.

Michael essuya son front du revers de la main. « On dirait un mirage, tu ne trouves pas ? »

« Si. Mais la demeure d'un homme-médecine donne souvent cette impression, tu sais. »

« J'espère qu'elle sera toujours là quand nous arriverons de l'autre côté, » dit Michael en souriant.

Elle lui rendit son sourire. « Elle sera là. »

Ils s'empressèrent de dévaler la pente accidentée de la

petite vallée. Elle était plus large qu'ils ne l'avaient cru. Il leur fallut dix bonnes minutes pour traverser le lit desséché d'un ancien cours d'eau. Des crues brutales y avaient déposé quelques souvenirs. Branches mortes, os d'animaux et amas de rochers s'entassaient ici et là.

Se frayant un chemin à travers ces débris, ils atteignirent une paroi assez raide, difficile à escalader. Une fois arrivés en haut, ils se trouvèrent face à la petite maison, dressée sur l'horizon.

« Je t'avais bien dit qu'elle serait là. »

« Eh bien, espérons que notre ami n'est pas descendu en ville pour s'acheter un nouveau bandana ou je ne sais quoi. »

Elle le réprimanda gentiment « Ta-ta-ta. Un peu de respect, s'il te plaît. »

Et ils se remirent en route vers leur destination.

« Il va encore falloir rester assis et attendre » grogna Michael que cette perspective n'enthousiasmait guère.

« Ça dépend. Si on ne le voit pas tout de suite, il le faudra. »

« Je ne pige toujours pas pourquoi on ne peut pas aller frapper à sa porte. »

« Je te l'ai dit, ce serait… »

« Impoli, je sais. Mais pourquoi ? »

Avec beaucoup de douceur, Emmy le lui expliqua. « La maison est un territoire sacré. Chacun y établit son énergie personnelle et son cercle de protection. »

« Chacun remplit l'espace de ses propres vibrations ? »

« Oui, plus ou moins. Mais c'est plus complexe que ça, en fait. Alors, imagine que la personne chez qui tu frappes soit en train de prier — de méditer. Ou qu'elle accomplisse une cérémonie précise — la Voie de la Guérison, par exemple. Ce serait terriblement grossier de l'interrompre dans un moment pareil. Donc, le visiteur s'assied tranquillement dehors jusqu'à ce que la personne qu'il vient voir s'aperçoive de sa présence. »

Michael poursuivit son idée. « Et si elle ne s'aperçoit pas que quelqu'un attend ? »

« Eh bien, au bout d'un moment, le visiteur comprend et s'en va. Il reviendra plus tard ou un autre jour. »

Il leva un sourcil. « Il va falloir revenir un autre jour ? »

Soudain, un mouvement attira l'attention d'Emmy. Un engoulevent s'élevait au-dessus de la maison. Il monta très haut dans le ciel, si haut qu'il se réduisit bientôt à un point sombre qui disparut dans les profondeurs de l'océan céleste.

« Ça dépend. »

« Ça dépend ? » répéta Michael.

« Oui, » soupira-t-elle et s'asseyant sur le sol, devant la maison. « Ça dépend du temps que cet oiseau mettra à revenir. »

Michael s'assit près d'elle et la dévisagea. « Quel rapport entre cet oiseau et le vieux sage ? »

Elle baissa la tête. « Notre homme n'est pas chez lui en ce moment. »

Michael se mit debout et parcourut l'horizon du regard.

« Qu'est-ce que tu cherches, » demanda Emmy.

« Un mouvement. J'essaie de voir s'il revient. »

La jeune femme secoua lentement la tête. « Assieds-toi, Michael. Il ne viendra pas de cette direction. »

Il se tourna vers l'est et reprit son inspection.

« Il ne viendra pas de là non plus. Il n'arrivera ni de l'est, ni de l'ouest… mais *de là-haut.* »

Michael se laissa tomber près d'elle. « Alors, il est à l'intérieur. Son aspect *physique*, je veux dire. »

Elle haussa les épaules. « Peut-être. Mais peut-être pas. Certains initiés ont la capacité de s'en aller pour de bon… de… se transformer. »

Le silence s'installa entre eux. Chacun se plongea dans ses réflexions personnelles, tandis que commençait l'attente.

Á force de contempler le paysage désolé, le jeune professeur lui découvrait une beauté nouvelle, et il cessa de se demander comment des êtres humains supportaient d'y vivre. Il comprenait l'attrait que pouvait exercer le désert, et cette découverte n'était pas sans relation avec la conscience qui émergeait peu à peu dans son esprit.

Ce lieu dégageait une puissance primordiale.

Son regard s'attarda sur un cactus saguaro tout proche dont les bras, tordus au niveau des coudes, se tendaient en signe de bienvenue. Ou pour signaler qu'on ne pouvait pas aller plus loin ? Cette terre primitive, située hors du temps, faisait paraître plus absurdes encore toutes les futilités du monde civilisé. Ici, entre les doux battements de cœur de la nature, les soupirs de la terre étaient perceptibles.

Il leva les yeux vers la splendeur du ciel. Où était l'oiseau ? Il avait déjà entendu parler d'exploits comme celui qu'avait accompli le vieux sage. Le concept n'était pas nouveau pour lui. Depuis toujours, certaines cultures croyaient ce genre de transformations possible, et si le secret s'en était transmis d'initié à initié, les mécanismes mystérieux de l'opération restaient à jamais secrets et sacrés, ignorés du profane.

Le vieil Indien avait-il réussi à altérer sa forme physique ? Sa maison était-elle vraiment vide ? Ou était-ce son esprit qui avait rejoint la conscience de l'oiseau ? En ce cas, il avait laissé son corps derrière lui en attendait d'y revenir.

En dépit de son expérience, le jeune anthropologue ignorait si un tel exploit, encore relégué dans la même zone d'ombre que les légendes et les mythes obscurs, était possible. Aucun témoin oculaire n'avait pu en apporter la preuve définitive. Aucune autorité scientifique n'avait pu se prononcer sur la nature de cette transmutation. Et plus le professeur Greystone y pensait, plus sa curiosité augmentait. Le corps du vieil homme était-il là, oui ou non ?

Le chercheur qu'il était n'hésita pas longtemps. A la vitesse d'un buffle emballé, l'esprit rationnel envahit sa conscience, piétinant au passage toute discrétion, tout respect de la propriété.

Lentement, Michael posa ses mains sur le sol, et déplaça le poids de son corps vers l'avant.

Emmy le regarda faire en fronçant les sourcils.

Doucement, tout doucement, ses mains et ses genoux se mirent à avancer alternativement, l'entraînant vers la petite maison.

Alors, Emmy comprit et ses yeux brillèrent de colère. « Michael, » murmura-t-elle, « qu'est-ce que tu fais ? »

Relevant la tête, il posa un doigt sur ses lèvres. « Il faut que je sache, » souffla-t-il.

« Tu es fou ! Ça risque de tout gâcher, s'il s'en aperçoit. »

Il lui fit un signe apaisant de la main. Tout ira bien, calme-toi... Fais- moi confiance, disait ce geste.

La jeune femme poussa un soupir excédé, puis leva les yeux vers l'immensité du ciel. Elle avait un nœud au creux de l'estomac. Elle surveillait alternativement le ciel et l'homme, le ciel et l'homme, avec une anxiété croissante.

Michael était arrivé au pied de la maison, sous une fenêtre ouverte. Accroupi sur ses talons, il commença à se redresser. Ses yeux atteignirent le rebord de la fenêtre et fouillèrent l'intérieur de la pièce.

Face à lui, se trouvait un lit très simple, aux couvertures bien tirées. Des bouquets de plumes et d'herbes, un sac en peau étaient suspendus aux murs. Des poteries et des jarres en terre s'alignaient sur une étagère en bois. Au centre de la pièce, une table bancale supportait une lanterne. Deux chaises. Une vague odeur de cèdre et d'herbe douce.

Mais c'était tout.

Il n'y avait personne dans la pièce.

Personne.

Michael revint rapidement vers sa compagne. « Espérons que tu dis vrai à propos de l'oiseau, » grommela-t-il. « Sinon, nous sommes venus pour rien. »

« Il est parti ? »

« Oui, il s'est taillé, » répondit Michael en souriant.

Emmy prit un air sévère. « Tu n'as pas pu t'en empêcher, hein ? »

«Non. Tu as raison. La tentation était trop forte,» reconnut-il timidement. « Et maintenant ? On attend ? »

« On attend. »

Et ils attendirent.

Longtemps. Très longtemps.

Soudain, Michael releva la tête. « Tu as entendu ? »

« Oui. »

Ils examinèrent le ciel.

Le battement d'ailes se rapprochait.

L'engoulevent passa au-dessus d'eux. Il descendit vers la petite maison.

Les deux jeunes gens se levèrent et rajustèrent leurs vêtements. Lorsqu'ils reportèrent leur attention sur la construction en adobe, l'homme était debout sur le seuil.

Leur cœur bondit dans leur poitrine.

Michael s'éclaircit la gorge. Sans quitter le vieil Indien des yeux, il souffla à sa compagne : « Je le vois, mais je ne suis pas sûr d'y croire. Qu'est-ce qu'on fait maintenant ? »

« On attend. »

L'homme au bandeau bleu rentra chez lui.

« Qu'est-ce que ça veut dire ? » murmura Michael.

« Il nous invite à le suivre. »

« Comment le sais-tu ? »

« C'est le protocole, » dit-elle en se mettant en marche.

La pièce était étonnamment fraîche pour une fin d'après-midi encore très ensoleillée. Il leur fallut quelques minutes pour s'accoutumer à l'obscurité qui y régnait.

Sans les regarder, le vieil homme s'assit en tailleur dans le coin opposé à la porte, ouverte vers l'est.

Ils s'assirent face à lui, et Emmy prit la parole. « Nous sommes venus parce que tu nous as appelés. »

Silence.

Le regard de Michael passa d'un visage à l'autre.

Le vieux sage fixait son interlocutrice d'un regard qui la traversait.

« Tu nous as suivis, » reprit-elle.

Silence.

Michael s'apprêtait à parler lorsqu'elle l'arrêta d'un geste, et poursuivit : « Nous sommes venus entendre ta sagesse. » Du sac-médecine pendu à sa ceinture, elle sortit une petite quantité de tabac qu'elle déposa sur le sol, entre eux.

Un éclair passa dans les yeux noirs du vieil homme.

« Tu sais pourquoi nous sommes ici, » dit Emmy avec douceur et déférence.

« Je sais, » répondit-il lentement, d'une voix profonde.

Sur son visage ridé, tanné par le soleil du désert, s'était à jamais gravée une expression austère et digne.

Il reprit : « Vous avez pénétré l'Espace Brûlant et Hurlant du Dessus… le territoire sacré. »

« Oui, parce que l'Esprit nous a appelés. »

Le silence resta suspendu entre eux comme une épaisse fumée, puis l'ancien reprit la parole. « L'Esprit possède une puissante médecine. »

« Nous avons vu son pouvoir, » reconnut la jeune femme.

Le regard soudain plus vif, le vieil homme examina longuement ses deux visiteurs. « Oui, » murmura-t-il, « les Nomades de la Nuit voient beaucoup de choses… Et les rêveurs aussi. »

C'était donc un vrai visionnaire. Emmy se rappela avoir croisé un engoulevent lorsqu'elle avait voyagé en esprit jusqu'à la mesa. Elle savait maintenant que l'oiseau et l'homme assis devant elle ne faisaient qu'un.

Elle poursuivit, avec respect : « Pendant notre voyage jusqu'ici, tu nous observais seulement ? »

Il répondit d'un mouvement de tête presque imperceptible.

« Pour nous mettre en garde ? »

Nouveau signe affirmatif de la tête.

« Nous mettre en garde contre quoi ? L'esprit de la mesa nous a appelés. Il nous attend. »

« L'Esprit attend deux seulement, » dit-il en levant deux doigts. « Trois, peut-être. Vous êtes quatre. Quatre c'est fatal. » Tout en parlant, le vieux sage regardait souvent Michael.

« Nous deux ? » interrogea Emmy.

L'Indien acquiesça.

« Nous deux et le professeur Weatherbee ? »

Nouveau signe d'acquiescement.

Michael parla. « L'autre femme est un gros problème. Nous le savons. Elle ne devait pas nous accompagner, mais elle s'est cachée dans notre véhicule, à notre insu. »

« L'Esprit de la mesa, il savait. Il a essayé de vous prévenir. »

« Oui, mais sur le moment, nous ne l'avons pas compris. Et après, il était trop tard. »

« Jamais trop tard. J'ai essayé de la prévenir elle aussi. »

Emmy sourit en pensant à la façon dont il avait voulu prévenir Karen.

« Ta mise en garde l'a tellement effrayée, qu'elle ne veut plus nous lâcher. Elle a très peur. »

« Je ne fais mal à aucune chose vivante. »

« Oui, je le sais, mais elle l'ignore. »

« C'est pourquoi elle est dangereuse. Son esprit n'est pas ouvert. »

« Et comment allons-nous l'empêcher de venir avec nous ? » demanda Michael.

« C'est déjà arrangé. »

Tous trois restèrent silencieux pendant quelques minutes, puis Emmy demanda : « Comment ? Comment est-ce arrangé ? »

« Peu importe. La femme va bien. Elle ne vous gênera pas. Quatre, c'est fatal. »

Michael n'était pas sûr de vouloir plus de détails sur la façon dont Karen avait été écartée. Puisqu'elle allait bien, il n'avait pas à s'en soucier. Son esprit de chercheur reprit le dessus. « Tu sais tout ce qui concerne la Septième Mesa, n'est-ce pas ? »

Le vieux sage ferma les yeux et hocha la tête.

« Depuis combien de temps le sais-tu ? »

« Quand les grands-pères se sont réunis pour raconter ce que leurs grands-pères avaient appris de leurs grands-pères, j'écoutais. Nous connaissons l'Espace Brûlant et Hurlant du Dessus. Nous l'avons toujours connu. »

Michael se pencha vers lui. « Et ce qui repose en dessous ? »

« Ça aussi. Le Peuple garde sacrées les choses sacrées… Toujours. » Le regard d'ébène se posa sur la jeune femme. « Ceux qui ont le sang des frères stellaires savent aussi. Là, » dit-il en désignant son cœur. « Là, la connaissance est comme une chose vivante. »

Emmy sentit ses cheveux se hérisser. Oui, elle le savait. « Nous ne dirons rien à personne, Grand-père. »

« Nous le savons. Nous le savons tous. »

Le sens de sa phrase était clair. Emmy poursuivit. « Les enfants, dans le village là-bas, ils ont eu peur de nous, n'est-ce pas ? »

Il fit signe que oui.

« Parce qu'ils savaient qui nous sommes. »

« Oui. Parce qu'ils craignent ceux qui sont appelés par l'Esprit de la Septième Mesa. L'Esprit a de grands pouvoirs. Les enfants ont vu tes yeux. Ils savent ce qu'ils veulent dire. Ça les a effrayés aussi. »

« Es-tu allé sous la Septième Mesa ? » demanda Emmy.

Silence.

La réponse était inscrite dans les yeux du sage. Il y était allé.

« Peux-tu nous en parler ? »

« Mourning Elk, ne demande pas ça. Tu verras par toi-même si l'Esprit le permet. Mais… ce que tu verras, tu le sais déjà, là, dans ton cœur. Les légendes anciennes sont vivantes. Elles sont vraies. »

« Les légendes anciennes ? » Répéta Michael.

Le vieux sage considéra son jeune visiteur d'un air soupçonneux. « Oui, les vieilles légendes, les histoires. Toi, tu fais partie du Peuple et pourtant tu n'en fais pas partie. Tu as choisi de séparer ton esprit du cœur indien qui bat dans ta poitrine et de l'esprit indien qui vit en toi. »

Les joues de Michael s'empourprèrent. Gêné, il baissa la tête car il savait que le vieux sage avait raison.

« Mais, » reprit celui-ci, « il n'en sera pas toujours ainsi pour toi. Tes oreilles entendront les murmures qui voyagent sur les ailes de l'Esprit du Vent. Tes yeux s'ouvriront et verront les prodiges anciens. Tes doigts toucheront des choses que tu ne croyais pas pouvoir toucher. Ton cœur s'ouvrira… Et un jour ton esprit s'engagera sur le chemin de la Voie. Cela ne peut pas être autrement pour toi. Déjà, tu sais que c'est vrai. »

L'émotion réduisit Michael au silence.

Emmy reprit le fil de leur discussion. « Pourquoi l'Esprit de la Mesa nous a-t-il choisis ? »

Le vieil homme détourna la tête. « Il te le dira peut-être. Ce n'est pas à moi de dire des mots qui peuvent seulement sortir de sa bouche à lui. »

« Donc, tu le sais. »

Après un signe de tête affirmatif, il changea de sujet. « Sous le sein de Grand-mère la Terre se trouvent beaucoup de secrets enterrés depuis longtemps. Les hommes croient avoir tout compris. Connaître toutes les réponses. Mais ils veulent tout organiser selon la raison et la logique. Ils ne croient même pas à ces autres intelligences. »

Il leva les yeux vers le plafond noirci par la fumée. « Il y a longtemps, notre Peuple les appelait le Peuple des Oiseaux parce qu'ils venaient du ciel… mais maintenant… nous savons, » conclut-il en souriant. Ses yeux pétillaient, ses mains s'agitaient, soulignant ses paroles. « Maintenant nous savons qui ils sont vraiment. Maintenant nous savons tout de ces gens qui sont venus ici depuis quelque part dans les étoiles. Ce sont eux qui ont enseigné notre peuple, il y a longtemps. Ce sont eux qui nous ont appris à aimer Grand-mère la Terre et qui nous ont donné nos cérémonies, les voies du wakan.

« Aujourd'hui, nous gardons ces secrets à l'abri, dans nos cœurs. Les autres, ceux qui vivent là-bas dans le monde, n'y croient pas. » Un large sourire éclaira son visage. « Tant pis. Ils découvriront un jour à quel point ils ont mal pensé pendant tout ce temps. »

Un rayon de lumière orangée s'infiltra par la fenêtre. Le soleil se couchait. La pièce se parait soudain de toute la splendeur du couchant.

Le vieil homme se leva.

Ses visiteurs l'imitèrent.

Dehors, le disque incandescent s'enfonçait derrière la ligne d'horizon, et des ombres grises commençaient à s'étendre sur le désert. Au loin, ils distinguèrent un faible grondement, puis deux phares jaunes qui bondissaient vers eux.

Le visage de l'Indien se plissa en un sourire joyeux. « Mon petit-fils. Il va vous ramener. Vous ne pourriez pas retrouver votre chemin dans l'obscurité. En plus, votre campement s'est déplacé. » Et sur ces mots, il se retourna et disparut dans l'ombre qui envahissait maintenant sa maison.

La Jeep fit une embardée et s'arrêta net, soulevant un nuage de poussière. « Allez, on y va ! » cria le chauffeur. « Ya une fille super qui m'attend. »

Ils montèrent, et la Jeep démarra en trombe.

Cinq minutes plus tard, Michael se frappa bruyamment la cuisse en jurant : « Zut ! J'ai oublié de lui demander quelque chose. » Il regarda le jeune homme qui conduisait. « Est-ce qu'on peut y retourner… juste une minute. C'est très important. »

Son voisin interrogea le ciel, puis se tourna vers lui. « Possible. Mais inutile. »

« Pourquoi ? »

Emmy saisit Michael par le coude et lui montra le ciel. Une créature ailée passait devant le disque argenté de la lune. « Il n'est pas chez lui ? »

« C'est ça, mec. Il se barre tout le temps. »

Le jeune homme était évidemment au courant des escapades ailées de son grand-père et les trouvait tout à fait normales.

« Hé, » dit le jeune homme, « je suis chargé de vous dire que votre copine a marché dans un nid de crotales et que ça ne leur a pas tellement plu, aux crotales. »

« Quoi ? » s'exclama Michael.

« Hé, pas de panique. Je passais justement par là et j'ai pu l'emmener chez ma tante. C'est une femme-médecine, et elle s'y connaît, en morsure de serpents. Enfin voilà. La demoiselle se repose là-bas, chez elle. Mais vaut mieux qu'elle y reste encore un jour ou deux. » Il gloussa de rire. « Hystérique, elle était, ta copine. T'aurais dû voir ça, mec ! »

« Elle va bien, c'est sûr ? » interrogea Emmy.

« Ouais. Ne vous faites pas de bile. Ma tante connaît son boulot. »

Emmy resta un moment pensive. Voilà donc comment Karen a été neutralisée, se dit-elle. Les dieux se sont vraiment occupés de tout.

Michael interrompit sa rêverie en s'adressant au chauffeur. « Ton grand-père nous a laissé entendre que notre campement avait bougé. Tu es au courant ? »

Le jeune homme manœuvrait habilement entre les accidents du terrain. « Le vieux type que vous avez laissé derrière s'est mis dans la tête de rapprocher le mobile home de la mesa. »

Michael et Emmy échangèrent un coup d'œil. Puis Michael étudia la silhouette du jeune Indien, auréolée de lune. Une sensation étrange le troublait. « Comment se fait-il que tu sois justement passé par là au moment où on avait besoin de toi ? »

Le jeune homme haussa les épaules. « Faut croire que c'était leur jour de chance. Sacrée coïncidence, hein, mec ? »

« Sacrée coïncidence, comme tu dis, » murmura Michael en regardant Emmy d'un air entendu.

L'histoire racontée par le jeune homme ne tenait pas debout. Ils se posaient des questions. Tout s'était vraiment trop bien passé.

Michael serra le genou d'Emmy, puis se tourna vers le jeune Indien.

« Et qu'est-ce que tu faisais par là ? »

« Je m'baladais. »

« Je croyais que cette région était sacrée, » insista Michael.

« Elle l'est, mec, elle l'est ! »

« Alors qu'est-ce que tu faisais là ? »

« Hé ! C'est un interrogatoire ou quoi ? J'ai pas le droit d'aller me balader dans le désert peut-être ? »

« Si bien sûr. Mais là, tu te trouvais dans une zone de wakan. Ça ne te fait pas peur ? »

Se tournant vers son questionneur, le jeune homme sourit, et ses dents luisaient à la lumière de la lune. « Peur ? Nan, ya que les *gens* qui ont peur. »

Les deux passagers sentirent un frisson leur parcourir l'échine et n'osèrent poursuivre la conversation.

Lorsque la Jeep s'arrêta brusquement, ils constatèrent que Weatherbee s'était beaucoup rapproché de la mesa. Ils descendirent et remercièrent le chauffeur de les avoir raccompagnés.

« C'est rien, mec. Je déplacerais des montagnes si le vieux me le demandait. » Un signe de la main, puis il embraya et s'éloigna en faisant rugir son moteur.

La voiture fut bientôt avalée par la nuit.

« Il n'y a pas de brouillard là-bas, hein ? » demanda Michael en essayant de percer les ténèbres.

Emmy comprit à quoi il faisait allusion. Malgré ses efforts, elle n'apercevait plus les feux arrière de la Jeep qui auraient dû rester visibles pendant des kilomètres, sur un terrain aussi plat. Elle n'entendait pas non plus le bruit du moteur.

Il avait été englouti par la nuit aussi rapidement que les yeux rouges des feux arrière.

Elle répondit d'une voix rêveuse : « Du brouillard ? En plein milieu de ce désert aride ? » Elle avala sa salive. « Je croirais plutôt à un nuage de poussière, une tornade. Oui, c'est sans doute une tornade qui l'a emporté. »

« Sans doute, » murmura Michael.

Mais ni l'un ni l'autre n'y croyaient.

L'air était immobile.

Le désert était immobile, aussi immobile qu'une photographie.

Michael, cherchant toujours une explication rationnelle à cette soudaine disparition, suggéra : « Il a peut-être des ennuis avec son moteur ? »

Emmy tourna lentement la tête vers lui. Il avait le regard plein d'espoir. « Tu crois ? » demanda-t-elle.

Il poussa un profond soupir. « Em ? »

« Oui. »

« Je suis crevé. On va se coucher ? »

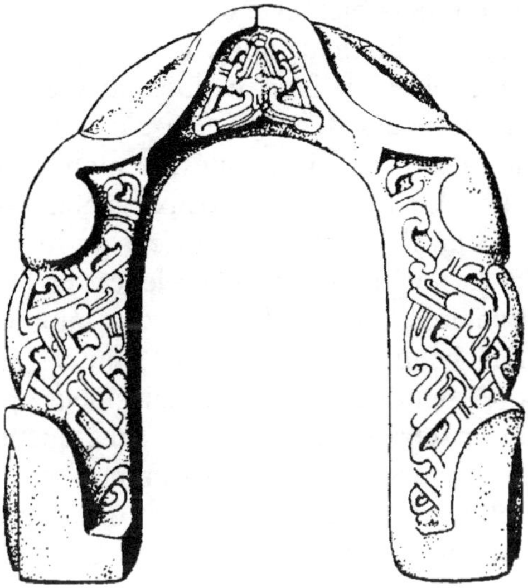

LA DESCENTE

Ils trouvèrent sur la petite table un mot de Weatherbee racontant ce qui était arrivé à Karen, et comment il les avait accompagnés, elle et le jeune Indien, chez la guérisseuse. Sa nièce paraissait soulagée de s'éloigner de la mesa. Elle allait bien. En revenant, il avait conduit le mobile home plus près de leur objectif. Il exprimait son admiration devant la façon dont les choses s'étaient passées et ajoutait : « les dieux sont avec nous. » Enfin, il disait se sentir fatigué et s'excusait de devoir aller se coucher avant leur retour. Il était bien sûr impatient d'entendre le récit de leur rencontre avec l'Indien, mais avait besoin d'une bonne nuit de repos avant l'exploration du lendemain. Ils parleraient au matin.

Le vieux professeur était effectivement allongé sur l'une des banquettes et profondément endormi. Il leur avait laissé le grand lit, à l'arrière et, quelques minutes plus tard, Emmy et Michael se couchèrent à leur tour.

La nuit était déjà bien avancée.

Parvenue au plus haut point de son parcours dans un merveilleux ciel étoilé, la lune, petit cercle d'argent, semblait méditer sur la vaste étendue silencieuse du désert.

Pris entre ces deux immensités, le mobile home paraissait minuscule. Á l'intérieur les deux amants étaient blottis dans les bras l'un de l'autre. Ils avaient du mal à trouver le sommeil. Par la fenêtre aux volets relevés, ils contemplaient le ciel où clignotaient des millions d'yeux lumineux.

« Quelle beauté, » murmura Emmy sur un ton respectueux, « quelle incroyable et majestueuse perfection. »

Michael la serra contre lui. « Tu sais, quand je regarde le ciel, j'ai l'impression que nous sommes seuls au monde. Que nous flottons tous les deux sur un océan d'étoiles dérivant à l'infini dans l'éternité du cosmos. C'est si calme… si paisible. »

« Mmm » marmonna-t-elle en se nichant tendrement dans le creux de son bras. « Je vois cela bien souvent quand je m'isole dans le désert pour prier. Je le vois, mais je ne m'habitue pas à l'émotion que cela provoque en moi. A chaque fois, c'est comme la première fois. A chaque fois c'est aussi magnifique. Ça ne vieillit pas.

« Et tu ne t'y habitueras jamais, hein ? »

« Non, jamais. » Elle sourit dans l'obscurité.

« Em ? »

« Quoi ? »

« Le vieux avait raison à mon sujet, tu sais. Il faut que je revienne ici. Il faut que je contacte mes racines, mon héritage. »

Sans rien dire, elle attendit qu'il poursuive.

« Je sais que les Cherokees ne vivaient pas dans cette région, mais je sens que c'est ici que je dois revenir. »

« Es-tu bien sûr de vouloir le faire ? » Il y avait dans sa voix une nuance douloureuse.

« Tu parles comme si tu n'y croyais pas. »

Une étoile filante décrivit un arc brûlant dans la nuit.

« Tu as vu ? » demanda Emmy.

« Oui. Tu as fait un vœu ? »

Emmy poussa un gros soupir. Il avait vraiment beaucoup de retard à rattraper. « Non. Quand j'étais gamine, mon père me disait que les étoiles filantes sont lancées par Grand-père le Ciel avec son arc puissant. C'est sa façon de rassurer son peuple sur le fait que, même dans l'obscurité, pendant la nuit, il continue à le protéger, même si on ne le voit pas. C'est sa façon de dire 'dormez bien mes enfants, je veille sur vous.' Et pour remercier Grand-père le Ciel, nous lui adressons une prière silencieuse. Nous ne faisons jamais de vœu. »

Michael perçut la gravité du message contenu dans ces paroles. « Tu vois, Em' ? C'est exactement ce que je te disais. Je suis passé à côté de toutes ces richesses qu'on ne m'a pas données quand j'étais enfant. Il faut maintenant que j'apprenne toutes ces belles choses. »

« Elles ne sont pas toutes belles, Michael. La vie de nos Peuples est souvent très dure. La haine est toujours vivace dans ce pays. Tout n'est pas rose dans notre façon de vivre. »

Ils se turent, écoutant le silence. Admirant la piste du Grand Esprit tendue au-dessus d'eux comme une arche.

Quand Michael se remit à parler, il y avait de la solennité dans sa voix. « Mon cœur souffre quand je prends conscience de mon ignorance. Mais je me suis fait une place dans la communauté scientifique et je crois que le moment est venu d'y introduire quelques changements. »

Elle soupira. « Il faudra du temps pour que les choses changent. Le regard que porte ce pays sur les Indiens ne peut pas se modifier du jour au lendemain — après plusieurs siècles. »

« Il faut bien commencer un jour. Et dans mon domaine, au moins, je suis sûr de pouvoir exercer une certaine influence. »

« De quelle manière ? »

« Tu te rappelles, le jour de la rentrée, quand tu as posé une question à propos des territoires sacrés ? Des cimetières ? »

Cette évocation la fit sourire. « Je me rappelle. »

« Eh bien, c'est un des domaines dans lesquels je peux intervenir. J'essaierai de proposer de nouvelles façons de faire pour éviter que les anthropologues se baladent n'importe où avec leurs pelles et leurs pioches. Je leur ferai comprendre que les cimetières indiens sont aussi « saints » à leur manière, aussi consacrés que ceux de nos églises, et qu'ils ne peuvent pas creuser où ils veulent. »

Emporté par son idée, Michael poursuivit, à mi-voix mais avec une exaltation croissante : « Et puis, il faut que les gens arrivent enfin à voir que la Terre est leur mère. Qu'ils arrêtent de déverser en elle tous ces déchets dangereux. Qu'ils limitent les affouillements clandestins. Qu'ils renoncent à la folie nucléaire qui menace la planète. Et qu'ils… »

« Michael, » le raisonna-t-elle en se redressant sur un coude. « Calme-toi ! Pour qui te prends-tu ? Un chevalier à la blanche armure partant en guerre contre le pays tout entier ? »

Souriant d'un air penaud, il ramena la jeune femme contre sa poitrine. « J'exagère peut-être un peu. Mais maintenant tu comprends à quel point cela me tient à cœur. Il faut que les choses changent, Em. Il le faut. »

« Et tu vas t'en charger ? »

« En tout cas, je te jure que je vais essayer. »

Le silence retomba entre eux. Michael rêvait à la mission qu'il allait entreprendre, tandis qu'Emmy pensait aux difficultés qui l'attendaient. Elle décida de ne plus s'en préoccuper. « Michael ? »

« Chérie ? »

« As-tu repensé au petit-fils de l'ancien et à ce qui s'est passé tout à l'heure avec sa Jeep ?

Il caressait pensivement la soyeuse chevelure de sa compagne. « Non, pas vraiment. Je ne crois pas qu'il soit nécessaire de comprendre tout ce qui nous arrive. »

« Mais son allusion au fait que seuls les *gens* ont peur ? Qu'est-ce qu'il a voulu dire, d'après toi ? »

« Il parlait sans doute des autres gens. N'oublie pas qu'il a vécu une enfance un peu spéciale. Avoir un grand-père chaman doit modifier sensiblement la façon de voir les choses. Il a toujours été plongé dans le mysticisme et dans des réalités peu communes. Je ne vois pas comment l'Espace Brûlant du Dessus pourrait lui faire peur. »

« C'est aussi ce que j'ai pensé. Ce gosse est sans doute l'assistant du vieux. Il en a tellement vu que plus rien ne l'étonne. Tu as remarqué avec quelle nonchalance il nous a annoncé que son grand-père n'était plus chez lui quand tu lui as demandé d'y retourner ? »

« Ah oui ! On aurait dit que c'était parfaitement naturel de sortir de chez soi par la fenêtre en déployant ses ailes. »

« Après ça, on peut comprendre qu'il s'approche de la Septième Mesa sans la moindre inquiétude. » Elle soupira. « Quelle chance il a d'avoir baigné dès l'enfance dans toutes ces belles choses, toutes ces pratiques secrètes. »

Michael la prit aux épaules et tendit les bras pour la regarder bien en face. « Tu n'y es pas tout à fait étrangère, toi non plus. Pour autant que je sache tu es l'une des rares personnes encore vivantes à avoir entendu parler les Pierres Debout. »

« Oui, mais nous savons pourquoi. »

« Vous ne devriez pas prendre ça à la légère, madame. Il y a des gens qui donneraient tout ce qu'ils ont pour vivre une expérience comme celle-là, ne serait-ce qu'une seule fois. »

« Peut-être, mais ces expériences-là sont sacrées — on ne peut pas les acheter. »

« Et c'est tant mieux. »

Ils restèrent un moment silencieux.

« Em ? »

Silence.

Fatiguée, la jeune femme s'était endormie dans ses bras. Reprenant le fil de ses réflexions, Michael se dit qu'il avait encore beaucoup de chemin à parcourir. Beaucoup à apprendre avant de pouvoir s'engager sur la Voie. Il ferma les yeux, serra contre lui la femme qu'il aimait et se laissa doucement dériver sur les flots calmes de l'oubli.

Chaleur blanche.

Attente.

Personne.

Attente.

Une ombre rapide survole la terre brûlante. L'homme n'a pas besoin de regarder le ciel aveuglant pour savoir ce que c'est. Il a entendu la vibration de l'air, le puissant battement d'ailes. Il attend, car bientôt sa patience sera récompensée.

Un léger mouvement attire son regard. Il lève les yeux et se trouve face à un autre homme. Lorsque celui-ci se retourne et s'éloigne vers sa demeure, il se lève et le suit.

À l'intérieur de la pièce unique, il fait frais et l'atmosphère ondoie, brouillant le contour des choses.

Le chaman est assis sur le sol en terre battue, dans un coin, face à l'est. Des éclats de lumière volètent autour de lui comme un nuage de vers luisants, l'enveloppant d'une aura imprécise et dansante.

Le jeune homme s'assied devant l'ancien et il attend. Michael fixe intensément les yeux du chaman qui, irrésistiblement, l'attirent. Légèrement étourdi, il a soudain l'impression de vaciller, de tournoyer dans la pièce, comme en apesanteur. Il se sent aspiré par un large tourbillon dans lequel il s'enfonce en une spirale descendante, de plus en plus profondément.

Le vieil homme cligne des yeux.

Michael est ramené à la réalité présente. La force magnétique qui l'aspirait l'a brusquement relâché. Il fixe à nouveau le regard sombre et empreint de sagesse du vieil homme.

L'Indien parle : « Tu es revenu, finalement. »

« Grand-père, suis-je en train de rêver ? »

Silence. Le chaman lève les yeux vers le carré de lumière dorée qui illumine la fenêtre. Puis il reporte son attention vers son visiteur.

« Certains le pensent… mais d'autres non. »

« Apprends-moi, l'Ancien. Apprends-moi ce que j'ai besoin de savoir. »

« Es-tu en train de rêver ? »

Michael baisse les yeux sur un rayon de soleil qui éclaire le sol, entre eux. Des grains de poussière dansent dans la lumière. Puis il regarde à nouveau l'Indien. « Mon esprit a voyagé jusqu'à toi. Ce n'est pas simplement un rêve. »

Les doigts parcheminés du chaman s'ouvrent pour désigner le rai de lumière doré. « Alors, où est la nuit, Nomade de la Nuit ? »

Michael fronce les sourcils, perplexe. Il n'a pas de réponse.

L'Ancien attend une réponse.

« Tu es puissant. Tu as modifié ce que je vois autour de nous. »

L'Ancien le regarde intensément. Sans rien dire.

Michael retourne sa proposition. « Tu n'as pas modifié le moment de la journée. »

L'Ancien ne réagit pas.

« Mon esprit n'a pas voyagé jusqu'à toi. »

Les yeux noirs se ferment lentement, puis se rouvrent.

Le novice poursuit. « C'est toi le Nomade de la Nuit et tu es venu dans mon rêve. »

Les sourcils broussailleux du vieil Indien se lèvent.

Michael est dépité. « Dis-moi, grand-père. Eclaire-moi. »

« Qu'est-ce que rêver ? »

Silence.

Un doux sourire plisse le visage du chaman.

Michael fait une nouvelle tentative. « Je suis en train de rêver. »

Sans donner le moindre élément de réponse, l'Ancien change de sujet. « Pourquoi es-tu ici ? »

« Je ne sais pas. »

« Où vas-tu ? »

« Je ne sais pas non plus. Peux-tu me le dire ? »

« Possible. »

« Mais tu ne vas pas me répondre. »

L'homme au bandeau turquoise tourna la tête d'un côté à l'autre.

Michael insiste. « Pourquoi ? »

« Avant de savoir où tu vas, il faut savoir pourquoi tu es ici. »

Silence.

« Avant de savoir pourquoi tu es ici, il faut savoir où tu es, ici. »

L'atmosphère épaisse se met à flotter, comme une matière vivante. Elle remue, comme si elle respirait.

Michael laisse échapper un soupir exaspéré. « Je ne saurai pas où je vais ni pourquoi je suis ici avant de m'engager sur ma Piste Intérieure. C'est bien ça ? »

L'Ancien sourit.

« Et tu vas m'aider, n'est-ce pas ? »

Nouveau mouvement de tête d'un côté à l'autre.

« Très bien. Je dois le faire seul. Je comprends ça. Mais peux-tu me dire ce que je vais trouver sur ma Piste Intérieure ? »

Les yeux du Grand-père sont deux trous noirs, profonds. « Cette Piste n'est jamais la même pour tous. Elle est aussi différente que les empreintes digitales qui distinguent une personne d'une autre. Il n'en existe pas deux semblables. »

Le novice insiste. « D'une manière générale, que vais-je y trouver ? »

Un éclair impatient passe dans les yeux noirs de l'Indien qui répond avec douceur. « Toujours, il y a des choses semblables. Ce sont les petites choses qui sont différentes et spéciales pour chacun. Toujours, celui qui prend la Piste Intérieure trouve son vrai moi. Il découvre des choses qui restent cachées normalement. Il rencontre les eaux calmes et regarde leurs reflets. Toujours, il doit accepter ce qu'il voit dans ces eaux avant de continuer. »

« Qu'y a-t-il d'autre à découvrir sur la Piste ? »

« Chacun y découvre son but dans cette vie. Ses pesanteurs et ses difficultés, ses jours heureux, ses jours tristes. La raison des choses… les pourquoi. »

« Et ? »

« Ça dépend. »

« De quoi ? »

« Ce qu'il voit, il doit l'accepter. Tous les autres chemins dépendent de cette grande acceptation et de ce qu'il en fait. »

« Qu'est-ce qui bloque cette acceptation ? »

Le vieux sage hoche la tête. « L'amour de soi-même. L'amour des choses matérielles. Le refus de croire. La paresse. Le moi. »

La petite pièce s'obscurcit. Un énorme engoulevent vient de se poser sur le rebord de la fenêtre. Son corps massif et luisant en occupe toute l'ouverture. Il tend le cou pour jeter des regards curieux tout autour de la pièce. Ses paupières s'ouvrent et se ferment sur ses yeux froids et ronds. Il est imposant. Terrifiant pour le novice.

« Et la peur, » termine gravement l'Indien.

Michael le regarde, impressionné. « La peur ? »

« La peur empêche l'acceptation de s'épanouir dans le cœur. Peur de l'inconnu. Peur de l'échec. Peur des autres. Peur de soi-même. Peur de ce que disent les autres. Peur d'affronter. Peur de la lutte. »

Michael tourne la tête. L'oiseau semble revenu à une taille normale. Son apparence n'est plus aussi menaçante. Les mots du chaman résonnent dans la tête du jeune homme. Peur du ridicule, peur de la lutte... la lutte… la lutte.

« Lutte. Lutte ! LUTTE ! »

Ses poings se ferment, ses bras se détendent, il attaque le vide. Deux mains emprisonnent les siennes, arrêtant son geste.

« Michael, réveille-toi. »

Ouvrant les yeux, il vit sa compagne, inquiète, agenouillée près de lui. Il s'assit, soupira et passa ses doigts dans ses cheveux emmêlés. « Excuse-moi, Em. Je suis désolé. »

« Qu'est-ce qui s'est passé ? Tu rêvais ? C'était encore le Ka ? »

Sans répondre, il se laissa retomber sur le lit et fixa du regard le plafond.

« Eh bien, réponds-moi, » insista Emmy.

Alors il lui raconta en détail tout ce dont il se souvenait.

« Hum, on dirait qu'il te conseille d'être prudent. »

Silence.

« Ce n'est pas ton avis ? »

Michael continuait à se taire.

« Tu as peur de t'engager sur cette piste ? »

Il réfléchit un moment, avant de dire : « Comment pouvait-il savoir ce que j'avais l'intention de faire ? Et que tu m'avais parlé de la Piste Intérieure ? J'ai eu l'impression qu'il reprenait la discussion là où nous l'avions laissée. »

« Je suppose que nous n'avions pas tout dit. » Elle hésita. « Il y a des questions qu'il ne faut pas se poser, Michael. Certaines réalités ne tiennent pas quand tu les analyses, quand tu essayes de les réduire à la logique, mais elles ne sont pas fausses pour autant. »

« Je sais. C'est ce que j'enseigne à mes étudiants. »

« Oui, mais maintenant tu dois t'en persuader, puisque cela te concerne directement. C'est très bien de dire que certaines choses ne s'expliquent pas, qu'elles ne peuvent pas être vérifiées, mais quand ces mêmes choses entrent dans notre vie, il faut les accepter sans en chercher le pourquoi ni le comment. Ce n'est pas facile de s'abandonner à cette acceptation, mais c'est encore plus dur d'espérer que les autres y arrivent. Et cet espoir est sans doute un chemin très difficile à suivre. Il peut influencer ta vie comme aucune autre expérience ne le fera. »

Michael sentit qu'elle avait raison. Il réfléchit, se rappelant ses recherches, ses efforts pour comprendre les faits inexplicables qu'il avait vu se produire un peu partout dans le monde. Et depuis quelques jours, les mystères se multipliaient à une vitesse accélérée. Mais cette journée allait sans doute lui en faire vivre bien d'autres. Cette journée serait une apothéose insurpassable.

« Quelle heure est-il ? » Il voyait bien qu'il faisait encore nuit.

Emmy consulta le réveil lumineux posé à côté du lit. « Trois heures moins le quart. »

Michael grogna et, l'attirant contre lui, se laissa retomber sur l'oreiller. Elle reprit sa place, bien au chaud, au creux de son bras. Après un moment de silence, il lui dit d'une voix douce mais déterminée : « J'ai pris une décision, Emmy. »

« Déjà ? »

« Je ne retournerai pas à Boston. J'ai trop à faire ici. Tellement de choses… » Il lui caressait tendrement les cheveux. « Et j'ai assez perdu de temps. Il est peut-être déjà trop tard. »

« Il n'est jamais trop tard, chéri. »

« C'est bien pour ça que je dois commencer. J'aurai déjà du mal à mettre au point un projet précis. Il y a tellement à faire. Le travail préliminaire risque de prendre beaucoup de temps. »

Comprenant son impatience, elle frotta doucement son visage contre la poitrine de l'homme qu'elle aimait. « Nous avons le temps, Michael. Tout se passera bien, crois-moi. Le plus important c'est que tu te sois découvert et que tu saches maintenant où aller. À partir de là, les choses se mettent tout naturellement en place, tu verras. »

Il ferma les yeux et l'embrassa sur le front. « Le destin nous a réunis, c'est tout ce que je sais. Et en cet instant rien d'autre n'a d'importance. »

Elle sourit avec tendresse. « Nous ne croyons pas au hasard, tu sais. Si les choses arrivent, c'est qu'elles devaient arriver. »

Ils se turent. La lune avait achevé son périple. La nuit était noire autour du mobile home, et ils se rendormirent, bercés par les doux bruissements du désert. Leur sommeil ne fut perturbé par aucune ombre, aucun fantôme venu les visiter.

Ni Ka.

Ni vieillard.

Ni engoulevent.

Ni présage.

Un bras puissamment musclé bandait l'arc énorme de l'Entité de la Nuit. Des doigts blanchis par l'effort serraient la corde tendue et la tiraient lentement en arrière. Ils tiraient, tiraient si fort que le bras qui tenait l'arc se mit à trembler. L'extrémité de la flèche, enflammée, ronflait et lançait des flammèches à mesure qu'elle reculait. Les deux bras s'éloignaient irrésistiblement l'un de l'autre, tandis que l'œil exercé d'Apollon visait magistralement sa cible.

Le temps retint son souffle.

Alors, les doigts s'ouvrirent, lâchant la corde qui fit entendre une vibration sonore. Et l'Aube se leva sur le désert.

Apollon enflammait la terre qui explosa de vie. Les mesas s'embrasèrent sous la fureur du feu dansant. Les obélisques gris éclaboussés d'or rouge resplendirent comme des langues orangées tendues vers le ciel clair. Les monolithes incandescents surgirent de l'ombre, doigts de pierre vermillon, comme ensanglantés.

Puis l'enfer s'apaisa. Un silence profond envahit la terre qui semblait à présent recouverte de braises. Alors Apollon sourit aux trois humains qui venaient d'assister au lancement de sa puissante Flèche de l'Aube.

Saisie par la splendeur de ce spectacle magnifique, la jeune femme connue sous le nom de Mourning Elk s'arrêta et leva les bras vers le ciel couleur de saphir. Sa gorge se mit à moduler un chant profond et doux. Les yeux clos, elle se balançait doucement tandis que des larmes inondaient ses joues. Elle offrit sa Chanson du Soleil Levant au Grand Esprit Vivant.

Lorsqu'elle eut terminé, elle se retourna vers ses compagnons.

Michael était assis, jambes croisées, sur la terre sèche. Ses yeux étaient fermés. La précieuse enveloppe du Ka reposait entre ses genoux. Un doux murmure guttural sortait de ses lèvres. Elle comprit qu'il était profondément touché par l'esprit de son héritage. Elle soupçonna que le Ka n'était pas pour rien dans cette ouverture dont il faisait preuve.

Au ciel, un engoulevent glissait silencieusement au-dessus d'eux.

Le profond murmure s'interrompit après une longue note tenue, et l'homme ouvrit les yeux. Son incantation était terminée. Il leva la tête vers sa compagne et aperçut l'oiseau.

« On dirait que le vieux ne veut pas rester à l'écart, aujourd'hui. Apparemment, il nous accompagne. »

Emmy sourit. « Tu ne t'attendais pas à ce qu'il nous laisse tout seuls, quand même ? »

Michael se leva et épousseta son jean.

Le professeur Weatherbee s'approcha de lui. « C'est bien le lever de soleil le plus extraordinaire que j'aie jamais vu. » Puis il leva la tête vers l'oiseau qui décrivait des cercles dans l'azur. « J'ai l'impression qu'il attend la restitution du papyrus avec autant d'impatience que le Ka. » Michael venait de ranger l'enveloppe dans la poche intérieure de sa veste. « C'est comme si la même cause unissait le Tangible avec l'Intangible. »

Michael prit la main d'Emmy, et tous trois se remirent en marche à travers l'Espace Brûlant et Hurlant du Dessus qui commençait à vaciller sous la chaleur de l'été indien.

Cette fois, la descente à l'intérieur de la crevasse fut plus facile, et ils se trouvèrent bientôt, le cœur battant d'émotion, devant l'ouverture.

Michael vérifia une dernière fois que l'enveloppe sacrée était bien à l'abri contre sa poitrine. Emmy enfila un gros chandail de laine. Weatherbee boutonna sa veste jusqu'au col.

Ils se regardèrent gravement, les yeux dans les yeux.

« Tout se passera bien, » dit Weatherbee pour rassurer le couple qui paraissait un peu nerveux. « Nous sommes attendus, ne l'oubliez pas. »

« Je n'ai pas peur, » murmura Emmy, « je suis seulement tendue. »

Michael l'attira vers lui et la prit dans ses bras. « Je t'aime vraiment, Em. Quand notre mission sera terminée, il n'est pas question que notre histoire s'arrête pour autant. » Et il l'embrassa tendrement, longuement.

Discret, Théodore faisait semblant de vérifier qu'ils n'avaient rien oublié. Il comprenait et respectait le lien qu'il avait vu se tisser entre eux. Sans s'être jamais marié, il avait connu l'amour. Il entendit Emmy répondre : « S'arrêter ? Je ne crois pas qu'il en soit question. Mon cœur me dit que notre histoire ne fait que commencer. »

Michael posa un baiser sur le bout de son nez. « Il faut d'abord nous acquitter de notre mission. » Puis, se tournant vers le vieux professeur, il dit : « Prêt Théo ? »

« Prêt, mon garçon. Allons-y. »

Emmy suivit prudemment les deux hommes. Trois faisceaux de lumière illuminèrent le sol de l'énorme antichambre de pierre. Une fois à l'intérieur, ils se séparèrent pour l'explorer en détail.

« Venez voir, » souffla Michael d'une voix pressante que réverbérait l'écho.

Lorsque ses compagnons l'eurent rejoint, il leur montra la paroi. « Éclairez là, vers le haut. Il faut voir ça de plus près. »

L'endroit qu'il avait désigné apparut clairement à la lumière des torches.

« Théo, tu pensais que cette caverne était de formation naturelle, mais regarde ça, » dit-il.

Le professeur se rapprocha de lui.

Emmy se dressa sur la pointe des pieds pour examiner la pierre. « Qu'est-ce que c'est ? » demanda-t-elle en voyant Michael lécher le bout de son doigt.

« Du calcaire. Mais regardez ces indentations ici. Et là ! »

« Hum, » fit-elle tandis que Weatherbee reculait, fasciné.

« Elles ne sont pas naturelles. » Michael recula à son tour, et les deux hommes promenèrent le faisceau de leur lampe sur deux crevasses parallèles.

Emmy les regardait faire avec intérêt. « On dirait pourtant qu'elles sont naturelles. Leur tracé est irrégulier et court entre les affleurements de la roche. »

« Apparemment, » dit Weatherbee d'un ton dubitatif.

« Apparemment ? » interrogea la jeune femme.

Mais le professeur éclairait la paroi de haut en bas, d'un mouvement de plus en plus rapide à mesure que croissait son excitation. Il recula à nouveau, les yeux exorbités.

« Qu'y a-t-il, professeur ? vous m'effrayez ! »

« Je me demande comment nous n'avons pas vu ça plus tôt. » La voix du vieil homme n'était qu'un murmure à peine perceptible dans cette énorme pièce voûtée.

« Vu quoi ? » Les yeux d'Emmy allaient de l'un à l'autre. « Michael, Professeur Weatherbee, vu quoi ? »

Michael tendit le bras, lui prit la main et l'attira vers le mur opposé. Elle leva sa lampe vers le visage de Michael. Une expression d'intense perplexité se lisait dans ses yeux sombres. « Emmy, tu as déjà entendu parler de ces dessins que l'on trouve un peu partout dans le monde ? Ces dessins qui ne sont identifiables que vus de très haut ? »

Elle hocha affirmativement la tête. « Oui, il y en a dans le désert de Sonora, en Californie. »

Il sourit de plaisir à l'idée du grand secret qu'il allait lui révéler. « Alors contemple cette merveille ! » Le faisceau de sa lampe parcourut le sol et grimpa le long de la paroi. Les deux autres s'y joignirent, illuminant les contours d'un très grand dessin gravé dans la roche.

Emmy poussa un petit cri de surprise. « J'ai déjà vu ce symbole. »

« On appelle ça des intailles, Em. Et celui-ci est la réplique exacte d'un autre, gravé à flanc de montagnes dans les Andes péruviennes. Personne n'a jamais compris ni comment il a été fait, ni ce qu'il signifie, » expliqua Michael.

La jeune femme resta un moment silencieuse, absorbée dans la contemplation du dessin. « Est-ce vrai, professeur Weatherbee ? Personne n'a jamais pu déchiffrer ce symbole ? »

« Oui, mon enfant. Michael a raison, » répondit-il en effleurant les contours gravés.

Alors, elle parla d'une voix lente et douce. « Les fourches extérieures représentent l'humanité. Les doubles cercles sur chacune d'elles symbolisent la nature sexuelle bipolaire du système de reproduction humain. La ligne centrale est plus haute parce qu'elle représente l'Etre Suprême. L'homme… la femme… Dieu.

« La ligne centrale descend aussi plus bas que les deux autres. C'est parce qu'elle incarne la vie sur terre. L'ensemble de ce symbole représente donc l'Homme… la Femme… Dieu… la Terre — l'union de ces quatre éléments en un Tout. »

Le professeur Weatherbee se tourna vers elle.

Sur le visage de Michael se lisait la perplexité. La jeune femme poursuivit :

« Et il nous vient du Peuple des Oiseaux — ces êtres intelligents venus d'une autre planète il y a bien longtemps, pour favoriser et guider notre développement. J'ai entendu dire que, d'après les savants, les intailles du désert de Sonora — un homme, un cheval — avaient été dessinés par les peuples vivant sur le cours inférieur du fleuve Colorado. Mais c'est évidemment impossible, pour deux raisons.

« La première, c'est qu'ils sont beaucoup trop grands pour être représentés dans leurs justes proportions à moins que le dessinateur se trouve quelque part dans les airs. Et pour autant que je sache, à l'époque où ils ont été dessinés, les Indiens n'avaient pas d'avions. Deuxième raison, ils n'avaient pas non plus de chevaux. Ils n'en avaient même jamais entendu parler avant l'arrivée des Espagnols qui les ont introduits sur ce continent. Comment auraient-ils pu représenter un cheval alors qu'ils n'en avaient jamais vu ?

« Certains spécialistes ont voulu tourner la difficulté en prétendant que l'intaille figurait un buffle femelle. C'est également faux car le cou et les pattes de l'animal sont bien trop longs. Et ce qui caractérise ces intailles, c'est justement l'exactitude de leurs proportions. Si l'animal du désert de Sonora était un buffle, il ressemblerait davantage à un buffle. »

« C'est tout ? » interrogea Weatherbee complètement ahuri.

La jeune femme sourit. « Á peu près. »

Le vieil homme se frottait le menton en se dandinant d'un pied sur l'autre. « Pouvez-vous nous dire d'où vous tenez toutes ces informations ? » demanda-t-il à la jeune femme.

« Mais bien sûr. Quand j'étais toute petite, ma famille se réunissait avec d'autres autour d'un feu, dans le désert, et nous écoutions parler les Anciens. Ils évoquaient toutes sortes de choses merveilleuses et… »

« Attendez, » l'interrompit Weatherbee. « Vous êtes en train de me dire que votre peuple connaissait le secret de ces intailles qui ont mystifié l'humanité tout entière pendant… »

Elle leva la main. « Les intailles n'ont pas mystifié l'humanité tout entière. Les Indiens font partie de l'humanité, professeur Weatherbee. Et certains d'entre nous les connaissent depuis des siècles. Ceux de notre clan ont vu comment ils ont été réalisés. Ils ont appris leur sens symbolique de la bouche de leurs créateurs. Et, depuis, cette connaissance a été préservée. Pendant des générations, les Conteurs se sont transmis nos légendes dans leur forme première, sans les altérer. »

Le vieux professeur n'en revenait pas.

Michael serra tendrement les bras de sa compagne comme pour la féliciter d'avoir damé le pion à deux archéologues professionnels.

Weatherbee émit un long sifflement. « Nous n'avons pas encore dépassé l'antichambre, et nous sommes déjà amplement récompensés. Vous rendez-vous compte, mademoiselle, que vos paroles prouvent l'existence d'une communication entre votre Peuple et des intelligences extraterrestres ? Et que les légendes concernant la couleur de vos yeux sont sans doute vraies ? »

Elle acquiesça d'un simple mouvement de tête.

Weatherbee soupira et regarda son jeune collègue d'un air entendu. Ils ne firent aucun commentaire.

Et tous trois reportèrent leur attention sur l'intaille géante qui couvrait la paroi de l'antichambre.

Du faisceau de sa lampe, Emmy suivait le dessin de la fourche à trois dents. « Ce symbole est vraiment très beau, vous ne trouvez pas ? »

« Effectivement, mon enfant, il est très beau. Dommage que sa signification soit perdue pour l'huma… pour tant de gens. »

Elle lui jeta un regard mi-amusé, mi-réprobateur et dirigea la lumière de sa lampe vers le passage étroit et bas. « Et maintenant, voici notre destination. Qui passe le premier ? »

Michael se tourna vers Weatherbee : « Théo, tu es l'aîné. Á toi l'honneur, je fermerai la marche. »

« Non, non, mon garçon. Mon âge n'a aucune importance ici. Je suis seulement heureux d'avoir vécu assez longtemps pour voir tout ça. Passe devant et trace-nous la piste. Nous te suivons. »

A quatre pattes comme la première fois, ils pénétrèrent dans le boyau qui, en ligne brisée, s'enfonçait sous terre, remontait, pour s'enfoncer à nouveau.

Michael interpella la jeune femme qui le suivait.

« Emmy ? »

« Je suis là. Et Weatherbee aussi ; tout va bien. »

« Bon. As-tu déjà vu des photos de la grande pyramide de Khéops à Gizeh ? »

« Oui, et je devine ta prochaine question. Tu vas me demander si j'ai vu l'intérieur de la pyramide. »

« Tu me devances encore, on dirait. «

« Non, mais je suis la même piste. Ce couloir me rappelle la façon dont les couloirs montent et descendent en formant des coudes. Qu'en dites-vous, professeur Weatherbee ? »

Le vieil homme avançait péniblement, en haletant. « Oui, ça ressemble effectivement aux couloirs intérieurs des pyramides. Michael ! » Cria-t-il, « ta théorie me paraît juste. »

Ils continuèrent en silence. Michael s'inquiétait pour sa compagne. « Ça va, Emmy ? »

« Jusqu'ici, oui. Mes genoux se plaignent un peu, mais ils s'en remettront. »

« Et Théo, il suit toujours ? »

« Il est juste derrière moi. Ça a l'air d'aller. »

Après avoir décrit un parcours complexe, le couloir débouchait sur un passage plus vaste. Ils se relevèrent, s'étirèrent, se frottèrent les genoux et le bas du dos. Quelques grognements de satisfaction se firent entendre. Enfin, ils se sentaient redevenus eux-mêmes.

« Par ici, » indiqua Michael avec sa lampe. « Ce couloir ressemble à celui où je me trouvais avant d'arriver au mur gravé. On n'a qu'à le suivre. »

« Michael ? »

« Oui Emmy, »

« Es-tu jamais passé de l'autre côté de ce mur ?... dans tes rêves, je veux dire. »

« Non. Je n'ai aucune idée de ce qui se trouve au-delà. »

« Et tu crois qu'on ira plus loin, cette fois ? »

« Aucune idée. Le Ka apparaissait toujours à cet endroit. »

Weatherbee intervint : « Est-ce que le Ka ne t'a pas dit qu'il te conduirait au-delà du Sceau ? »

« C'est vrai. Je l'avais oublié. On ira peut-être jusqu'au bout, cette fois. » Et il s'engagea dans le passage rocheux et sombre où débutaient ses cauchemars. « C'est rassurant d'avoir de la lumière. Dans mes rêves, je ne savais jamais où j'allais. Á chaque pas, j'avais peur de tomber dans des trous ou dans des flaques d'eau. Maintenant, je constate que c'est simplement une galerie creusée dans le roc. »

Ils marchèrent, marchèrent... marchèrent. Il n'y avait rien de remarquable à découvrir, et ils progressaient en silence. Ils tournèrent trois fois à gauche.

Soudain, Michael s'arrêta si brusquement que les deux autres faillirent buter sur lui.

Le triple faisceau de leurs lampes se reflétait sur la pierre lisse.

« Seigneur ! » s'exclama Michael en voyant le mur pour la première fois.

La surface de la pierre était parfaitement polie. Elle reflétait comme un miroir l'image des trois explorateurs qui s'avançaient vers elle et touchaient avec respect les glyphes habilement ciselés.

Weatherbee remarqua que des taches grasses souillaient le mur. « Ça, c'est l'œuvre de Zavarro, » grogna-t-il d'un air dégoûté, en sortant son mouchoir pour les essuyer. « Je regrette que cet homme soit mort, mais c'était sans doute un vrai cochon pour laisser toutes ces traces. Il aurait pu faire attention. »

Les deux autres ne relevèrent pas. Ils examinaient le mur. Emmy était particulièrement attirée par les symboles qu'elle connaissait — et dont certains étaient cernés par l'ovale d'un cartouche.

Michael s'approcha d'elle. « Il y a des noms de famille ? »

Elle lui jeta un regard moqueur. « C'est incroyable. Ces symboles sont les mêmes que ceux que j'ai vus dans la région des Anasazi. Et celui-là je l'ai vu dessiné par un ami Pueblo. Cet autre, par un Zuni. »

Michael lui désigna un autre caractère. « Et celui-là ? »

Elle se déplaça légèrement pour mieux voir. D'un doigt léger, elle en suivit le contour. « Celui-là figurait sur le sac-médecine de mon grand-père. »

Le professeur Weatherbee, concentré sur sa propre exploration du mur, n'en avait pas moins entendu leur conversation. Il les rejoignit. « Vous en êtes sûre, mademoiselle Winter ? Absolument sûre ? »

« Mais oui. Je m'en souviens très bien parce que, toute petite, j'adorais ce dessin. Il me fascinait tellement que je le reproduisais dans le sable ou sur du papier. Un jour, mon grand-père m'a demandé pourquoi j'aimais tellement ce mot et… »

« Ce *mot ?* » cria Weatherbee.

Les implications de ce qu'elle venait de dire lui apparurent soudain. Elle regarda le vieil homme dans les yeux. « Professeur Weatherbee, je n'avais pas compris. J'étais si petite. »

« Continuez. Qu'a dit votre grand-père ? »

« Il m'a demandé pourquoi j'aimais tant ce mot, et je lui ai dit que je n'en savais rien mais qu'en le dessinant, je me sentais bien. »

« Et alors ? »

« Alors il a juste hoché la tête et il m'a souri. »

Théodore réfléchit un instant. « Vous a-t-il jamais donné la signification de ce mot ? »

Elle fit signe que non.

« Emmy, » demanda Michael, « qui était ton grand-père ? Quelqu'un de spécial ? »

« Il était chaman. »

Les deux hommes gardèrent le silence.

Voyant qu'ils échangeaient des regards significatifs, Emmy demanda : « Eh bien ? »

« Em, ce caractère que tu aimais tant dessiner quand tu étais petite… avec ce sentiment de bonheur… il appartient à une langue étrangère. »

« Je sais. »

« Ah bon ? » Il avait l'air étonné. « Mais la langue dont je parle est celle d'une culture entièrement différente… d'une race entièrement différente. »

« Oui, je le sais. C'est l'écriture du Peuple des Oiseaux. »

« Tu le savais ? »

« Mais bien sûr, je viens de te le dire. »

Hochant la tête, il reporta son attention sur son collègue.

Weatherbee se grattait la tête. « Il semble que cette jeune personne ait quelques longueurs d'avance sur toi, mon vieux Greystone. Elle devrait peut-être diriger cette expédition. » Puis il se retourna vers le mur. Posant ses deux paumes sur la froide surface, il prit conscience de son importance.

« Michael, nous nous trouvons devant une nouvelle Pierre de Rosette… mais plus grande… beaucoup plus grande. »

« C'est vrai qu'elle est grande, » reconnut Emmy.

Avec un petit rire, Michael la reprit : « Non, Em. Théodore veut dire que cette *découverte* est plus grande encore que celle de la Pierre de Rosette. »

« Oh ! Et qu'est-ce que c'est une Pierre de Rosette ? »

Le vieux professeur se tourna vers elle. « Il y a donc des choses que vous ignorez, jeune fille ? »

« Ce n'est pas drôle, professeur. Je n'ai jamais dit que j'en savais plus que Michael. Jamais. »

« Je sais, je sais, mon enfant. Mais il faut reconnaître que vous nous avez réservé quelques surprises, et non des moindres, depuis que nous sommes ici. »

« Alors, pour la Pierre de Rosette, vous m'expliquerez plus tard ? » dit-elle, comprenant que les deux hommes s'intéressaient avant tout à leur nouvelle découverte.

« Certainement, » répondit Weatherbee. « Je me ferai un plaisir de vous l'expliquer. » Puis, s'adressant à ses deux compagnons : « Et maintenant, quelle est la suite du programme ? On reste ici ? On continue ? » Il projeta le faisceau de sa lampe vers le couloir qui se prolongeait au-delà du mur.

« On continue, » dit Emmy.

« Vous en êtes sûre ? » insista Weatherbee.

« Certaine. Qu'en penses-tu Michael ? »

Lui faisant face, il la regarda droit dans les yeux. « Très bien, mais je ferai savoir au Ka que c'était ton idée. » Il avait repris son rôle de chef de l'expédition

« Froussard, » dit-elle d'un ton moqueur. Puis elle le poussa en avant. « Nous vous suivons, professeur Greystone. »

La galerie tournait sans cesse à droite et à gauche. Ils suivirent pendant un moment son parcours compliqué avant de déboucher sur une longue ligne droite, en pente descendante. Ils étaient maintenant bien au-dessous du niveau du sol. La température se fit notablement plus fraîche.

« Á quelle profondeur pouvons-nous être ? » interrogea Emmy en resserrant son chandail autour d'elle.

« Difficile à dire... Mais on s'enfonce, » répondit Michael.

Ils marchèrent en silence pendant presque trois quarts d'heure avant de tomber sur un nouveau mur qui obturait la galerie.

« Merde ! » s'écria Michael.

« Qu'est-ce qu'on fait, maintenant ? » grommela Emmy.

Le professeur Weatherbee s'approcha du mur pour l'examiner d'un œil expert. Du bout des doigts, il en explora le relief. Il promena le faisceau de sa lampe sur la masse rocheuse avant de dire : « On dirait bien que c'est la fin du voyage. » Puis, se frottant le menton d'un air pensif, il reprit : « Mais ce n'est pas logique. Qu'en penses-tu Michael ? »

Le jeune professeur réfléchissait tout en considérant le mur. Il se tourna vers Emmy. « Tu n'aurais pas remarqué des embranchements dans ce couloir, par hasard ? »

Visiblement inquiète, elle secoua la tête. « Nous serions dans une impasse ? Comment est-ce possible ? »

« Tu me demandes ça à moi ? »

« Je m'excuse. »

Il se radoucit. « Moi aussi. Il doit bien y avoir une explication. Ce labyrinthe ne peut pas se terminer comme ça. Si le papyrus vient d'ici, où se trouvait-il ? On n'a pas vu le moindre renfoncement, la moindre alcôve nulle part. » Agacé, il reprit son examen de la roche.

« Michael ? Professeur ? »

Ils répondirent en même temps : « Oui » ; « Oui, mon enfant. »

« Que voulait dire le Ka en parlant d'un Sceau ? »

Les deux hommes s'immobilisèrent. Michael fut le premier à réagir. « Mais bien sûr ! »

C'est alors qu'un grondement sourd retentit dans la galerie. Affolés, ils se tournèrent en tous sens pour voir d'où provenait le bruit. Leurs lampes projetèrent des éclats désordonnés sur les parois de la galerie.

Un grondement plus violent ébranla la roche, autour d'eux.

Emmy hurla de terreur. « La terre tremble ! » Elle se précipita dans les bras de Michael.

Un nuage de poussière se souleva du sol.

De la terre et des cailloux tombèrent du plafond.

« Mon Dieu ! » cria-t-elle « ne nous enterrez pas ici, je vous en supplie. »

Nouveau coup de tonnerre.

Nouvelle pluie de terre, de poussière et de cailloux.

Un nuage de plus en plus épais les enveloppait. Ils se mirent à tousser.

Michael serrait sa compagne contre lui. « Non, Emmy, nous n'allons pas mourir ici. » Il parlait d'une voix étrangement calme. Doucement il la fit pivoter sur elle-même, et elle put voir l'énorme masse du mur s'écarter doucement, leur ouvrant la voie.

Elle était encore agrippée à lui lorsqu'ils se penchèrent pour scruter les ténèbres. Et c'est d'une voix faible et tremblante qu'elle exprima ce qu'ils pensaient tous :

« Le Sceau ! »

AU-DELÀ DU SCEAU

Littéralement cloués sur place, ils virent l'énorme mur de pierre s'enfoncer et disparaître dans un grondement assourdissant.

Une fois le silence revenu et les tourbillons de poussière retombés, ils passèrent prudemment la tête dans l'ouverture ainsi dégagée. Une nouvelle galerie s'ouvrait devant eux. Elle était beaucoup plus vaste que l'autre. Large et haute de plafond, elle ressemblait plutôt à un hall très allongé.

Après un moment d'hésitation, ils franchirent le seuil et s'avancèrent de quelques pas. La lumière de leurs lampes se reflétait sur les murs — des murs lisses comme du verre.

Figés de stupeur, ils étaient à la fois émerveillés et impressionnés par la solennité de l'instant. Après leur long cheminement dans les entrailles de la terre, ils se trouvaient dans un lieu infiniment sacré, ignoré des hommes. Profondément enfoui sous l'Espace Brûlant et Hurlant du Dessus, un témoignage magnifiquement préservé des commencements de l'humanité s'offrait à leur regard, aussi parfait que le jour où il avait été créé.

Les murs noirs et polis s'élevaient tout droit jusqu'au plafond, à sept mètres de hauteur. Des figures colossales y étaient sculptées en bas-relief avec un luxe incroyable de détails. Le sol n'était plus de terre battue, mais de la même pierre dure que les murs. La profondeur de ce hall majestueux était impossible à deviner car, lorsqu'ils dirigèrent leurs lampes vers son extrémité, les trois faisceaux se perdirent dans les ténèbres d'une ouverture voûtée.

Michael fut le premier à réagir. « C'est incroyable, non ? »

Le regard émerveillé, Emmy ouvrit la bouche pour parler, mais aucun mot n'en sortit. Elle ne pouvait détacher ses regards de ces parois qui leur renvoyaient leur image.

Le professeur Weatherbee également fasciné, passa devant ses compagnons d'un pas chancelant, comme un homme ivre.

Michael prit la main de sa compagne et l'attira vers l'un des murs. Après avoir promené la lumière de sa lampe sur les contours d'un personnage de sept mètres de haut, il lui dit à mi-voix : « Sais-tu qui représente ce dessin ? »

Remplie d'un profond respect pour l'atmosphère sacrée que dégageait ce lieu mystique, elle se sentait toute petite au pied du personnage dressé devant elle. Elle ne put répondre à la question qu'en secouant négativement la tête.

« C'est Râ-Atoum, un dieu de l'ancienne Héliopolis qui, selon les Egyptiens, a créé sa forme physique par sa propre volonté. Lorsqu'il est sorti des eaux, il a apporté au monde la terre et la lumière. Il porte un pschent — la double couronne des pharaons. Il est parfait, Emmy, la sculpture est parfaite jusque dans ses moindres détails. »

La jeune femme contempla le visage de l'imposant personnage. Puis elle se détourna pour regarder Weatherbee qui examinait d'autres bas-reliefs, avant de revenir à Michael. « Mais qu'est-ce que ça veut dire ? Qu'est-ce que tout cela veut dire ? »

« Je ne sais pas. Pas encore, du moins. » Il jubilait. « Quand nous aurons identifié tous les personnages, Théo et moi pourrons peut-être te donner une réponse. S'il y a une logique à leur présence ici. »

« Mais qui a gravé ces images ? » insista-t-elle. « Comment des dieux égyptiens peuvent-ils se retrouver ici, sous notre désert ? »

Il poussa un profond soupir. « Ça me dépasse. Au cours de mes voyages, je n'ai jamais rien vu de pareil. Nous trouverons peut-être la réponse, peut-être pas. Mais j'ai la sensation que si le Ka nous permet de voir tout ça, c'est pour une bonne raison. Il nous le dira peut-être. Je n'en sais rien, Em. Je n'en sais rien du tout. » Du bout de ses doigts, il parcourut le tracé des lignes et des courbes. « Cela ressemble exactement aux bas-reliefs qu'on a découverts en Egypte. Si ce n'était pas complètement absurde, je dirais qu'ils ont été réalisés par les mêmes artisans. »

« Michael ! » appela d'une voix sourde le professeur depuis l'autre côté du hall. « Je n'arrête pas de trembler ! C'est fou ! C'est fou ! J'ai l'impression d'être mort et transporté au Paradis des anthropologues ! »

« Pas encore, Théo, pas encore. Mais on pourrait le croire, c'est vrai. »

Le vieil homme, déjà absorbé dans l'étude d'une autre figure, ne répondit pas.

Emmy tira Michael par la manche. « Ce serait une pyramide à l'intérieur d'une mesa ? »

La question lui fit l'effet d'un choc électrique. Sidéré, il dévisagea sa compagne.

« Réponds-moi. »

« On pourrait le penser, effectivement, mais, » il se grattait la tête d'un air consterné, « c'est tellement incroyable ! Tellement inouï… Même le romancier le plus délirant ne pourrait imaginer une chose pareille ! »

Râ-Atoum dressait devant eux sa haute stature. Son image gravée dans le marbre était une réalité tangible. Indéniable. Aussi absurde que fût cette réalité, elle s'imposait à eux.

Michael pénétra plus avant dans le hall.

La jeune femme le suivit. Le son de leurs pas résonnait dans l'obscurité. Puis ils s'arrêtèrent devant un nouveau personnage.

C'était une femme à tête de lionne.

« Sekhmet ! Théo, » cria Michael,' tu as vu Sekhmet ? »

« Oui ! Elle est splendide ! »

« Qui est Sekhmet ? » murmura Emmy.

« C'était la gardienne et le défenseur de l'ordre divin. Les dieux l'envoyaient, sous la forme d'une lionne énorme, quand les gens n'honoraient plus ni les dieux ni l'ordre naturel des choses. Elle était chargée de les punir. »

D'une main, Sekhmet tenait une longue crosse, de l'autre une croix ansée. Le disque de Râ couronnait son épaisse crinière.

Ils rendirent Sekhmet à l'obscurité pour éclairer une nouvelle figure.

« Et voici la déesse Neith, Celle qui Est. Elle représente la Terre Mère, source de toute sagesse. »

Emmy contempla longuement le corps de la déesse. « Oui, » dit-elle doucement, « toute sagesse provient de la Terre Mère. Les Egyptiens le savaient déjà. »

« Bien sûr. Ils possédaient de vastes connaissances spirituelles… qui se sont perdues depuis, malheureusement. »

« Pourquoi ? Que s'est-il passé ? Pourquoi ne les ont-ils pas préservées comme nous le faisons ? »

Il haussa les épaules. « L'histoire habituelle, je suppose. De nouveaux systèmes de pensée sont venus supplanter les anciens qui ont été rapidement oubliés. Ce qu'il en reste est considéré comme du folklore… des légendes. »

« Notre Peuple a aussi des légendes. Mais elles n'ont pas changé. Elles restent pures, comme la tradition l'exige. Nos légendes parlent de l'ancien temps, mais elles sont toutes vraies. »

Il lui sourit avec chaleur. « C'est pourquoi les vieux Indiens savent des choses que les autres ignorent. »

Elle soupira. Ne voulant pas s'appesantir sur l'inéluctable progression de l'homme moderne vers l'ignorance, il fit quelques pas et s'arrêta. Sa lampe venait d'éclairer un gigantesque oiseau aux ailes déployées.

Emmy en eut le souffle coupé.

« Tu le reconnais, celui-là ? » s'étonna Michael. « Ce doit être Quetzalcoatl. »

« Qui ? »

« Quetzalcoatl. Le dieu des Aztèques et des Toltèques. »

« Michael, tu ferais bien d'oublier un peu l'histoire ancienne pour revenir au présent… Cette figure-là, » dit-elle en désignant l'oiseau, « n'est pas Egyptienne, et pourtant, elle a sa place ici, avec les autres. C'est le Grand Phœnix, Michael !

« Il y a des siècles, affirment les Anciens, le Peuple des Oiseaux a dit qu'un jour le Grand Phœnix sortirait du sein de la Terre Mère. Ce retour du Phœnix coïnciderait avec des bouleversements catastrophiques à la surface de la terre, mais aussi dans le cœur des hommes. Des choses terribles se produiront. Éruptions volcaniques, tremblements de terre, accidents nucléaires, inondations, folie… »

« Ce Grand Phœnix serait une entité mauvaise lâchée sur le monde, Emmy ? C'est ça ? »

Un doux sourire éclaira les traits de la jeune femme qui regardait à nouveau l'oiseau gigantesque. « Oh non, Michael. C'est un merveilleux tre de Lumière. De même que Sekhmet, le Phœnix est le gardien et le défenseur de l'Ordre divin. Il viendra pour punir ceux dont le comportement détruit la terre. Il viendra pour purifier toute chose et annoncer un renouveau, une paix éternelle pour tout ce qui vit… y compris l'humanité. Déjà, les Indiens entendent les premiers cris de douleurs la Terre Mère sur le point d'enfanter. Déjà le Grand Phœnix remue dans son sein. »

Michael examinait l'image du grand oiseau en plein essor. Les ailes au plumage complexe paraissaient conscientes d'elles-mêmes, comme en attente, prêtes à s'élever dans l'air et à survoler la terre. Les yeux étaient rapprochés, comme si l'animal surveillait les alentours, décidé et impatient de distribuer une justice depuis longtemps méritée, avant de répandre sur le monde une bienfaisante paix.

« Je ne connais pas cette légende. De quelle tribu provient-elle ? »

« Elle a d'abord été contée aux descendants du Peuple des Oiseaux, le Clan de l'Esprit des Anasazi. Ce groupe était constitué de personnes extrêmement sages et pures. Il y a plus de deux mille ans, leur influence spirituelle était considérable. Ils étaient les gardiens des lois sacrées. Ils étaient très wakan. » Elle s'interrompit un instant pour regarder les yeux du Phœnix. Lorsqu'elle se remit à parler, sa voix était empreinte de respect. « Les membres de ce Clan recevaient souvent la visite du Peuple des Oiseaux, et son enseignement. Il y a encore aujourd'hui un petit nombre de personnes qui ont appartenu à ce vénérable Clan. »

« Tu veux dire que certains membres du Clan de l'Esprit sont revenus sur terre ? Qu'ils y sont en ce moment ? »

Elle acquieça.

Le jeune professeur se mit à réfléchir tout haut : « Il semble, d'après ce que nous avons vu jusqu'ici, que toutes ces figures ont quelque chose en commun. Elles représentent toutes des vérités fondamentales qui sont demeurées inchangées depuis le commencement des temps. Je suis impatient de voir qui d'autre participe à ce grand rassemblement. » Lui prenant le bras, il l'entraîna vers l'avant. Leurs lampes éclairèrent un homme à tête de faucon, surmonté d'un large disque. « Râ, » dit Michael à mi-voix.

« Le dieu du Soleil ? »

« Oui. Il symbolise le Père de tous les dieux. »

Avançant toujours, ils découvrirent de nouvelles figures que Michael nommait et dont il expliquait le symbolisme à sa compagne.

« Isis. Elle représente la Sagesse — protectrice, elle aussi. Mayet, déesse de la Justice et de la Vérité. C'était la fille de Râ. »

Emmy contemplait le beau visage de Mayet aux yeux soulignés de khôl. Un bandeau était noué autour de son opulente chevelure. Une plume d'autruche, piquée dans le bandeau, ornait sa tête. Emmy pensa immédiatement à la façon dont ceux de son peuple portaient aussi leurs plumes.

« Mayet gardait le royaume situé entre illusion et réalité. Avec la vérité, elle purifiait le cœur des hommes, » expliqua Michael.

« Comme les conteurs de notre Peuple, » fit remarquer Emmy. « Ils préservent les légendes en ne changeant pas un seul mot au récit original. Jamais ils n'interviennent dans leur interprétation, ils se contentent de répéter ce qui leur a été transmis, il y a très longtemps. »

Michael dirigea le faisceau de sa lampe vers le mur opposé. Le professeur Weatherbee était en train d'examiner une haute figure, celle d'un homme à tête de bélier. Les cornes s'enroulaient en volutes des deux côtés. Sur le front figurait un disque et sur le crâne, une haute couronne entourée de plumes d'autruche. Michael, toujours accompagné d'Emmy, rejoignit son collègue. « Et voici Khnoum. Son nom signifie « potier. » C'était le créateur de la terre et de tout ce qui entoure l'humanité. »

Avançant toujours, ils passèrent devant d'autres silhouettes que Michael commentait.

« Heh, dieu de l'Eternité et Prince de l'Immortalité. Et voici Thot, » dit-il en éclairant le bas-relief d'un homme à tête d'ibis, « dieu de la Lune qui parlait pour Râ. On lui attribue beaucoup d'exploits. Réconciliateur du Temps et des Saisons, inventeur de l'astronomie et de l'astrologie, il jugeait les âmes des hommes. C'était le dieu de la Science et de la Sagesse. »

« Et ça ? Qu'est-ce que c'est, » interrogea Emmy en désignant de sa lampe un œil unique, de très grande taille.

« Oh, ça c'est l'œil Oudjat. »

« Oudjat ? »

« Oui. L'Œil de Râ. Il symbolise l'équilibre délicat de la nature et des lois physiques. Les Egyptiens croyaient que la perte de cet Œil provoquerait un grand bouleversement dans l'ordre naturel de l'univers et que le retour de l'Œil annoncerait celui de l'Ordre Naturel — sous une forme encore plus parfaite. »

Curieuse, Emmy se retourna pour éclairer la figure qui se trouvait directement en face de cet Œil lourdement fardé.

Le Phœnix sembla prendre vie.

« Ils sont à la même place, » dit-elle, pensive. « Tu as remarqué ? Deux figures symbolisant de grands bouleversements et le retour de l'ordre, se trouvent au même endroit sur les deux murs. »

« Tu crois que cela veut dire quelque chose de particulier ? » demanda Michael.

« Oh, je ne sais pas. Comment le saurais-je ? Mais je trouve ça curieux. » Puis elle fit quelques pas pour éclairer la figure suivante, encore environnée de ténèbres. Lorsqu'un second rayon lumineux rejoignit celui de sa lampe, les deux faisceaux se mirent à trembler.

« Nom de Dieu ! » s'exclama Michael. « Théo, viens voir ça ! »

« Je suis occupé ici, » grommela Weatherbee en se retournant. « Je termine et j'arrive. »

« Viens plutôt par ici, Théo. Tu ne vas pas en croire tes yeux. »

« Que veux-tu dire ? Cette salle tout entière a de quoi vous rendre fou. Bon d'accord, » concéda-t-il, « je viens… JUSTE CIEL ! » Il venait d'apercevoir l'image éclairée par ses compagnons.

Il traversa la salle en courant, s'arrêta net et leva la tête pour découvrir l'ensemble du personnage.

Les dominant de toute sa taille, un représentant du Peuple des Oiseaux les regardait. Sa physionomie ne leur était pas inconnue. Emmy parla la première. « Il existe des pétroglyphes de ces êtres en Arizona. Les Mayas aussi les ont décrits. Le Peuple des Oiseaux se déplaçait beaucoup. »

Le professeur Weatherbee avait du mal à croire ce qu'il voyait. « Trois cultures et trois peuples représentés au même endroit ! Cela n'existe nulle part. Ce hall a été construit dans des temps très anciens. Qui sait combien d'autres lieux semblables reposent sous les sables du désert. »

Emmy s'empressa d'ajouter : « Selon notre Peuple, il y aurait sous la patte du Grand Phœnix un lieu sacré, comme celui-là. Nous croyons qu'il renferme de profondes vérités qui contrediront une grande partie des connaissances actuelles, tant historiques que spirituelles. » Elle adressa aux deux hommes un large sourire.

« Ma chère enfant, » commença Weatherbee, « j'admets que votre Peuple connaisse beaucoup de choses, mais par quel miracle leurs légendes pourraient-elles contenir des éléments de la culture égyptienne ? Ça me dépasse. Vous n'en rajoutez pas un peu, par hasard ? »

« Oh non, professeur. Ces légendes proviennent, à l'origine, de nos Frères Stellaires — nos ancêtres. Et eux… ils savaient tout de tout le monde. De tous les êtres vivant sur terre. »

La logique de cette réponse laissa le vieux professeur sans voix. Vaguement mal à l'aise, il toussota. « Eh bien, qu'il en soit ainsi. » Puis, après une courte pause, il soupira. « A partir d'aujourd'hui je renonce au scepticisme. Il se peut très bien que les grands-pères de vos grands-pères aient raconté des histoires vraies, après tout. Seul le temps pourra le dire. Seul le temps pourra le dire, » répéta-t-il en regardant à nouveau l'extra-terrestre.

Soudain, Michael recula jusqu'au centre de la salle et éclaira successivement toutes les figures gravées. « On a l'impression de se trouver dans un autre temps et un autre espace, non ? Je comprends maintenant ce qu'a dû ressentir Howard Carter. »

« Qui ? » demanda Emmy.

Michael n'avait pas entendu. « Mais c'est tellement plus grandiose ! Ça dément des années de spéculation et de scepticisme. Le monde de la science va en être ébranlé jusque dans ses tréfonds ! Cette découverte va provoquer une onde de choc dans ... » Il s'interrompit soudain et regarda ses compagnons. « Non, pas d'onde de choc, hein ? »

Ils approuvèrent de la tête avec une certaine tristesse.

Ils savaient tous les trois que le monde ne connaîtrait jamais leur fabuleuse découverte.

Michael soupira. « Cela nous rapproche d'eux, » murmura-t-il en éclairant les figures gravées. « Nous serons semblables à ces Gardiens, éternellement muets sur ce qu'ils savent. » Etouffant un petit rire, il conclut : « Splendeur et misère de la connaissance ! »

Weatherbee n'était pas du même avis. Il s'approcha de lui en parlant avec beaucoup de douceur. « Splendeur, oui, mais pourquoi misère ? C'est la chose la plus extraordinaire qui aurait pu nous arriver, à toi comme à moi.

« Ne vois-tu pas la beauté de ce témoignage, mon fils ? Regarde autour de toi. Regarde ! Nous nous trouvons dans le lieu le plus improbable du monde. Deux anthropologues, l'un en fin de carrière, l'autre encore jeune, viennent de faire la plus fabuleuse découverte de tous les temps. Qu'est-ce que cela signifie, Michael ? Hein ? Cela signifie que parmi tous les chercheurs de la communauté scientifique, nous avons été choisis — choisis — pour être les seuls admis à contempler cette vision grandiose.

« Moi, maintenant, je peux mourir satisfait. Et toi, tu seras d'autant plus déterminé à apporter la lumière de la vraie connaissance à la communauté scientifique. Tu ne comprends pas la chance que tu as, Michael ? »

« La chance ? »

« Mais oui, mon vieux ! La preuve que tu cherchais vient de t'être offerte sur un plateau d'argent. Dieu du ciel ! Je me suis tellement débattu avec des doutes, des morceaux de puzzle, des bribes d'idées pendant toute ma carrière ! Je n'ai jamais disposé de la moindre preuve concrète sur laquelle m'appuyer. Mais toi, qui arrives à l'apogée de ta carrière, regarde ce qui t'est donné. Regarde ! Regarde, Michael… La *preuve* est là ! »

Le jeune professeur se recueillit un instant. Il contemplait effectivement dans ce hall immense la preuve la plus tangible qu'il lui serait donné de voir. Enfin convaincu, il sourit. « Oui Théo, tu as raison. Ce n'est que splendeur. »

« Exactement, mon garçon ! Il n'y a pas d'autre façon de voir la chose. Et je me fiche pas mal que personne d'autre ne partage cette connaissance. Elle est en nous et cela me suffit. »

« Et puis nous ne sommes pas seuls, Michael, » ajouta Emmy. « Il y a d'autres êtres qui, comme nous, savent et ne disent rien. Qui conservent ce secret dans leur cœur. »

La vision d'un engoulevent planant très haut dans le ciel s'imposa à son esprit. « Oui, le vieil Indien… »

« Et d'autres. Ceux qui ont vu, eux aussi — tous les hommes-médecine, les membres du Clan de l'Esprit, les Nomades du Rêve et les vrais chamans. Oui, Michael, » poursuivit-elle avec tendresse, « il y a dans le monde des sages qui connaissent ces lieux sacrés, nous ne sommes pas obligés de garder ce secret dissimulé en nous, nous pouvons en parler, mais seulement à ceux qui partagent ce Savoir. »

Ces paroles semblèrent alléger le fardeau du jeune homme qui se voyait chargé d'un secret trop lourd pour lui. Il fit signe à Emmy de venir le rejoindre. Weatherbee la suivit et tous trois restèrent un moment assis, plongés dans le silence et la contemplation des splendides bas-reliefs.

« Je n'en reviens pas, » murmura Michael. « Je sais que je me répète, mais je n'ai pas d'autres mots pour le dire. Devant nous — là sur ces murs — se trouve la preuve que les anciens Egyptiens ont coexisté avec les Indiens d'Amérique et avec des intelligences étrangères à notre planète. C'est un fait. Un fait avéré. »

Cette affirmation n'exigeait aucune réponse de la part des deux autres.

Emmy suivait du regard le cercle de lumière que projetait son compagnon sur les figures gravées. « Michael, pourquoi les dieux égyptiens sont-ils représentés avec des têtes d'animaux ? »

« Parce que les anciens artisans avaient à cœur de les dépeindre exactement comme ils étaient, jusque dans les moindres détails. » Il éclaira le visage de Thot. Son long bec d'ibis pointait vers le fond, encore inexploré, de la vaste salle. « Thot, que tu vois là, était comme ça. »

Elle sourit, croyant à une plaisanterie de sa part. « Nan... Tu te moques de moi, » dit-elle en projetant la lumière de sa lampe sur son compagnon.

L'expression de gravité qu'elle découvrit sur ses traits la fit frémir. Elle se tourna vers l'autre homme. « Professeur Weatherbee, il ne parle pas sérieusement, n'est-ce pas ? »

Il hocha la tête. « Mais si, mon enfant, il dit la vérité. »

Michael sortit de son mutisme. « Un de ces jours je te conterai une passionnante histoire de la création. Tu sauras comment ces personnages ont pris vie. » Il haussa les épaules. « Le fait est que ces grands sages ont réellement existé, tels que tu les vois ici. Á l'époque c'étaient des entités de chair et de sang. Mais le fil de leur vérité s'est perdu, avec le temps, et nous ne les voyons plus que comme des êtres mythologiques. » Il eut un petit rire amer. « Le mot mythologie n'a été inventé qu'à partir du moment où les hommes, ayant choisi d'oublier ce qui était réel, ont dû créer des légendes pour expliquer les fragments de vérité dont ils se souvenaient encore. »

La jeune femme acquiesça. « Nos légendes sont fondées sur la vérité, elles aussi, mais les autres les considèrent généralement comme des histoires qu'on se raconte pour passer le temps pendant les longues nuits d'hiver. Ils ne voient pas les liens symboliques qu'elles entretiennent avec notre Histoire. Ils n'y croient pas parce qu'ils n'ont pas les pieds sur terre. Ils sont trop occupés à poursuivre d'autres buts dans la vie pour que leurs yeux et leurs cœurs restent ouverts à la vérité. Ils ont des yeux, mais ils ne voient pas. Ils ont des oreilles, mais ils n'entendent pas. »

« C'est comme ça depuis toujours, Em. Ne t'emballe pas. »

« Mais ça va bientôt changer, Michael. Tout l'édifice est sur le point de s'écrouler. » Elle pivota sur elle-même pour éclairer l'image du Phœnix. « Il s'apprête à prendre son essor et, quand il sera libre, quand il pourra enfin voler, *rien* ne sera plus comme avant. »

Tous trois étaient maintenant tournés vers le Phœnix et interrogeaient son regard perspicace. Il long silence s'installa entre eux.

Soudain, Michael sentit ses cheveux se dresser sur sa tête. « Emmy, Théo, » murmura-t-il, « vous sentez ce que je sens ? »

« Oui, » reconnut Emmy. « On dirait qu'ils sont là. Quelque chose d'eux est là. Il me semble même les entendre respirer. »

Weatherbee se tourna en tous sens, le cœur battant, espérant et redoutant à la fois il ne savait quoi.

Leurs lampes éclairèrent les visages de ces grands personnages, les gardiens du secret. Un à un ils les dévisagèrent.

« Le Ka ne doit pas être loin, » murmura Emmy.

La sensation qui avait alerté leur esprit persistait.

Michael promena ses regards tout autour du grand hall. « Je ne crois pas qu'il soit aussi près que tu le penses. Je suppose qu'il nous attend tranquillement là-bas, plus loin.

Les deux autres se tournèrent dans la direction qu'indiquait sa lampe. Le faisceau lumineux se perdait dans une obscurité profonde.

« Michael, » commença Emmy d'une voix hésitante, « ça peut paraître idiot, mais tu es beaucoup plus savant que moi, et je t'ai déjà posé la question mais… est-il possible que nous soyons à l'intérieur d'une pyramide ? Une pyramide cachée, dissimulée par la mesa ? »

« Je te laisse répondre, Théo, si tu veux. »

« Eh bien, jeune fille, » dit Weatherbee, « l'agencement des couloirs ressemble effectivement à ce qu'on trouve dans certaines pyramides d'Egypte, mais affirmer que c'en est une serait un peu excessif, il me semble. Pour le moment, je suggère que nous considérions ce lieu comme un ancien sanctuaire — créé à la même époque que les pyramides mais dans une intention complètement différente. » Anticipant la question suivante, le vieux professeur fit un clin d'œil à la jeune femme. « Espérons que le Ka voudra bien nous éclairer à ce propos. »

Elle lui sourit avec reconnaissance. « Merci, professeur Weatherbee. Je souhaite que le Ka veuille faire honneur à ses visiteurs. »

Lorsque le trio reprit sa marche vers le fond du hall, de nouvelles figures hiératiques défilèrent en sens inverse, révélées par la lumière des lampes. Toutes étaient habilement gravées dans le marbre noir. Toutes symbolisaient de grandes valeurs : Sagesse, Justice, Vérité, Changement, Paix. L'image de représentants du Peuple des Oiseaux revenait de plus en plus souvent à mesure qu'ils progressaient. Les deux anthropologues nommaient successivement chacun des personnages qu'ils connaissaient, jusqu'au moment où ils n'en identifièrent plus un seul.

« Celui-là, vous savez qui c'est ? » interrogea Emmy en éclairant une haute figure masculine portant une robe longue et ample.

Michael secoua négativement la tête, puis dirigea le faisceau de sa lampe vers les pieds nus de l'homme. « Regarde, Théo, il y a quelque chose d'écrit ici, on dirait. »

Le professeur se rapprocha pour mieux voir. « C'est un cartouche, » dit-il tout excité par la présence inattendue d'un hiéroglyphe.

« Savez-vous le déchiffrer ? » demanda Emmy.

« Malheureusement non. L'égyptologie n'était pas mon fort. Et toi, Michael ? »

« Je connaissais certains caractères, autrefois, mais seul un bon égyptologue peut réellement interpréter les hiéroglyphes. »

Un petit grognement de déception échappa à Emmy. « Tu es sûr que tu ne peux pas ? »

« Euh, » grommela Michael en se grattant le menton, « quand j'étais à l'université, j'avais un ami qui insistait toujours pour m'apprendre… »

« Essaye, s'il te plaît, » insista Emmy.

« Tu ne risques rien, » ajouta Weatherbee.

Levant la tête pour regarder le personnage dans son entier, Michael sourit et demanda, sur le ton de l'ironie : « C'est quoi, cette histoire ? Il te plaît tellement, ce type ? »

Comme elle ne répondait pas, il se tourna vers elle. Elle était complètement figée, comme en transe, dans la contemplation du bas-relief.

« Emmy ? Em ? »

Elle se tourna lentement vers lui. « C'était quelqu'un de très important, Michael. Je le sens. Et j'aimerais vraiment savoir son nom. »

« D'accord, d'accord, je vais essayer. » Il s'accroupit sur le sol poli et se mit à marmonner tout en suivant du doigt le tracé de l'inscription. Plusieurs fois il crut avoir trouvé, secoua la tête et reprit son examen. Finalement, il se releva. « J'aurais dû écouter plus attentivement mon ami. Je crois en avoir compris une partie, mais le reste ne colle pas. »

Weatherbee se contenta de hausser les épaules.

Mais la déception d'Emmy était plus grande qu'il n'aurait pu l'imaginer.

« Je suis désolé, Em. »

« Peux-tu me montrer ce que tu as compris ? »

La tirant vers le bas, il lui montra le cartouche. « Ce glyphe-là symbolise le soleil. C'est un disque parfait, tu vois ? »

« Oui. Et comment tu l'interprètes ? »

« Râ. C'est Râ. »

« Et celui-là ? » dit-elle en montrant un autre dessin.

Il fronça les sourcils. « C'est Tâ. »

« Et le dernier, là ? »

« Men. »

Elle répéta « Râ-Tâ-Men. Râtâmen. »

« C'est bien ça. Mais pour autant que je sache, il n'existe pas de personnage qui ait porté ce nom. »

« Tu les connais tous ? »

« Non, bien sûr. Je ne suis pas égyptologue, mais… »

« Râtâmen. Râtâmen, » murmurait-elle.

Le son répété de ces syllabes réveilla sa mémoire. D'un geste vif, il prit Emmy par le bras. « Em ! la fin était toujours une variable ! Elle n'était pas forcément prononcée ! » Lorsqu'il se releva, il était blême. Reculant de quelques pas, il considéra le personnage avec un respect nouveau.

« Râ-Tâ ! » dit-il à mi-voix. Puis, s'adressant à Weatherbee. « C'est Râ-Tâ. »

« Diable ! » s'écria le professeur. « Mais comment peux-tu en être sûr ? »

Emmy se leva. Intriguée par la réaction du vieil homme, elle demanda : « Qui était ce Râ-Tâ ? »

« Oh mes amis, je n'arrive pas à le croire ! » grommela Michael. »

« Mais réponds-moi ! »

« C'était l'un des plus grands initiés des temps anciens. Il avait une vision plus vaste que celle de tous les autres hommes, aussi sages fussent-ils. Et c'est lui, lui seul, qui a mis fin aux formes humaines-animales que tu vois représentées ici. »

« Comment a-t-il fait ? Il les a tous tués ? »

Les yeux toujours fixés sur le fier personnage, Michael attira vers lui sa compagne et la prit par la taille.

« Non, il n'aurait jamais fait une chose pareille. Il a installé un lieu merveilleux où les êtres mixtes ont été opérés pour modifier chirurgicalement leur forme physique. »

« Chirurgicalement ? Mais comment est-ce possible ? »

« Bien des choses étaient possibles, jadis. Aujourd'hui encore nous ne comprenons pas comment les pyramides ont été construites. »

« C'est vrai ? »

Il l'embrassa sur le front. « C'est vrai, mon chou. On ne sait même pas reproduire leurs techniques de momification. Eh oui, » ajouta-t-il avec un sourire, « les anciens Egyptiens connaissaient des secrets mettant en jeu les forces de la nature, la puissance des pierres précieuses, les lois spirituelles. Cristaux. Champs magnétiques. Pouvoir des sons et des couleurs. Tout cela nous échappe maintenant. Nous vivons une ère d'obscurantisme. »

« Est-ce que le Peuple des Oiseaux les a aidés à apprendre toutes ces choses wakan ? »

Il resserra son étreinte. « Tes lointains ancêtres viennent sur terre depuis très, très longtemps. Ça ne m'étonnerait pas qu'ils aient donné un coup de main aux hommes dès l'époque de Râ-Tâ. » Il soupira. « Quelle découverte stupéfiante, n'est-ce pas, Théo ? »

Le vieux professeur approuva.

« Michael, » reprit Emmy, « comment peux-tu être certain qu'il s'agit du même Râ-Tâ ? Il y avait sûrement beaucoup de gens qui portaient le même nom, à l'époque ? »

« C'est forcément lui. »

« Mais qu'est-ce qui te le prouve ? »

Il ne répondit pas, occupé qu'il était à éclairer les personnages représentés après celui de Râ-Tâ . Puis il s'éloigna dans la direction d'où ils étaient venus pour refaire le trajet en regardant à nouveau les énormes silhouettes gravées dans le marbre.

Le professeur Weatherbee qui était déjà parvenu à la conclusion que vérifiait son collègue s'amusait de son enthousiasme.

En revenant vers eux, Michael arborait un sourire de satisfaction presque enfantin.

« Je suis sûre que tu étais un gamin infernal, » lui dit Emmy pour le taquiner.

« Par moments, oui, » reconnut-il en continuant son inspection.

« Mais qu'est-ce que tu fais ? »

Il mit un doigt devant ses lèvres et la prit par les épaules. « Viens voir. Je crois pouvoir te prouver que ce type est bien celui que nous croyons. »

Il l'entraîna le long du hall en éclairant les effigies qui s'y succédaient.

« Tu vois celui-là ? »

« Oui. »

« Et celle-là ? »

« Oui. »

« Celui-là ?

Elle acquiesça, de plus en plus intriguée par son manège.

Michael l'entraînait toujours, courant presque. « Tu vois celui-là ? »

Finalement lassée de son jeu, elle s'immobilisa, refusant de poursuivre tant qu'elle ne comprendrait pas le fin mot de l'histoire. « Je les ai tous vus, Michael. Maintenant, dis-moi où tu veux en venir. »

« Bon. Combien de personnages mixtes as-tu vus jusqu'ici ? »

« Tu ne m'as même pas laissé le temps de les voir… »

« Tu les as bien assez vus. Combien ? »

« Euh… aucun. »

« D'accord. Et combien en as-tu vu avant le portrait de Râ-Tâ ? »

Silence.

« Alors ? Et je te parie que nous n'en verrons plus aucun parce que c'est lui qui a mis fin à leur espèce. » Il prit un air désolé. « Bon d'accord, ce n'est pas très scientifique comme démonstration, mais tu dois admettre que c'est une coïncidence pour le moins étrange, non ? »

« Est-ce que j'ai mis ta parole en doute ? Je suis bien d'accord avec toi. Ce personnage, c'est effectivement Râ-Tâ, ton Râ-Tâ. »

« Bien. Maintenant que la question est réglée, allons voir où conduit ce hall. » Une expression inquiète se peignit sur les traits de sa compagne. « Qu'est-ce qu'il y a ? »

« Tu crois qu'il va falloir aller beaucoup plus loin ? »

« Je n'en sais rien du tout. » Michael lança un coup d'œil à Weatherbee qui haussa les épaules. « Pourquoi, Em ? »

Détournant son regard des profondeurs obscures de la salle, elle lui fit face. « Et si on se perdait ? »

Weatherbee étouffa un ricanement.

Michael sourit. « Emmy, nous n'avons pas besoin de semer des miettes de pain en chemin, si c'est cela que tu veux dire. Depuis le début, il n'y a qu'un seul itinéraire possible. Tous les chemins mènent à Rome, ma jolie, ou en Egypte... ou à l'endroit où nous devons nous rendre. »

Elle n'avait pas l'air rassuré.

« Emmy, » reprit-il, « as-tu remarqué une foule d'autres passages ? »

« Non. »

« Avons-nous enjambé des puits sans fonds ou traversé des rivières infestées de crocodiles ? »

Vaincue par l'absurdité de ces questions, elle sourit. Elle n'avait aucune raison d'avoir peur. « Arrête ! »

« Alors ? »

« Alors allons-y. »

Après avoir suivi la galerie inclinée en pente douce et tourné trois fois à angle droit, ils débouchèrent sur un passage étroit et bas. Le dallage de marbre s'interrompait pour laisser place à des marches de pierres s'enroulant autour d'une colonne de granit poli.

« Je n'aime pas ça, » dit Emmy d'une voix mal assurée.

« Ça ne m'emballe pas non plus. Et toi, Théo ? »

« Moi, je suis aux anges ! Il y a longtemps que je ne me suis pas autant amusé. Et maintenant, un escalier en colimaçon ! Plus bas, toujours plus bas ! Descendons, mes amis, descendons ! »

L'enthousiasme du vieux professeur fit rire les deux jeunes gens et détendit l'atmosphère. Ils s'engagèrent dans l'escalier et, lentement, très lentement, s'enfoncèrent dans les profondeurs de la terre, une marche après l'autre. Leurs lampes, assez puissantes pour éclairer une grande partie du hall, ne leur permettaient de voir que trois marches à la fois. L'idée de ce qui pouvait les attendre à chaque tournant les faisait frissonner. Sur la colonne centrale, leurs ombres projetées semblaient exécuter une danse de derviches.

Soudain l'escalier prit fin. Ils se trouvaient dans un passage encore plus bas et plus étroit où ils ne pouvaient pas marcher côte à côte. Ils s'y avancèrent à pas lents et prudents.

« J'ai peur, Michael, » souffla Emmy.

« Mais non, chérie. Tu souffres sans doute de claustrophobie et tu ne t'en étais jamais aperçue, voilà tout. »

« Ce n'est pas drôle. On pourrait facilement rester coincé ici. »

« Ton imagination t'égare, Em. »

« J'ai vraiment peur, Michael. Si quelque chose arrivait par derrière… Weatherbee serait le premier attaqué et ensuite ce serait moi. »

« D'accord, » dit Michael en s'arrêtant. Il se retourna et lui fit face. « Passe devant. »

« Non ! »

« Ecoute, au cas où tu ne le saurais pas, c'est toi qui as la meilleure place. Mais si tu préfères, tu peux marcher la première, ou la dernière. » Il attendit qu'elle se décide.

Elle jeta un coup d'œil au-delà de Michael puis derrière elle.

« Je crois que je vais rester entre vous deux, finalement. »

Après avoir marché pendant une bonne demi-heure à moitié pliés en deux, ils débouchèrent dans une grande salle. Ils se redressèrent avec plaisir et entreprirent l'exploration du lieu à l'aide de leurs lampes.

Les vastes proportions de la salle leur donnaient l'impression de respirer plus facilement. Ils sentaient comme un courant d'air frais, mais également autre chose.

« Quelle est cette odeur ? » demanda Emmy en reniflant à petits coups.

« Un genre d'encens exotique, non ? » suggéra Michael.

« Par ici, » dit Théo qui s'était éloigné vers le milieu de la pièce. Des volutes de fumée grise s'élevaient d'une coupelle dorée.

Ils le rejoignirent et examinèrent l'objet. « Ça vient juste d'être allumé, » précisa Théo.

D'un même mouvement, ils se tournèrent tous les trois pour chercher dans la salle celui ou celle qui avait allumé l'encens.

Il n'y avait personne, à part les hautes statues adossées aux murs qui semblaient renaître à la vie quand ils les éclairaient. Puis, Michael découvrit une masse compacte au fond de la pièce. « Théo ! Un sarcophage ! »

« Oui, on dirait bien, » dit celui-ci en s'approchant pour mieux voir.

« Le tombeau du Ka ? » interrogea Emmy.

« C'est bien possible, » répondit Michael en s'approchant, lui aussi.

Emmy le retint par la manche. « Où vas-tu ? »

« Je vais rejoindre Théo pour voir ce sarcophage de plus près. »

Un éclair de colère passa dans les yeux de la jeune Indienne. « Les lieux de sépulture sont sacrés. »

« Tu y es bien, toi aussi, non ? »

« Je ne pouvais pas savoir où nous allions arriver. Ne t'approche pas. »

Il réprima son envie de rire. « Oh, je veux juste regarder à l'intérieur. »

« Quoi ? »

Cette fois, il n'y tint plus. En riant, il s'avança vers le centre de la chambre mortuaire. Il y était presque lorsqu'il s'arrêta net et se retourna. « Je croyais que tu ne voulais pas t'approcher, » dit-il à la jeune femme qui le suivait de près.

« Pas question que je reste là-bas toute seule. »

Alors il se radoucit. « Je n'avais pas l'intention d'ouvrir le sarcophage, tu sais, » avoua-t-il. « Je voulais être l'un des premiers à le voir, c'est tout. »

Soulagée, elle soupira, tandis que la main de son compagnon effleurait délicatement la surface du sarcophage. « Il est magnifique, n'est-ce pas, Théo, » murmura-t-il avec respect.

« Ce qui m'émeut le plus, c'est l'idée qu'il n'a jamais été touché par des mains humaines, » dit le vieux professeur en promenant ses doigts sur le couvercle de pierre incrusté d'or. « Penser que je suis le premier me bouleverse. » Il avait les larmes aux yeux en contemplant le dessin compliqué des gravures ornées de pierres précieuses. « Michael ? »

« Oui, Théo. »

« Notre Ka était de toute évidence un grand homme. » Et il lui montra les différents symboles qui en attestaient.

« Est-il vraiment là ? » demanda Emmy d'une voix hésitante. « Le corps du Ka se trouve-t-il à l'intérieur ? »

« J'en suis sûr » répondit Weatherbee.

« Moi aussi, » ajouta Michael.

Sans bouger la tête, Emmy fouilla du regard le reste de la pièce, interrogeant l'une après l'autre les statues aux yeux vitreux postées le long des murs. « Mais alors, où est le Ka ? »

« Je n'en sais rien. Je peux seulement t'assurer qu'il n'est pas ici en ce moment. »

La voix de la jeune femme se remit à trembler. « Alors, où est-il ? Cette pièce ne comporte ni escalier, ni porte, ni ouverture d'aucune sorte, à part celle d'où nous sommes venus. »

Lorsqu'ils comprirent qu'elle avait raison, les deux hommes accusèrent le choc. En guise de vérification, ils promenèrent le faisceau de leur lampe tout autour de la pièce. Puis ils regardèrent la jeune femme. Michael parla le premier. « Tu n'as remarqué aucun autre… »

Elle secouait la tête. « Non, Michael, pas la moindre bifurcation. Ni couloir, ni passage secret, rien. Nous sommes au bout du chemin. »

Fronçant les sourcils, il regarda Weatherbee. « C'est bizarre, tu ne trouves pas ? Tu crois qu'il ne va pas se montrer ? Que nous devons simplement déposer le papyrus ici et repartir ? »

Tandis que Weatherbee méditait sa réponse, Emmy lança : « C'est la meilleure idée de la journée ! »

Michael était profondément désappointé par la tournure que prenaient les événements. « Nous devrions peut-être nous asseoir et attendre, comme les Indiens. Il n'est peut-être pas encore prêt à nous recevoir. »

« Michael, » dit Emmy, avec un peu d'agacement, « laisse tomber. Il serait déjà là s'il avait l'intention de communiquer avec nous. »

« C'est aussi ton avis, Théo ? On dépose le papyrus ici et on s'en va ? »

« Il me semblait qu'après être descendus jusqu'ici nous aurions droit à un entretien privé, un truc comme ça. Mais… si ce n'est pas le cas, je ne vois pas ce que nous pourrions faire d'autre. »

Michael parcourut la pièce des yeux puis, posant sa main sur le couvercle de pierre, il s'adressa à l'occupant du sarcophage. « Nous vous avons rapporté quelque chose qui vous appartient. Nous vous le rendons. Merci pour tout ce qu'il nous a été donné de voir… nous nous en souviendrons toute notre vie. »

Puis, très lentement, sa main remonta jusqu'à la fermeture éclair de sa veste, ses doigts saisirent la languette et tirèrent. Il sortit de sa poche la précieuse enveloppe. Avec une infinie délicatesse, il en sortit le papyrus qu'il déposa sur le sarcophage.

Ce fut un moment de grande émotion, car tous trois se rendirent compte qu'ils n'avaient aucune envie de quitter cet endroit. Ils étaient sous le charme de l'aura sacrée de l'Espace Silencieux du Dessous.

Finalement, Emmy effleura la main de son compagnon. « C'est fini, Michael. Nous avons fait ce que nous devions faire. »

Il posa sur elle un regard embué de tristesse.

« Je sais, chéri. Je sais ce que tu ressens, mais nous avons fait ce que nous avions promis de faire et nous devons le laisser tranquille, maintenant. »

Michael regarda Théodore qui le prit par l'épaule. « Elle a raison, Michael. Je sais combien tu te sens lié à cet endroit ; je sais que tu espérais parler avec le Ka, mais s'il en a décidé autrement, il faut l'accepter. Il nous a fait un cadeau plus précieux que tout en nous permettant de découvrir son domaine, un domaine inconnu des hommes. »

Michael prit la main de son ami. « Tu as raison, Théo. Nous allons remonter. »

Ils avaient à peine tourné le dos au sarcophage qu'ils entendirent derrière eux un léger déclic. Ils s'arrêtèrent. Ils n'osaient pas se retourner.

Mais lorsque les ténèbres de la chambre mortuaire furent chassées par une éblouissante lumière blanche, ils ne purent résister.

Lentement.

Très lentement, ils pivotèrent sur eux-mêmes.

L'une des énormes statues glissait silencieusement sur le côté. Par l'ouverture ainsi dégagée, ils aperçurent, dans une pièce immense, le scintillement de trésors anciens… des trésors plus nombreux que ceux qui furent jamais découverts dans l'ensemble des chambres mortuaires des pharaons.

En silence, ils revinrent vers le sarcophage.

Michael ramassa le papyrus sacré et ils passèrent tous les trois le seuil du dernier Sceau… pour pénétrer dans l'Âme vivante de la Septième Mesa.

LE KA

Les trois explorateurs restèrent figés d'émerveillement devant le spectacle qui s'offrait à leurs yeux.

« De l'or, partout de l'or… » Murmura Michael dans un souffle.

« Est…ce…possible ? » balbutia Emmy fascinée par l'immense Sanctuaire rempli de trésors.

Le professeur Weatherbee était si bouleversé, son cœur battait si fort qu'il ne put prononcer le moindre mot.

Éblouis, les jambes coupées par l'émotion, ils restèrent longtemps immobiles, sur la plus haute marche, à contempler les richesses exposées devant eux comme dans un musée.

Le long des murs de quartz poli, de colossales statues figurant des dieux s'alignaient, épaule contre épaule. Elles mesuraient bien quinze mètres de haut. Par comparaison, les bas-reliefs qu'ils avaient tant admirés dans le grand hall ressemblaient à des miniatures. De plus, ces géants étaient en or massif et brillaient comme une eau calme et pure reflétant le soleil de midi. Parmi les sentinelles divines se trouvaient aussi des représentants du Peuple des Oiseaux. Le regard fixe, tous ces fiers personnages semblaient veiller sur les richesses qui s'étalaient à leurs pieds.

D'innombrables coffres en ébène disposés sur le dallage de marbre formaient un dessin symétrique. Bien qu'identiques par leur construction et leur sobriété, ils se distinguaient les uns des autres par leur ornementation. Il n'y en avait pas deux semblables. Ils provenaient visiblement de cultures différentes. De couleur noire, ils avaient tous des charnières et des loquets en or.

Une fois remis du choc initial, les trois amis demeurèrent un long moment en haut des marches d'où ils avaient le meilleur point de vue possible sur l'ensemble de ce que contenait le hall.

Michael, impatient de s'approcher pour mieux voir, dut se contraindre à rester en place. Son esprit entreprit de répertorier, avec la précision d'un ordinateur, les objets qui constituaient ce fabuleux trésor. Très rapidement, il sentit qu'il frôlait la surcharge, car jamais une telle diversité culturelle n'avait été découverte en un même lieu. Il n'arrivait pas à tout enregistrer.

Emmy était moins impressionnée par l'accumulation des objets que par ses propres réactions. Silencieuse, elle se laissait envahir par une émotion inconnue. Dans ce lieu immense et infiniment sacré, elle ressentait une profonde sérénité. Elle avait l'impression de se trouver soudain « chez elle. » Cet espace avait été construit sous les sables brûlants du désert par un peuple ancien. Tous ces objets extraordinaires y avaient été entreposés par un groupe d'initiés — une élite de Sages. Dans ses yeux dansait le reflet des lueurs que jetaient d'innombrables gemmes. Partout luisaient l'or et le feu de pierres précieuses multicolores.

Le professeur Weatherbee s'était mis, lui aussi, à calculer mentalement le nombre des objets qui constituaient le trésor. Terrassé par l'effort et par les conclusions auxquelles il arrivait, il dut s'asseoir. Ses compagnons l'imitèrent. Et ils restèrent côte à côte, en silence, absorbés par les sensations différentes que faisait naître et fleurir en chacun la vision de ce spectacle inouï.

Longues tables en acajou. Parchemins et papyrus fragiles enfermés dans des cubes de verre. Lourds pendentifs renfermant des amulettes et ornés des pierres précieuses. Colliers égyptiens chargés de gemmes et de lapis-lazuli disposés sur des coussins de velours. Statuettes en ivoire. Vases en albâtre. Coupes en argent ciselé. Boîtes à onguents. Tablettes couvertes de hiéroglyphes. Fragments de pétroglyphes gravés dans de la pierre rouge. Manuscrits par centaines, roulés et disposés dans d'énormes vases chinois en porcelaine. Statues de taille humaine éparpillées çà et là.

Selket, gardienne et protectrice des tombes, se dressait au pied de l'escalier, les bras tendus comme pour protéger tout ce qui se trouvait devant elle. Depuis la nuit des temps, elle veillait sur ces trésors inestimables appartenant à diverses époques, diverses civilisations.

Horus, faucon sculpté dans du marbre noir, lui faisait face. Il était plus haut qu'un homme. Sa couronne ornée de plumes était surmontée d'un disque en or poli qui diffusait aux quatre coins du hall des reflets lumineux.

De grandes plumes d'autruche s'agitaient mollement dans le courant d'air provenant de l'extérieur. Une douzaine de lances africaines se dressaient contre un mur. Des coffrets en cuivre ornés de pierreries, aussi brillants qu'au premier jour, étaient disposés parmi les soieries chinoises délicates et les vases les plus beaux. Des pipes indiennes étaient posées devant une robe maya richement brodée. Un bâton recourbé côtoyait, sur une table, des sandales en cuir usé. Tous ces objets et bien d'autres encore étaient groupés autour de l'unique et puissante source lumineuse — un énorme cristal qui dressait sa forme pyramidale au centre du grand hall. Il n'émettait aucun son mais une lumière brillante, constante, éternelle.

Les trois visiteurs, comme répondant à un mystérieux signal, se levèrent simultanément, descendirent les sept marches et prirent pied sur le dallage de marbre. Sans un bruit, ils s'approchèrent du cristal qui diffusait et retenait en lui des myriades de couleurs prismatiques.

« Qu'est-ce que c'est ? » demanda Emmy à mi-voix.

« Un cristal Aurora borealis, » répondit Michael en levant la tête pour en voir le sommet, six ou sept mètres au-dessus de lui.

« Comment ça marche ? Comment produit-il cette lumière ? »

« Je n'en sais rien. »

« Et d'où vient-il ? »

Il poussa un profond soupir. Ne pouvant répondre aux questions de sa compagne, il se contenta de hocher la tête.

Son ami Théo, captivé par le mystère du cristal, fouillait sa mémoire en quête de réponses à ses propres questions. Il fit le tour de l'objet lumineux en examinant sa base avec un intérêt particulier. « Michael, il a été scellé dans la mesa. Regarde. »

Le jeune professeur se pencha et fit lentement le tour du cristal. Une fente courait tout le long de sa base. Bouleversé par cette découverte, il regarda Weatherbee. « Alors, ce que nous voyons là n'est que le sommet du cristal ! Et le reste est enterré sous nos pieds ! »

« Il semble bien, oui. »

« Mais alors, ce cristal est d'une taille monstrueuse ! Jusqu'où crois-tu qu'il va ? »

Le vieil homme hésita. « Eh bien… Selon mes premières estimations, je dirai que neuf dixièmes de sa masse sont enterrés. » Il regarda Michael avec une expression étrange. « Cela t'évoque quelque chose ? »

« Pour le moment je suis bien incapable de penser. Laisse-moi reprendre mes esprits. »

Les deux hommes contournèrent le cristal pour rejoindre Emmy.

En silence, ils regardèrent danser les couleurs entrelacées. Rouges, violets, verts et bleus se tordaient et s'enroulaient les uns aux autres dans les profondeurs de la pierre.

« On dirait qu'il est vivant, » dit Emmy, impressionnée.

« Presque, effectivement, » ajouta Weatherbee.

La jeune femme reprit, d'une voix douce : « Il y a dans notre peuple des légendes concernant une grande pierre qui serait vivante. D'après ces légendes, on pourrait voir à travers la pierre si elle ne renfermait pas un arc-en-ciel mouvant. Elle appartenait au Peuple des Oiseaux qui a fait cadeau de pierres semblables à deux autres races. Mais comme elles étaient mal utilisées, le Peuple des Oiseaux les a reprises. Cette légende raconte d'autres choses encore, mais c'est tout ce dont je me souviens pour le moment. » Elle se tut un instant avant de demander : « C'est peut-être l'une de ces deux pierres, vous ne croyez pas ? »

« Peut-être, » répondit Weatherbee. « Les Atlantes possédaient aussi un cristal comme celui-là. Ils se sont anéantis en faisant un mauvais usage de ses pouvoirs. Ce cristal s'est peut-être trouvé jadis sur le sol d'Atlantis. » Le vieux professeur se frotta le menton. « Je n'ai pas pour habitude de faire des hypothèses aussi farfelues, mais cette journée nous oblige à accepter des réalités tellement incroyables que nous pourrions aller encore plus loin dans l'absurde. Ce que nous avons vu jusqu'ici atteste de la myopie humaine et de l'étroitesse d'esprit de la communauté scientifique. » Puis, s'adressant à Michael : « Nous avons un sacré retard à rattraper. »

Le jeune professeur n'avait rien à ajouter. Son aîné avait tout dit. Levant les mains, il tourna ses paumes vers l'une des faces du cristal, comme pour les réchauffer devant un bon feu. « Il dégage de l'énergie, tu l'as remarqué, Théo ? On dirait qu'il diffuse un champ de force. »

Les deux autres imitèrent son geste.

« Je sens comme une pulsation qui se communique à mes doigts, » dit Emmy. « Qu'est-ce qui provoque ça ? »

« Je n'en suis pas sûr, » répondit Michael, les sourcils froncés, « mais c'est peut-être en rapport avec l'endroit où nous sommes. Á cette profondeur, et si une force magnétique émane de ce lieu, le cristal concentre son énergie et la diffuse.

Il se comporte comme une centrale énergétique. » Il s'interrompit, soudain pensif. « Je me demande… »

Emmy attendit qu'il poursuive.

Le professeur Weatherbee observait d'un air amusé son jeune collègue aux prises avec son idée.

Lorsque Michael leva les yeux sur lui, un sourire de connivence s'épanouit sur leurs visages. « Emmy, tu te souviens que nous avons parlé de la Grande Pyramide de Kheops ? »

Elle acquiesça.

« Est-ce que tu savais que cette pyramide n'a pas de sommet ? »

« Oui, je l'ai lu quelque part et j'ai vu des photos. Il semble effectivement qu'il lui manque quelque chose. »

« Très bien. Certains chercheurs très respectés pensent que le sommet de cette pyramide était en réalité un énorme cristal qui servait un but très précis et possédait une puissance considérable. Selon eux, ce n'était pas simplement le haut de la pyramide. »

« Á quoi pouvait-il servir ? »

« Ah, nous l'ignorons. »

« Et où se trouve ce cristal ? »

Il prit un air étonné. « Tu ne devines pas ? »

« Je suis incapable de deviner comment une chose aussi énorme a pu être perdue. D'ailleurs, où pourrait-elle être cachée ? Et qui aurait pu emporter … » Un éclair passa dans ses yeux. Incrédule, elle regarda les deux hommes et s'exclama : « C'est le Peuple des Oiseaux qui l'a transporté ! »

« C'est aussi mon hypothèse, ma chérie, » dit Michael tout heureux. « Tu m'as ôté les mots de la bouche. »

Elle se tourna vers Weatherbee. « Qu'en pensez-vous, professeur ? »

Il haussa les épaules. « Pour le moment, je dirai que c'est une théorie à la fois délirante et parfaitement sensée. Comment savoir ? Notre passé recèle tant d'énigmes que nous, pauvres mortels, ignorons encore. Mais si l'on fait la synthèse de ce que nous avons vu aujourd'hui, c'est une possibilité… C'est même l'explication la plus probable. »

Michael était aux anges. « Quel prodige ! Qui aurait pu imaginer, même dans ses rêves les plus fous, que tous ces trésors puissent être enterrés sous une mesa, dans le désert de l'Arizona ? »

« Moi, je connais quelqu'un qui l'a plus ou moins entrevu, dans ses rêves, » dit Emmy d'un ton enjoué. Puis regardant, au-delà des deux hommes, les statues alignées contre le mur, elle demanda : « Michael, as-tu remarqué ces statues ? »

Les deux hommes se retournèrent. « Que veux-tu dire ? Bien sûr que je les ai remarquées. Elles sont colossales. »

« Mais il y a autre chose. Regarde. Celles qui se font face des deux côtés de la salle sont des répliques des bas-reliefs que nous avons vus là-haut, mais les cinq qui occupent le mur du fond sont différentes. Tu ne trouves pas ? »

Il comprit immédiatement ce qu'elle voulait dire. Les cinq colosses serrés les uns contre les autres représentaient chacun l'une des cinq races.

« Á vrai dire, » reconnut Michael en s'approchant pour mieux voir, « je ne l'avais pas encore remarqué. Et toi, Théo?»

Sans répondre, le vieux professeur rejoignit ses compagnons.

Ils examinèrent attentivement les cinq statues. Elles étaient effectivement différentes, tout en donnant l'impression d'avoir été sculptées par le même artiste que toutes les autres.

Un homme de type européen portant une longue robe évasée fixait le vide de ses yeux ronds. Il avait des sandales aux pieds et un long bâton à la main.

Un chef africain revêtu d'une peau de léopard portait une coiffe ornée de plumes d'autruche.

Une femme mandarin aux yeux en amande et au doux visage surmonté d'une coiffure très élaborée tenait entre ses mains un petit coffre incrusté de nacre.

Le chef indien arborait fièrement une coiffe de plumes qui descendait jusqu'à terre. Ses vêtements de peau étaient ornés de coquillages et de perles. Sur ses mocassins étaient brodés des motifs complexes.

En l'Egyptien, ils reconnurent Râ-Tâ — le seul dont le nom leur soit connu.

« Ce sont les Maîtres, » dit Weatherbee, « cinq des plus grands Maîtres qui aient jamais existé. Ils représentent sans doute les cinq races de la création. »

Emmy, surprise, réagit vivement. « Toutes les cinq ont été créées ensemble ? »

« Bien sûr, mon enfant » dit une voix très douce, derrière elle.

Tous trois se retournèrent d'un même mouvement.

L'homme, vêtu d'une longue robe blanche, ne tint pas compte de la surprise manifestée par ses visiteurs. Il s'approchait d'eux très lentement, tout en parlant.

Emmy se rapprocha craintivement de Michael qui l'entoura d'un bras protecteur. « Vous ne croyez tout de même pas que vos ancêtres sont de petites amibes dénuées de conscience, flottant sans but dans les profondeurs de l'océan ? »

La jeune femme se sentit frissonner. Michael resserra son étreinte. Le professeur Weatherbee considérait le nouveau venu d'un air ravi.

« Bien sûr que non, » reprit l'étranger. « Un tre Suprême se choisirait-il des unicellulaires pour compagnons ? » Il sourit avec chaleur. « Je ne le crois pas. » Il leva les yeux vers les cinq statues. « Non, Il créerait des êtres conscients et leur donnerait non seulement la connaissance mais aussi le libre-arbitre. Et Il les doterait de l'intelligence nécessaire au bon usage de la connaissance et du libre-arbitre. »

Michael avait observé les moindres mouvements de l'étranger. Il l'avait écouté, attentif à toutes les nuances de sa voix. Et puis il avait scruté son regard, et il avait compris que cet homme aux cheveux blancs n'était pas un étranger pour lui. Alors, il osa exprimer sa conviction. « Vous êtes Râ-Tâ. »

Emmy en eut le souffle coupé.

Avec un petit rire, l'homme en blanc baissa la tête. « Pardonnez-moi d'avoir manqué à tous les usages de la courtoisie. Il y avait bien longtemps que je n'avais pas accueilli de visiteurs. Oui, je fus autrefois connu sous le nom de Râ-Tâ, pendant l'un de mes nombreux séjours sur cette Terre. J'admire votre perspicacité. »

D'un sourire, Michael accepta le compliment.

Emmy retrouva l'usage de sa voix. « Nous nous attendions à voir le Ka. »

Michael lui serra discrètement le coude dans un geste de réprimande. Comment pouvait-elle s'adresser aussi rudement à un homme dont il lui avait vanté des exploits ? Avait-elle déjà oublié quel grand initié se tenait devant eux ?

L'Ancien réprima un sourire amusé. « Le Ka ? Le Ka de qui ? »

Du regard, elle supplia ses compagnons de lui venir en aide.

« Eh bien, » commença Michael, « nous ne le savons pas avec certitude. » Il se sentait un peu stupide devant ce grand Maître.

Les yeux bleus de Râ-Tâ exprimaient le même amusement que son sourire. « Peut-être ce Ka va-t-il se montrer plus tard. En attendant, soyez mes hôtes et permettez-moi de vous servir de guide dans notre Sanctuaire. » Se détournant, il leur fit signe de le suivre.

Derrière son dos, Emmy tira Michael par la manche en murmurant « *Notre* Sanctuaire ? »

« Mais bien sûr, mademoiselle, » répondit leur Guide, « ces précieux trésors appartiennent à tout le monde. Ils témoignent de l'histoire de l'humanité depuis l'origine des temps. Oui, tous ces objets, » il étendit ses deux bras comme pour les rassembler autour de lui, avec l'amour d'un père accueillant ses enfants, « tous ces objets sont extrêmement rares, irremplaçables. » Et il se retourna lentement pour faire face à ses visiteurs et abaissa son regard vers les mains de Michael… vers ce qu'elles tenaient.

« Oh, j'avais presque oublié. Je suis… nous sommes… venus pour remettre ceci au Ka. »

Le Guide tendit la main, en un geste qui déploya les plis de sa longue manche. « Puis-je le voir ? »

Emmy serra très fort le bras de Michael pour l'avertir de se méfier.

Étonné, le jeune professeur interrogea du regard son aîné qui lui fit signe qu'il pouvait remettre le papyrus au grand Maître.

Emmy lui pinça à nouveau le bras.

Le temps s'arrêta. Michael regardait fixement leur Guide derrière lequel les yeux dorés d'une grande statue d'Anubis semblaient guetter sa réaction. Incapable de décider si oui ou non l'homme était un imposteur, Michael hésita un instant de trop.

Le Maître ramena sa main le long de son corps. D'une voix douce et empreinte d'admiration, il dit : « Je comprends, mes amis. Il semble que le Ka ait judicieusement choisi ses émissaires. »

« Ne croyez pas que nous manquions de confiance en vous, Râ-Tâ, seulement… »

Leur Guide l'interrompit d'un geste. « Laissons tomber les formalités, je vous en prie. Appelez-moi Râ, tout simplement. »

«Bien,» reprit Michael. «Donc comme je vous le disais, Râ nous avons confiance en vous, mais nous préférerions remettre cet objet au Ka en main propre, si possible. »

Emmy se demanda intérieurement si le Ka avait jamais eu des mains.

Le Maître dirigea vers elle son regard perspicace. « Je suis sûr qu'il sera heureux de toucher à nouveau cet objet qui lui est très cher, car il contient… l'histoire complète de ses existences.»

« Qui est le Ka ? » demanda Emmy.

Son audace fit toussoter le professeur Weatherbee.

L'Initié sourit. « Ce n'est pas à moi de le dire. Peut-être le comprendrez-vous par vous-mêmes, plus tard. »

« Est-il de ce monde ? De la terre, je veux dire ? Ou appartenait-il au Peuple des Oiseaux ? »

« Etait-il un extra-terrestre ? » précisa le maître avec un large sourire amusé.

« Oui, » confirma-t-elle sans comprendre ce que sa question avait de drôle.

L'Ancien se caressa le menton. Le trio attendait anxieusement sa réponse. « En tant qu'être complet, le Ka appartenait à toutes les races… De ce monde et d'autres mondes. »

Michael commençait à se détendre face à cet aimable Sage. « Le sarcophage, là-bas, est celui d'un grand homme. Est-ce celui du Ka ? »

« Les restes du Ka dans sa forme ultime y reposent. Oui. »

« Et cette forme ultime, était-elle de ce monde ? » risqua Michael.

L'Initié sourit. « Non. Elle n'était pas de ce monde. »

Les deux professeurs échangèrent un regard. L'idée qu'un extra-terrestre soit inhumé dans cette chambre mortuaire excitait follement leur imagination. Ils auraient voulu poser des milliers de questions, mais ils les oublièrent toutes lorsque leur hôte leur proposa : « Voudriez-vous examiner certains de ces objets de plus près ? »

Jamais ils n'auraient espéré une offre aussi généreuse. C'était tellement inattendu qu'aucun des trois ne savait que répondre.

Finalement Weatherbee s'éclaircit la voix. « Votre proposition nous touche beaucoup, Râ, et je suis certain que nous sommes tous très désireux de regarder toutes ces merveilles, mais verriez-vous un inconvénient à prolonger cette discussion ? »

Faisant tournoyer sa robe, l'homme pivota sur lui-même et s'éloigna.

Les trois visiteurs se regardèrent sans comprendre.

Alors, depuis l'autre côté du hall, l'Ancien les interpella. « Nous serons mieux assis, pour parler, vous ne croyez pas ? Tenez, » dit-il en désignant deux bancs égyptiens anciens, « si vous voulez bien débarrasser ces deux sièges et les approcher, vous pourrez vous reposer un moment. Je suis sûr que votre voyage vous a beaucoup fatigués. »

Ils s'avancèrent tous les trois.

Michael et Weatherbee enlevèrent des bancs tout ce qui s'y trouvait. Les bras chargés, ils cherchèrent un endroit où déposer leur précieux fardeau.

« Posez cela où vous voudrez, mes amis. Du moment que les objets ne sortent pas du Sanctuaire, peu importe où ils sont. »

Ils finirent par trouver de la place sur un grand coffre perse. En se penchant pour y déposer les objets, ils prirent conscience de ce qu'ils tenaient dans leurs bras.

Un trésor. Un trésor très ancien.

Et ils eurent soudain l'impression d'être des pilleurs de tombes chargés d'or, de pierres précieuses, de tissus chamarrés. Très émus, ils déposèrent chacun des objets avec d'infinies précautions, sous le regard amusé de l'Ancien. « Maintenant, tirez ces bancs par ici et asseyez vous confortablement. »

Considérant l'âge de ces sièges en bois, Emmy s'inquiéta.

Michael exprima ce qu'elle pensait. « Ils sont très vieux, Râ. »

« Si vous pensez qu'ils vont s'écrouler, vous avez tort. Ils sont aussi solides aujourd'hui que le jour où ils furent construits et transportés ici. N'avez-vous pas remarqué que l'albâtre est d'un blanc parfaitement pur ? Que le cuivre brille toujours ? Que l'argent n'est pas terni ? Que l'or luit comme s'il venait d'être poli ? » Il se mit à rire. « Le cristal, mes amis, le cristal préserve tout, ici. Maintenant, tirez ces bancs, vous le constaterez par vous-mêmes. »

Ils firent ce qu'il demandait.

Emmy regarda l'Ancien. « Mais il n'y en a que trois, » dit-elle en cherchant s'il n'y en avait pas un quatrième.

« Personnellement, » reconnut le Sage, « je parle bien mieux quand je suis debout. Marcher m'aide à réfléchir. »

Alors, tous trois prirent respectueusement place sur des sièges en ébène fabriqués par des artisans égyptiens morts depuis quelques milliers d'années.

Le bois n'émit pas le moindre grincement, même lorsque Michael remua un peu plus qu'il n'était nécessaire, pour le tester.

« Bien, et de quoi désirez-vous parler ? » demanda Râ en marchant devant eux à pas lents.

La question les prit de cours. Ils auraient voulu savoir tant de choses. Mais par où commencer ?

Finalement, Weatherbee rompit le silence. «Pourquoi ici?»

« Pourquoi pas ici ? Ce lieu est chargé d'une grande puissance. En outre, il est sec et chaud… Comme l'Egypte. Ces mesas constituent une couverture parfaite… un bouclier naturel, si vous voulez. C'est l'un des sanctuaires qui a été choisi sur cette Terre. »

« Il y en a d'autres ? » demanda Théo.

« Bien sûr, » répondit l'Ancien en inclinant la tête.

« Sur ce continent ? » voulut savoir Michael.

« Non. Il y en a d'autres de par le monde, mais dans cette région, celui-ci est unique. »

Emmy voulait poser sa question avant l'arrivée du Ka qui mettrait fin à leur entretien. « Râ ? »

« Oui, mon enfant. »

« Pourquoi les Pierres Debout parlent-elles ? »

« Ah, oui, vous les avez entendues. »

« C'est vrai. Mais qu'est-ce qui leur permet de murmurer ? »

L'Ancien s'arrêta de marcher et leva une main. « Cela fait deux questions, mon enfant. Pourquoi ? Et comment ? »

La jeune femme rougit. « Pardonnez-moi, » dit-elle humblement. « Je voulais simplement connaître les vraies réponses. »

« Vraies ? Vous ne croyez pas aux légendes de votre Peuple ? »

Se sentant prise en défaut, elle balbutia : « Si. Ce n'est pas ça… Je voulais sans doute en avoir une confirmation. »

Râ réfléchit un instant. « Et que racontent ces légendes ? »

« Elles parlent des esprits de la nature qui résident au sein de toute chose. Ce sont leurs voix que certaines personnes entendent parfois. Les légendes disent que ces esprits sont très puissants et veulent aider les humains à prendre conscience de leur lien sacré avec Grand-mère la Terre. C'est pourquoi ils parlent quelquefois de manière à être entendus ou compris.

« Et ? »

« Euh… c'est tout. »

« Que pourrais-je ajouter d'autre ? Votre peuple a conservé la mémoire exacte de ces faits. »

Elle poussa un soupir de soulagement.

Michael était impatient de reprendre la parole. « Qui a apporté tous ces trésors sous la Septième Mesa ? Qui les a rassemblés et transportés ? »

« Ce fut un effort conjoint. Un effort conjoint des Maîtres de l'époque. Ils ont réuni tous ces objets dans le dessein de préserver un Héritage — l'Héritage de l'Esprit Vrai — pour tous les êtres de la vie intelligente. » Il parcourut du regard l'ensemble du vaste hall. « Dans ce Sanctuaire de Vérité sont rassemblés des objets appartenant à tous les Grands Maîtres. »

« Mais pourquoi, Râ ? Pourquoi réaliser cette chose extraordinaire si personne ne le sait ? Pourquoi garder un tel secret ? » Interrogea Michael.

Un sourire de compassion éclaira le visage de l'Ancien. « L'intelligence, sur Terre, n'a pas dépassé sa prime enfance. Voyez comme votre technologie scientifique est arriérée. Vous avez créé un monstre nucléaire qui excrète des déchets mortels et vous vous grattez la tête en cherchant partout des toilettes pour vous en débarrasser.

« Vous éventrez la terre et vous empoisonnez sa chair nourricière avec ces saletés nucléaires quand vous ne les déversez pas dans ses veines délicates — les eaux dispensatrices de vie.

« Dites-moi ce que des êtres intelligents, capables d'actes aussi haineux qu'ils considèrent comme un progrès, feraient de tout ceci. Vous-mêmes, laisseriez-vous une civilisation qui nie l'existence des voyages interplanétaires mettre la main sur ces précieux objets de vérité ? »

Michael rougit et baissa la tête.

Mais la compassion de Râ était infinie. « Il n'en sera pas toujours ainsi. Déjà le Grand Phœnix remue dans le sein de la terre. Déjà les Peuples autochtones entendent gémir la parturiente. Oui, les choses vont bientôt changer. Alors, les Vérités ne seront plus niées par les incrédules, les sceptiques, les aveugles, tous ces simples d'esprit. Mais jusque-là, jusqu'à ce que les mortels ouvrent leurs yeux, leurs oreilles, leur cœur et leur esprit, ces sanctuaires resteront sous la protection des Gardiens désignés pour cette tâche, il y a bien des siècles. »

« Comme le Ka de ce lieu-ci ? » demanda Emmy.

Le Maître approuva d'un signe de tête. « Oui, comme le Ka de ce lieu-ci. »

« J'ai honte de notre ignorance, » dit tristement Michael.

« Vous n'y êtes pour rien. Ne vous reprochez pas l'aveuglement de toute une civilisation. Chaque groupe de population avance à son rythme. Certains reculent d'un pas ou deux, tandis que d'autres n'ont jamais fait une telle erreur de jugement. Voilà pourquoi les plus évolués voyagent d'étoile en étoile depuis des siècles, alors que les plus attardés viennent tout juste de poser le pied sur leur lune.

« Un jour, les plus évolués prendront leurs frères et leurs sœurs terriens en compassion. Ils viendront les aider. Mais il faut d'abord que ceux-ci grandissent un peu — en sagesse, en harmonie, en amour. Cette maturité ne peut être forcée. L'évolution doit se faire naturellement, à son rythme, en son heure. »

Michael se dit que, pour les habitants de la terre, le temps pressait. Il était révolté à la pensée de tout ce gâchis. Les savants si fiers de leurs usines nucléaires. Les déchets radioactifs entreposés sous de paisibles et riants paysages. La bigoterie ambiante. Le matérialisme. La pollution gratuite. La toute-puissance du dieu dollar. Le crime. Le mensonge. Le scepticisme. Toutes ces prisons de l'esprit.

« Ne soyez pas trop ambitieux, jeune homme. Un seul individu ne peut pas régler tous ces problèmes. »

« Je sais, mais il peut essayer. Il faut bien que quelqu'un commence. »

« Et cela se fera. Cela se fera. »

Un pesant silence envahit la salle des trésors. Un grand calme régnait sur le Sanctuaire de Vérité.

Le professeur Weatherbee sortit de son mutisme. « Râ, » dit-il d'une voix douce, « prévoyez-vous une date pour la fin du grand secret ? »

« La découverte de ce Sanctuaire ? Oui, j'entrevois à quel moment elle se produira. Mais dans dix ans, ce sera toujours trop tôt, et dix fois dix ans me semblent prématurés. La date exacte dépend de nombreux facteurs qui dépendent eux-mêmes de votre peuple et de lui seul.

« Tant que le matérialisme ne sera pas remplacé par la spiritualité, tant que l'avidité ne laissera pas place à la générosité, ce lieu restera secret. Tant que le peuple de la terre ne comprendra pas qu'il fait partie d'une vaste Société d' tres, ces trésors resteront cachés. Tant que le peuple de la terre, dans son ensemble, ne se sera pas élevé à un niveau de conscience supérieur, la Septième Mesa restera protégée de ses yeux indiscrets.

« Mes amis, ce Sanctuaire restera scellé jusqu'au jour où les peuples de la terre auront mérité, par leurs actes et leurs pensées, qu'il leur soit révélé. Ils sont les seuls à pouvoir décider du jour où tout ceci sera accessible à tous, partagé par tous. »

Les trois visiteurs accueillirent avec respect les paroles de l'Ancien. Râ disait la vérité. Leur esprit le savait et leur cœur le sentait.

« Maintenant, » reprit leur Guide, « je sais que chacun d'entre vous a ses propres centres d'intérêt, et si vous le désirez, je suis prêt à vous accorder un peu de temps pour les aborder en privé. »

Cette suggestion leur fit plaisir.

Le professeur Weatherbee répondit le premier : « Oui, j'aurais quelques questions personnelles à vous poser. J'accepte volontiers votre offre. »

Les deux autres dirent qu'ils aimeraient, eux aussi, s'entretenir avec Râ, s'il pouvait leur consacrer un peu de son temps.

« Le temps ? J'ai l'éternité devant moi, mes enfants, » répondit-il. Puis, il leur demanda s'ils n'avaient pas envie de regarder certaines choses de plus près.

Le message était clair. Ils laissèrent Weatherbee seul avec l'Ancien. En se promenant dans le Sanctuaire, ils entendirent les deux hommes s'entretenir à voix basse des sujets qui préoccupaient le vieux professeur.

Ce fut ensuite le tour d'Emmy puis de Michael. Chacun posa au Maître les questions dont les réponses le guideraient sur son propre chemin. L'après-midi passa, et ils sentirent que le moment était venu de partir.

Un silence profond régnait sur le Sanctuaire de Vérité.

Michael se décida à soulever la question. « Eh bien, j'imagine que le Ka est retenu ailleurs. » Il se tourna vers ses compagnons. « Prêts ? »

Weatherbee acquiesça.

Emmy, elle, réagit vivement. « Mais, Michael, » murmura-t-elle, « nous devons attendre. Il faut rendre… »

Le jeune professeur tendit le papyrus à Râ. « C'est donc vous qui allez le lui remettre de notre part, finalement. »

Râ sourit, rempli de compassion pour cet homme qu'il sentait désireux de s'éloigner du Sanctuaire et des preuves que ses pairs étaient trop ignorants, trop arrogants pour admettre.

Il tendit le bras vers la sortie. « Je vous accompagne. »

Et Michael, tenant toujours le précieux document, se dirigea avec ses compagnons, vers l'escalier.

Emmy, encore troublée mais suffisamment lucide pour sentir la complicité qui semblait unir les trois hommes, ne fit aucune objection.

Ils gravirent les sept marches et, sans un regard pour les trésors ou pour le lumineux cristal, pénétrèrent dans la chambre mortuaire.

Michael s'arrêta devant le sarcophage et se tourna vers Râ qui s'était arrêté sur le seuil du Sanctuaire de Vérité. « Je vais le poser ici, » dit-il doucement, en joignant le geste à la parole.

« Le Ka en sera très heureux. Amis, avancez dans votre monde d'une démarche légère, et surtout, laissez-vous guider par la compassion. »

Click.

La grande statue glissa silencieusement et reprit sa place.

Le trio fut englouti par l'obscurité. Trois faisceaux lumineux jaillirent des lampes, éclairant le papyrus.

« Nous devons attendre le Ka ! » dit Emmy d'une voix déterminée. « C'est à lui que nous devons le rendre. Á lui seul… »

Michael l'embrassa. « Cette chambre mortuaire est celle de… ? »

« Du Ka. »

« Ce sarcophage contient les restes de… ? »

« Du Ka. »

« Et nous venons de nous entretenir avec… ? »

Elle haussa les épaules dans un mouvement d'impatience. « Á quoi joues-tu ? Questions pour un champion, ou quoi ? »

Il sourit. « C'est ça. Maintenant réponds-moi. Fais-moi plaisir. Avec qui avons-nous parlé ? »

« Râ, » dit-elle en soupirant.

« Et est-ce que tu l'as vu une fois, juste une fois, toucher quelque chose ? S'asseoir, saisir un objet ? »

Les sourcils froncés, elle réfléchit. « Non, je ne crois pas. Michael, pour l'amour du ciel, arrête de tourner autour du pot et dis-moi où tu veux en venir. »

« Je vais faire mieux… Je vais te montrer. »

Éclairant le bas du papyrus, il lui demanda : « Tu te souviens de ces symboles ? »

Elle se pencha et déchiffra à mi-voix les hiéroglyphes figurant sur l'un des nombreux cartouches concernant le Ka.

« Râ…Tâ…Men. »

Un long frisson lui parcourut l'échine. Elle regarda Michael, puis Weatherbee qui souriait de toutes ses dents. « Râ est le Ka ? Nous étions tout le temps en présence du Ka ? »

Les deux hommes hochèrent affirmativement la tête.

Elle reporta son attention sur le papyrus. « Et c'est son histoire qui est racontée ici ? » Elle parcourut d'un doigt léger les dessins ciselés dans le couvercle du sarcophage. « Et son corps repose là ? »

Comprenant l'importance de ce qui venait d'être dit, les deux hommes posèrent respectueusement leurs mains sur la pierre froide, dernière demeure du Ka, sarcophage contenant la dépouille non humaine de son ultime manifestation physique.

Parfaitement ronde, très haute dans le ciel, la lune nimbait toute chose d'un halo argenté. Trois ombres cheminaient en silence dans un paysage spectral. Elles s'éloignaient des hautes sentinelles de pierre, elles s'éloignaient pour ne jamais revenir.

Un engoulevent planait au-dessus du désert. Ses ailes frémissantes largement déployées, il décrivait des cercles indolents, porté par d'invisibles courants. Il tournait et virait au-dessus des mesas dressées comme des monuments au passage des siècles. Il les entendait murmurer, chanter leurs mélopées nocturnes. Il entendait les paroles des chants adressés par les pierres à la vie qui palpitait dans le labyrinthe de leurs veines secrètes.

Et il souriait.

Le bel oiseau vira sur l'aile, s'éloignant des Pierres Debout pour s'approcher des trois êtres qui progressaient lentement, loin au-dessous de lui. Il inclina la tête. Ses yeux perçants scrutèrent le terrain et il entama sa descente.

C'était une nuit vouée aux murmures.

Les trois ombres chuchotaient en marchant.

Et l'engoulevent écouta.

« Michael, professeur, la découverte extraordinaire que nous venons de faire, vous ne regrettez pas trop de ne pas pouvoir en parler ? »

Le vieil homme rit tout bas. « Devrions-nous le regretter ? »

Michael fut plus explicite. « Emmy, tu sais bien que ces trésors devraient être protégés, chéris et respectés s'ils étaient exposés à la vue de tous. Tous ces parchemins, ces papyrus, ces tablettes sont des sources de connaissance. La connaissance est source de pouvoir. Il faudrait les répartir entre les pays, les gouvernements, les peuples. Les Vérités déposées dans le Sanctuaire ne devraient jamais appartenir à personne, pour ne pas être utilisées à des fins égoïstes. »

Michael soupira, attristé par ces idées, en levant les yeux vers le disque argenté de la lune. « Et puis, même si c'était possible, à qui pourrions-nous en parler ? Hein ? A part aux initiés ? »

Alors, l'engoulevent sourit pour la seconde fois.

L'Espace Sacré Silencieux du Dessous était sauvé. Il resterait caché sous l'Espace Brûlant Hurlant du Dessus jusqu'au moment où l'humanité sortirait des ténèbres pour entrer d'un pas ferme dans l'Ere de la Lumière.

L'engoulevent décrivit un dernier cercle au-dessus des trois voyageurs et s'éloigna vers une petite maison d'adobe. Il savait qu'il pourrait dormir tranquille, cette nuit … et bien des nuits encore.

Á l'horizon, les mastabas de pierre dressaient leurs silhouettes éternelles contre l'impalpable tissu de l'azur infini. Hautes et fières, les obélisques s'élançaient de toute leur puissance vers la clarté lunaire. Leurs ombres symétriques s'allongeaient avec confiance sur la terre aride. Dans un silence majestueux, elles se proclamaient Sentinelles Sacrées de la Connaissance de l'Eminence Causale qui reposait dans le sein de la terre. Et le désert, en résonance avec les étoiles, confirmait cette sublime consécration.

Les Pierres Debout murmuraient doucement dans la nuit, mais cette fois, seul l'Esprit du Vent était là pour recueillir leur verbe sacré.

POSTFACE DU KA

Ainsi les Objets et Trésors Sacrés de la Sagesse Immémoriale restent à jamais protégés de la rapacité des civilisations immatures.

Ainsi qu'il est écrit.

Ainsi il sera fait.

Jusqu'à l'Heure prévue par le Destin — deux espaces de plus que les ailes déployées du Phœnix Ressuscité — l'Espace Sacré Silencieux du Dessous restera, doux battement de cœur de la Vie Eternelle, sous le suaire de l'Espace Brûlant Hurlant du Dessus.

Car… Je Suis.

Je suis la Sentinelle. Le Protecteur Vivant. Le Gardien.

Je Suis parce que vous n' tes pas.

Et, tant que vous ne Serez pas, je Suis.

Les frontières séparant les faits de la fiction apparaissent toujours clairement. Cependant, entre Réalité et Illusion la limite est souvent floue, imprécise. Sachez, donc, que si ce récit vous a été conté sous la forme d'une fiction, les personnages et les événements qui y sont décrits s'inspirent des réalités suivantes, auxquelles croient les différentes cultures dont il a été question.

Ka
Râ-Tâ
Tablettes
Le Papyrus
Hall des Vérités
Le Clan de l'Esprit
Le Sommet de Cristal
L'Existence d'êtres mixtes
Pierres Debout qui murmurent
Coexistence de diverses Intelligences
L'Espace Brûlant, Hurlant du Dessus
L'Espace Sacré, Silencieux du Dessous
Esprits éternels qui gardent, veillent et attendent

TABLE DES MATIERES

Œuvres de Mary Summer Rain
chez le même éditeur

Depuis 1985, date de la première parution aux Etats-Unis, du *Chant de l'Esprit,* des dizaines de milliers de gens ont découvert Mary Summer Rain et No-Eyes, la vieille Indienne dont elle a reçu l'enseignement.

LE CHANT DE L'ESPRIT, (la sagesse visionnaire de No-Eyes), raconte comment elles se sont rencontrées. Bien que totalement aveugle de naissance, No-Eyes vivait de la terre, identifiant chaque chose par l'odorat et le toucher. Par une douce discipline, avec humour et une profonde compréhension, elle guide sa dernière élève, Summer Rain, tout au long d'une remarquable suite d'expériences, lui transmettant l'essentiel de la connaissance qu'elle a accumulée pendant quatre-vingts ans.

L'ENVOL DU PHENIX, (No-Eyes parle des changements à venir), utilise la parabole du Phénix, cet oiseau mythique qui symbolise la renaissance éternelle, pour nous avertir avec force des changements que la Terre nous réserve. Cette inoubliable prophétie a déjà commencé à passer dans la réalité, comme on peut le constater chaque jour en lisant les journaux et en écoutant les informations.

LE MARCHEUR DE RÊVE, (le chemin de la puissance sacrée), nous montre No-Eyes présentant Mary à Brian Many Heart, qui lui enseignera les pouvoirs des Marcheurs de Rêve en lui faisant affronter de douloureuses réalités.

FANTÔMES EN MARCHE, (*À la rencontre et au secours des âmes errantes*), est le récit fascinant du travail silencieux accompli par Mary et Bill, son mari, pour libérer les âmes égarées entre deux mondes. On pourrait appeler cela des histoires de fantômes, mais alors avec le souci de ce qu'il adviendra du fantôme ! De même que les trois volumes précédents, l'essentiel de « Fantômes en Marche » se passe au Colorado et on y retrouve toute la beauté sauvage de ses paysages.

Pour recevoir le catalogue des éditions Sum le Hameau, envoyez votre adresse, par courrier à :

Editions Sum le Hameau
23 rue J.J. Rousseau
75001 Paris

par courriel à :

editions.sum@wanadoo.fr

Imprimerie de la Manutention à Mayenne – Octobre 2005 – N° 241-05
Dépôt légal : 4e trimestre 2005
Imprimé en France